KB065791

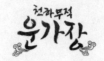

천하 무적 운가장 1

2023년 4월 11일 초판 1쇄 인쇄
2023년 4월 14일 초판 1쇄 발행

지은이 운천룡
발행인 강준규

기획 이기헌 왕소현 박경무 강민구 조익현
책임편집 금선정
마케팅지원 이원선

발행처 (주)로크미디어
출판등록 2003년 3월 24일
주소 서울시 마포구 마포대로 45 일진빌딩 6층
Tel (02)3273-5135 **Fax** (02)3273-5134
홈페이지 rokmedia.com **E-mail** rokmedia@empas.com

© 운천룡, 2023

값 9,000원

ISBN 979-11-408-0921-9 (1권)
ISBN 979-11-408-0920-2 04810 (세트)

운전룡 신무협 장편소설

1

차례

서막

강호 역사상 가장 강한 자는 누구일까?

사람들은 누구나 강자를 좋아한다.

특히나 힘이 우선인 강호에선 더욱더 그랬다.

강한 자가 다스리는 세상.

그것이 바로 강호였다.

강호에서 가장 강한 자도 아니고 고금제일인(古今第一人)을 꼽으라고 하면, 사람들은 저마다 자신의 우상이 제일 강하다고 말하기 마련이다.

각자의 우상이 다르다 해도 공통으로 같은 생각을 가지고는 있었다.

바로 강호인 중 하나가 중원의 최강자가 되리라는 것.

그러나 강호를 정복한 강자는 강호인이 아니었다.

칠십 년 전 혈천교(血天敎)는 일만(一萬)의 무사를 보내 중원을 침공한다.

그들을 이끄는 것은 사혈마제(四血魔帝)라 불리는 혈천교의 호법들이었다.

빙극마제(氷極魔帝) 주극량(州極量).

멸검마제(滅劍魔帝) 적사벽(赤獅碧).

뇌령마제(雷令魔帝) 사마현(司馬炫).

염화마제(炎火魔帝) 노구강(老求强).

당시 신풍검(神風劍)이라 불리던 무당의 장문인은 멸검마제의 삼검(三劍)을 받아 내지 못했고, 소림의 방장은 염화마제의 지옥염화수(地獄炎火手) 앞에 처참하게 무너졌다.

천하제이인이었던 벽력신군(霹靂神君)은 뇌령마제와의 뇌공(雷攻) 대결에서 졌으며, 천하제일인이었던 무적검제(無敵劍帝)는 빙극마제의 한설극빙장(寒雪極氷掌)에 당하고 말았다.

혈천교(血天敎) 교주(敎主) 혈마황(血魔皇) 은마성(殷魔成).

모든 것이 의문에 싸인 비밀의 존재였다. 그는 모습을 드러내지 않았다.

단지 자신의 수하들을 시켜 중원을 정복했다.

하지만 사람들은 그가 진정한 강자라는 것에는 의문을 갖지 않았다. 그를 따르는 사혈마제를 보아도 대충 짐작이 되니까 말이다.

때늦은 후회……

강호인들은 정복당하고 나서야 자신들이 정저지와(井底之蛙)였음을 깨달았다.

강호의 사람들이 자신들의 약함을 한탄하며 십 년이란 세월 동안 억압받는 생활을 하고 있을 때, 한 사람이 등장했다.

무황(武皇) 담무광(潭武廣).

그는 육십 년 전 스무 살의 젊은 나이에 강호에 나왔다. 그리고 강호를 정복하고 있는 혈천교의 지부를 하나씩 부수어 나갔다.

처음에는 그저 그런 늑대의 몸부림이라 생각했다. 하지만 그것은 잘못된 생각이었다. 혈천교는 자신들에게 도전한 것은 일개 늑대가 아닌 천룡(天龍)이었음을 뒤늦게 깨닫게 된다.

그렇게 일인(一人) 대 교(敎)의 전쟁이 시작되었다.

무극신공(無極神功).

담무광은 무극신공을 사용하여 잔인하며 피도 눈물도 없는 혈천교 무리를 가차 없이 처단했다. 누구도 들어 보지 못한 무공이었다.

하지만 그 위력은 지금까지 들어 본 그 어떤 무공보다 강했다. 아니, 강한 정도가 아니라 넘을 수 없는 벽으로 느껴질 정도였다.

무극신공 앞에 혈천교의 무공은 무용지물이었다.

자신들의 무공은 써 보지도 못하거나 아니면 무공을 사용했다 해도 그 위력 앞에선 아무런 소용이 없었다.

담무광과 같은 하늘 아래 존재할 수 없다 여긴 혈천교는 총공세를 펼친다.

어느 집단이나 문파를 치기 위한 공세가 아닌 오직 한 사람을 공격하기 위해 전력을 다한다.

그들은 담무광을 유인한 뒤, 넓게 포위하여 천라지망(天羅地網)을 펼친다.

단 한 명을 죽이기 위해 무려 만(萬) 명의 사람이 동원되었다.

그들에게 하달된 명령은 단 하나.

필살(必殺) 담무광(潭武廣).

무려 삼(三) 주야(晝夜)에 걸쳐서 피비린내 나는 혈투(血鬪)가 이어졌다. 죽이려는 자와 살아남으려는 자. 결과는 살아남으려는 자의 승리였다.

담무광은 혈천교의 천라지망을 지형적 유리함으로 극복하면서 헤쳐 나갔다.

그렇게 다수가 아닌 소수를 처리하면서 천라지망에 틈이 생기길 기다렸다.

담무광의 기력이 다해 쓰러지려 할 때쯤 혈천교의 천라지망에 약간의 틈이 벌어졌고, 담무광은 그 틈을 이용해 살아서 빠져나간다.

혈천교는 결국 죽여야 할 자를 죽이지도 못하고 오히려 자신들의 주력들만 잃은 것이었다. 담무광의 무서움을 확인한 그들은 그가 내력을 되찾고 난 뒤의 일을 두려워했다.

그들은 선택해야 했다.

교의 모든 것을 걸고 그와 다시 일전을 펼칠 것인가. 아니면 재정비해서 완벽한 승리를 거둘 것인가.

후자를 택한 혈천교는 훗날을 기약하며 후퇴를 한다.

천라지망을 빠져나온 담무광의 상태는 정상은 아니었다.

너무 많은 내력 소비와 내상, 그리고 여기저기 적들에게 당한 외상까지 더해져서 이미 사람의 몰골이 아니었다.

간신히 몸을 추스른 담무광은 다시는 이러한 싸움이 일어나지 않도록 최고의 수재들만을 모아 거대한 성을 세운다.

무황성(武皇城).

담무광이 무황성을 세우고 제일 먼저 한 일은 바로 모든 정파의 절전된 절기들을 되찾아 주는 일이었다.

절기를 되찾아 줌과 동시에 그 절기를 원만하게 익히게 하려고 온갖 영약 또한 아낌없이 지원해 주었다.

이러한 것은 무황성이라는 단체가 무림을 지키는 것이 아니라 모든 무림인이 힘을 합쳐 앞으로는 이러한 일이 없도록 하기 위함이었다.

하지만 사람들의 생각은 달랐다.

비록 자파의 절기가 대단하다 하지만 무황성의 무력에는 비할 바가 되지 못하였기 때문이었다.

그렇게 무황의 이름 아래 중원 수호를 위해 모인 이들이 있는 곳, 강호 역사상 가장 강한 집단이 탄생하였다.

무황성의 법은 곧 무림의 법이 되어 버렸고, 모든 강호인의 꿈은 무황성의 무인이 되어 중원의 평화를 수호하는 것이 되었다.

그리고 이제는 강호(江湖) 역사상 가장 강한 자를 말하라 하면 백(百)이면 백(百), 천(千)이면 천(千), 무황(武皇) 담무광(潭武廣)이라 대답을 한다.

혈천교와 싸움이 벌어지고 이십 년 후……

또 다른 신성(新星)이 등장한다.

검황(劍皇) 무천명(武天明).

낡은 검 한 자루에 남루한 옷차림으로 세상에 모습을 드러낸 무천명은 강호의 문파를 찾아다니며 비무(比武)를 했다.

그가 비무를 하는 이유는 단 하나, 경험하기 위해서라고 하였다.

하지만 그의 경험을 위한 비무 때문에 많은 문파가 차가운 대지(大地)에 무릎을 꿇어야 했다.

천(千) 연승 무패(無敗).

천 번의 비무에서 단 한 번의 패배도 하지 않았다.

일초무적(一招無敵).

비무에 있어 그는 일 초를 넘기지 않았다.

조화십검(造化十劍).

그의 조화십검 아래 사람들은 무릎을 꿇었다.

무천명의 비무행은 또 다른 신화를 만들었다. 그 대결을 지켜본 사람들은 주저 없이 그를 검황(劍皇)이라 불렀고 검으로는 그를 이길 자가 없을 거라 사람들은 얘기했다.

이제 사람들의 이목(耳目)은 무황성에 쏠렸다.

과연 검황이 무황성에 도전할 것인가.

무천명은 무황성에 도전하지 않았고, 어느 순간 자취를 감추었다.

말하기 좋아하는 자들은 무천명이 비밀리에 무황성에 도전했다가 패배하여 은신하였다 하였고, 또 어떤 사람들은 무황성은 무림의 성지이므로 그 예우를 갖춰 도전하지 않고 은거하였다고 했다.

하지만 그로부터 삼 년 후, 호남 땅에 하나의 문파가 들어선다.

처음 모습을 드러냈을 때 사람들은 그냥 나타났다 사라지는 수많은 문파 중 하나라고 생각했다.

그러나 그 문파는 일주일 만에 주변의 크고 작은 문파들을 복속(服屬)시킨다.

더욱 중요한 일은 주변의 문파들이 강압 때문에 복속이 된 것이 아니라 자신들이 원해서 복속을 했다는 사실이다.

처음에는 작은 문파로 시작하였으나, 이 년 만에 그 크기는 스무 배로 커지고 문도 수가 삼천(三千) 명에 이르는 거대

문파가 되었다.

천검문(天劍門).

바로 그 문파의 이름이다.

검황(劍皇) 무천명(武天明)이 문주로 있는 또 다른 강자가 있는 곳.

그렇게 강호에는 두 개의 거대 정파가 자리를 잡았다.

두 개의 거대 정파의 힘으로, 사파는 상대적으로 박탈을 당할 수밖에 없었다.

양지가 있으면 음지가 있는 법이다.

비록 정의 구현을 실현하는 정파라지만, 그 세월에 의해 그 모습은 조금씩 변질이 되어 간다.

너무 평화가 오래 지속되었음인가.

오래 지속된 평화 속에서 힘을 길러 온 정파 무리, 그 힘을 쓸 곳이 없었던 정파들은 사파를 공격하기 시작했다.

정파의 무리는 정의 구현이라는 구호 아래, 죄 없고 힘없는 사파 무리을 탄압하기 시작했다.

사파들은 무려 이십 년간 억울하게 죽어 가야 했다.

사황(死皇) 용태성(龍泰盛).

어느 날 홀연히 나타나 사파 무리를 탄압하던 정파를 일거에 휩쓸어 버리는 또 다른 강자가 나타난다.

우연히 밥을 얻어먹은 문파가 침입을 당하는 것을 지켜보던 용태성은 그 무리를 격파하고 힘없는 사파를 위해 살겠다고 선언한다.

수많은 정파 연합은 용태성을 처단하기 위해 그를 공격했지만 돌아오는 건 처참한 패배뿐이었다.

더는 정파의 패배를 지켜볼 수 없었던 천검문주의 첫째 아들인 일섬(一閃) 무유성(武有惺)은 자신이 직접 해결하겠다며 용태성에게 비무를 신청했다.

검황의 첫째 아들 무유성, 그의 나이 스무 살, 이미 화경의 경지를 다가서고, 천재가 아니면 익힐 수 없다는 조화십검(造化十劍)을 무려 칠검까지 터득한 천재였다.

정파 연합은 이제 용태성을 처단할 수 있다고 믿었다.

하지만.

결과는 무유성의 패배.

사람들은 믿을 수 없었다. 하지만 믿어야 했다.

무유성은 용태성의 뇌화풍천도(雷火風天刀)에 의해 큰 내상을 입고 패하고 만다.

사태가 점점 악화일로(惡化一路)로 치닫자, 결국 무황성이 해결을 위해 나섰고, 더 이상의 분란을 막기 위해 무황성의 이름으로 용태성을 사파의 지존으로 인정한다.

무황성이 원한 건 중원 통일이 아닌 중원의 평화였기에 가능한 결정이었다.

이렇게 인정을 받은 사파는 용태성을 주축으로 사파의 연합을 구축하였고, 연합은 세월이 흘러 구룡방이라는 거대 방파로 변모한다.

구룡방(九龍幇).

비록 사황의 등장으로 숨통이 트이긴 했지만, 여전히 약자의 위치에 있었다.

사파연합은 아홉 명의 사파 절대고수를 주축으로 한 방파로 연합의 성격을 바꾸고 후기지수를 키우는 데 주력을 하기 시작하였다.

훗날 구룡방은 정파의 힘에 대등하게 맞설 수 있는 고수들을 배출하기 시작하였고, 구룡방은 강호에서 모두가 두려워하는 절대 세력을 구축하였다.

이렇게 하여 정파와 사파는 힘의 균형을 이루게 되었고, 그 힘의 균형으로 인해 다시금 평화가 찾아왔다.

일 세기에 하나 나오기도 힘들다는 영웅들의 출현, 그리고 적절한 세력의 배치로 인해 무림은 다시금 평화로운 시대를 맞이한다.

하지만…… 과연 그 평화가 얼마나 지속이 될지는 아무도 알지 못했다.

그렇게 시간은 흘러 이십 년이 지나갔다.

제一장

중원 내륙 깊숙한 곳에 나무들이 빽빽하게 자리 잡은 거대한 우림(雨林)이 있었다.

사람들의 발길이 닿지 않는 오지 중의 오지.

이곳의 깊은 우림엔 천연의 진(陣)이 존재하고 있었다.

그 누구도 출입을 허락한 적이 없는 천연의 진.

시시때때로 풍경을 변화시킨다.

그리고 강력한 환각을 만드는 현상 때문에 이곳에 갇히면 누구도 찾을 수 없고, 누구도 빠져나갈 수 없는 무서운 자연 진이었다.

그런 진 속에서 누군가가 나왔다.

모습을 드러낸 것은 약관(弱冠:스무 살) 정도 되어 보이는 청년이었다.

조각 같은 얼굴과 우뚝 솟은 콧날, 그리고 백옥 같은 피부.

이 우림과는 전혀 어울리지 않는 생김새였다.

그의 이름은 운천룡이였다.

그의 한 손에는 자신의 몸보다 커다란 멧돼지가 들려 있었고, 다른 한 손에는 다 자란 사슴 한 마리가 들려 있었다.

고기를 먹을 생각에 행복한지 입가에 미소가 가득한 채로 걸어왔다.

안개가 짙게 낀 진 앞의 넓은 공터에 선 천룡은 멧돼지와 사슴을 바닥에 내려놨다.

"하하하, 어디 오래간만에 고기 좀 구워 먹어 볼까?"

그러고는 손을 마구 비비며 주변을 살피기 시작했다.

"먼저 불을 피우려면 주변 정리를 좀 해야겠군."

그렇게 말하고 난 뒤 살짝 발을 들어 땅을 내리쳤다.

쿵!

발에서 시작한 파동이 근처의 나무들과 바위들을 날려 버렸고, 그곳에 깔끔한 공터가 생겼다.

그중 일부 나무들은 무언가의 힘에 멈춘 채로 공중에 떠 있었다.

"음, 저 나무를 땔감으로 쓰면 되겠군."

천룡은 공중에 떠 있는 나무 중 제일 큰 나무를 골라 열양진기(熱陽振氣)를 이용하여 불을 피우기 쉽게 나무를 말리는 한편, 불 피우기 좋게 조각을 내었다.

나무에 불을 붙이고는 천천히 가죽을 벗기고 각 나무 꼬챙이에 꽂아 불 위에 올려놓았다. 그러고는 품 안에서 무언가를 꺼냈다.

"짜잔! 비장의 양념."

신나는 얼굴로 양념을 뿌리며 좋아하다가 갑자기 그리움이 가득한 목소리로 중얼거렸다.

"하아…… 제자들이 이런 것은 진짜 기가 막히게 잘 구웠는데……."

제자.

스무 살 중반이나 되었을 법한 외모에서 나올 단어가 아니었다.

"첫째 놈은 육십 년이나 지났고, 둘째 놈은 사십 년인가? 셋째는 이십 년이군. 그 녀석들은 잘살고 있겠지? 그래도 찾아온다고 하더니……. 하긴…… 내가 두려워서 아이들을 피해 숨은 것을……. 나 열심히 찾아다니고 있으려나? 아니면…… 잊었으려나?"

육십 년. 사십 년. 그리고 이십 년.

그의 입에서 나온 이해 안 되는 단어들이었다.

제자들이 떠난 지가 최대 육십 년이 지났다는 소리가 되는데, 그럼 이 청년은 못해도 백(百) 살은 넘겼다는 이야기가 된다.

제자들을 가르쳤다는 것은 최소한 나이가 서른은 넘었을 테고, 제자들이 떠났다고 해도 최소 십 년은 가르쳤을 테니 말이다.

　백 년이 넘었는데도 이렇게 젊은 모습을 유지하고 있다는 것은 전설의 반로환동(返老還童)이라도 했다는 것인가.

　그러나 그 후에 그의 입에서 나온 말은 더 충격적이었다.

　"하아…… 이제 혼자인 것도 지겹구나……. 이제 제자들 찾으러 나가 볼까? 나도 사람들과 어울려 살 수 있을까? 제자들이 날 정말 반겨 줄까? 그게 오랫동안 죽지 않고 외로움과 싸우는 것보다 나을까? 죽지 않는다는 것은 정말…… 저주나 다름이 없구나……."

　죽지 않는다.

　불사(不死).

　이 얼마나 엄청난 단어인가? 모든 인간의 꿈인 불사의 존재…….

　그런데 이자는 지금 자신이 그 존재라고 말하고 있는 것이다.

　육신이 가루가 되지 않는 이상, 죽지 않는다는 전설의 존·재. 이미 인간이 아니라 신(神)이라 해도 과언이 아닐 그런 사람인 것이다.

　그런데 그런 능력을 지닌 자가 왜 이런 오지에 숨어서 사는 것일까?

세상으로 나아가 그 능력으로 살아간다면 능히 이름을 널리 날리고 두고두고 사람들에게 존경을 받으면 살아갈 수 있었을 텐데 말이다.

사실 천룡은 자신에 대한 기억이 전혀 없었다.

어느 날 눈을 떴을 때 이곳이었고, 기억이 전혀 없던 자신은 이곳에서 차츰 적응해 가며 살아왔던 것이었다.

자신이 얼마나 오랜 시간 동안 살아 있었는지조차 모르고 있었다.

그래도 글은 읽을 수 있었기에 자신의 거처에 있는 책들을 읽으며 지식을 쌓아 왔다.

그렇게 책을 읽으며 세월을 보내자, 자신이 알고 있던 무공들의 기억이 제일 먼저 떠올랐다.

딱히 이곳에서 할 수 있는 것이 없었기에 천룡은 그 무공들을 다시 살펴보고 재창조하고 또 새로운 무공을 만들며 지내 왔다.

하루하루가 다르게 강해지고 있던 어느 날, 자신을 붙잡고 있던 이 안개진을 힘으로 벗어날 수 있다는 사실을 깨달았다.

오랫동안 기다려 왔던 순간이었기에 기쁜 마음으로 안개진을 빠져나왔지만, 막상 밖으로 나오니 갈 곳이 없었다.

나 자신이 누군지도 모르는데 어디를 간단 말인가.

또한, 시간이 얼마나 흘렀는지조차 몰랐기에 자신을 기억해 주는 사람이 세상에 과연 있을까 하는 생각도 들었다.

세상에 혼자 버려진 기분이 이러할까.

그런 마음에 천룡은 그때부터 이곳에서 나갈 생각을 하지 않았다.

알 수 없는 두려움이 그를 스스로 이곳에 가둬 놓은 것이었다.

그러한 천룡이 변하기 시작한 것은 제자를 만들고 나서였다.

턱을 괴고 무언가 심각하게 고민을 하던 운천룡은 고개를 들어 하늘을 바라보기 시작했다. 제법 날이 저물어 붉게 펼쳐진 노을빛 하늘을 바라보며 입을 열었다.

"제자들을 만나러 나가 볼까? 그 녀석들 이제 많이 늙었겠군…… 보고 싶구나…… 하지만 세상이 얼마나 변했는지도 잘 모르고…… 내가 나가서 적응을 할 수 있을까도 모르겠네. 무엇보다…… 나에 대해 기억이 전혀 나질 않으니…… 나는 무엇일까?"

천룡은 가끔 자신은 어떤 사람일까 하는 생각을 하며 살았다.

세상에 나가면 무엇을 해 보고 싶은 것일까. 굳이 나가야 할까.

세상에 나갔는데 갑자기 기억이 돌아왔는데, 내가 시대를 초월한 엄청난 악인이었다면? 그래서 세상을 피로 물들인다면?

생각만 해도 끔찍했다.

세상에 나가길 꺼린 천룡의 마음이 만들어 낸 방어적인 핑계였을지도 모른다.

천룡은 이곳에서 생활하며 오직 책으로만 세상을 공부했기에 더욱더 그랬을지도 모른다.

그렇게 고민을 하던 그가 과거 자신의 제자들의 모습을 떠올렸다.

'무광이를 제자로 들일 때는 고민을 많이 했었지. 이것이 과연 잘하는 일인가……. 하지만 그 아이와의 만남은 왠지 운명 같은 기분이었다고 해야 하나?'

❧

첫째 제자의 이름은 담무광이었다.

그는 이 산 저 산을 돌아다니며 약초를 캐다 팔아 간간이 끼니를 때우던 고아 소년이었다.

하루는 천룡이 사는 산에 올라와 약초를 찾아 돌아다니다 갑자기 내린 폭우를 피해 동굴 속으로 몸을 피했다.

그 동굴 속에서 비가 그치길 기다리다 그만 잠이 들어 버렸다.

그때 동물 사냥을 나왔다가 폭우를 만나 비를 피할 곳을 찾던 천룡은 불빛이 새어 나오는 동굴을 발견하고 그곳으로 몸을 피했다.

처음으로 사람을 만난다는 생각에 잠시 머뭇거리긴 했지만 그래도 무작정 비를 맞고 있긴 싫었다.

용기를 내어 불빛이 나는 동굴 속으로 들어간 천룡은 모닥불 옆에 쓰러져 앓는 소리를 내는 작은 소년을 발견한다.

그 당시 무광의 상태는 심각했다. 약한 몸에 비를 맞아서인지 피골이 상접한 몸에서는 열이 나고 있었고, 가쁜 숨을 내쉬며 죽어 가고 있었다.

상태가 심각하다는 것을 안 천룡은 급히 자신의 품속에서 푸른빛이 감도는 단환(團丸)을 하나 꺼냈다.

"천령신단(天靈神丹)이면 이 아이를 충분히 살리겠지."

그렇게 중얼거리며 아이의 입을 열고 신단을 입속으로 밀어 넣었다.

천령신단은 천룡이 가끔 몸이 아프거나 기운이 없을 때 먹기 위해 만든 단환이었다.

문제는 이 단환의 약효는 천룡이 생각하는 것 이상의 기운을 가지고 있다는 것이었다.

강호에서 유명하다는 소림의 대환단이나 화산의 자소단은 이 천령신단에 비하면 그냥 동네에서 파는 일반 단환급으로 떨어진다.

입안에 들어간 천령신단이 녹아내려 소년의 배 속으로 사라졌다.

　다행히도 약효가 금방 돌아 무광은 천천히 신색(身色)을 회복하기 시작하였다.

　"휴우, 한숨 돌리겠군. 그나저나 처음으로 만난 세상 사람이 다 죽어 가는 어린아이라니……. 근데 이 녀석은 왜 이 깊은 산속에 혼자 있는 거야? 일어나면 물어봐야겠군."

　하루가 지나고 다음 날이 되자 무광은 눈을 떴다. 그리고 자신의 옆에 있는 사람을 보며 놀랐다.

　그 후에 일어난 일들을 듣고 무광은 천룡에게 큰절하며 후에 이 은혜를 갚겠다고 하였다.

　어찌 이런 곳에 혼자 있느냐 물으니 산에 오게 된 연유와 함께, 지금까지 혼자 힘들게 살아온 나날들을 말해 주었다.

　무광은 어린 나이에는 절대로 지을 수 없는 쓸쓸한 표정을 지으며 고개를 숙였다.

　순간 자신이 처한 상황과 같은 무광에게 천룡은 마음이 가기 시작했다.

　자신도 이 아이와 다를 바 없는 몸이었다.

　마침 외로움을 느껴 사람을 찾아 떠나 볼까 하고 고민하고 있던 차였다.

　천룡은 무광을 천천히 뜯어보고 결심을 하였다. 천룡은 무광에게 말했다.

　"너도 나랑 같은 처지구나……. 어디 갈 곳이 없다면 나랑 같이 지내자. 너만 괜찮다면……."

그 말을 들은 무광은 깜짝 놀라며 생각에 빠졌다.

저 말이 사실일까? 아니면 나에게 원하는 게 있는가?

세상에 대한 불신과 삶의 고통을 어린 나이에 맛본 무광은 천룡의 말을 처음에는 경계했다.

이런 생각을 한 것은 그 누구도 자기를 신경 쓰는 사람이 없었기 때문이다.

그런데 이 사람은 달랐다.

죽어 가는 자신을 아무런 대가 없이 살려 준 것도 그렇고, 자신을 동정의 눈빛이 아닌 애정의 눈빛으로 바라봐 주었다.

무엇보다 천룡의 옆이 너무도 포근하게 느껴졌다.

무광은 하늘이 자신에게 준 처음이자 마지막 행복의 기회라 생각하고 고개를 끄덕였다.

그렇게 천룡과 무광의 동거 생활이 시작되었다.

그렇게 십사 년이 흘렀다.

스무 살이 된 무광을 천룡은 강호로 내보내기로 한다.

누구보다도 사랑하는 제자를 다시 떠나보내려니 고민이 되었다.

하지만 그럴 수는 없었다. 자기가 하지 못했다 하여 제자까지 그런 생활을 살게 하고 싶진 않았다.

제자만은 자신처럼 이렇게 갇혀 지내길 바라지 않았다.

"사부님…… 제자 이제 강호로 떠납니다. 부디 옥체강녕(玉

體康寧) 하세요."

"그래······. 너도 몸조심해라······. 항시 몸조심하고······."

그렇게 말하고 배웅을 해 주려 하였다. 그런데 제자가 일어서질 않는 것이었다.

"사, 사부님······ 제자······ 소원이······ 소원이 있습니다. 들어주시겠습니까?"

담무광은 어렵게 입을 열었다. 그 모습에 궁금함이 생긴 천룡은 물었다.

"하하, 우리 무광이 소원이라? 아무렴 들어줘야지. 말해봐."

"아, 아버지라고 감히 불러도 되겠습니까? 저는 사부님을 아버지로 모시고 싶습니다. 제자의 간절한 소원입니다."

순간 운천룡의 얼굴엔 기쁨과 당황의 표정이 어렸다.

"아버지? 아버지라······ 내가······ 아버지?"

"저는 처음 사부님을 뵈었을 때부터 이미 아버지로 생각하며 살아왔습니다. 그러니 부디 허락해 주십시오."

담무광은 그리 물으며 고개를 들어 천룡을 보았다.

천룡은 흘러내리는 눈물을 닦지도 않은 채 환하게 웃으며 담무광을 바라봤다.

"우리 아들 마음대로 해라."

주르륵.

담무광은 눈물을 흘렸다.

가장 큰 소원이었다.

아버지를 갖는 것, 가족이 생기는 것.

자신도 힘들고 지칠 때 기대고 응석 부릴 아버지가 생긴 것이다.

이제는 그 간절한 소원이 이루어지는 순간이었다.

무광은 눈물을 닦으며 각오를 다진 얼굴로 말했다.

"아버지, 소자 이제 하산하겠습니다. 반드시 아버지의 가르침을 받들어 정의를 위해 살아가겠습니다. 그리고…… 그리고, 제가 아버지를 호강시켜 줄 수 있는 그때…… 아버지를 모시러 오겠습니다. 못다 한 효도는 그때……."

담무광은 목이 메 더는 말을 잇지 못했다.

그런 제자를 천룡은 꽉 안아 주며 말했다.

'그래. 우리 아들이 해 주는 효도 꼭 받아 봐야지. 그때까지 기다리고 있을 테니 걱정하지 마라.'

강한 제자였다.

하지만 그것은 겉모습일 뿐, 속은 누구보다도 여린 아이였다.

담무광은 천룡에게 정성이 가득 담긴 절을 한 후 길을 떠났다.

'꼭 강호제일인이 되어 아버님을 기쁘게 해 드리자! 세상 모든 이들이 아버지를 존경하게 만들겠어! 그리고 그 후엔 아버지를 위해 남은 인생을 살아가리라.'

그렇게 마음속으로 다짐을 한 첫째 제자 담무광은 강호로 떠났다.

꿀

"보고 싶다! 내 아들! 잘 지내고는 있는지……. 생각해 보니 셋째까지 모두 착한 녀석들이었지. 나도 참 복이 많은 사람이구나."

너무 깊게 생각에 잠겨 있었던가? 이미 고기는 새까맣게 타들어 가고 있었다.

"아차차! 고기. 이런…… 다 타서 얼마 먹지도 못하겠네. 이럴 때 둘째가 있었으면 고기가 탈 일도 없었을 텐데…….고기는 둘째가 진짜 맛있게 잘 구웠는데……."

천룡은 타지 않은 부분을 잘라 내 먹기 시작했다.

이미 다 타 버려서 양이 얼마 되지 않아 먹는 데는 그리 오랜 시간이 걸리지 않았다.

"아, 진짜…… 얼마 먹지도 않았는데 끝이네. 오랜만에 고기 먹으러 내려와서 이게 뭐람. 괜히 제자 생각은 해서……."

그는 투덜거리면서 그 자리에 대(大)자로 누웠다. 말을 투덜거려도 입가엔 행복한 미소가 가득했다.

'둘째는 요리를 정말 잘했지. 후후, 그 녀석이 해 주는 밥을 먹으려고 끼니때만 손꼽아 기다렸었지. 그리고 항상 밝은

아이였어. 나를 즐겁게 해 주려고 엄청나게 노력했지. 둘째
를 처음 만났을 때는 슬픈 얼굴을 하고 있었지만……'

&

천룡은 첫째가 강호로 나가고 다시 십(十) 년이라는 세월을
무료하게 보내고 있었다.

그때까지만 해도 혹시나 제자가 자신을 찾을까 싶어 산속
에 오두막을 지어 놓고 살고 있었다.

어느 날 무료함을 달래기 위해 산책을 나섰는데, 어디선가
슬피 우는 소리가 들렸다. 그 소리를 따라 가 보니, 한 아이
가 고사리 같은 손으로 곡괭이를 들고 땅을 힘겹게 파고 있
었다.

땅을 파면서 울고 있는 아이, 어찌나 슬피 우는지 천룡은
궁금함에 그 아이 곁으로 다가선다.

순간 누군가가 다가옴을 느끼고 뒤를 돌아본 아이는 눈물
범벅이 된 얼굴로 천룡을 바라보았다.

세상의 모든 슬픔을 간직한 한 것 같은 눈빛, 순간 가슴 한
곳이 쓰라렸다.

저 어린 나이에 저런 얼굴을 하고 있다는 것이 슬펐다.

아이는 다섯 살 어린 나이에 부모를 모두 잃고, 부모의 무
덤을 만들어 주기 위해 그렇게 힘들게 땅을 파고 있었던 것

이었다.

아이의 손을 보니 이미 피투성이가 되어 있었다.

천룡은 아이의 곡괭이를 빼앗아 묵묵히 아이를 대신해 땅을 파기 시작했다.

내공(內功)을 이용하여 한 번에 구덩이를 만들 수도 있었지만, 그것은 왠지 예의가 아닌 것 같아 정성을 다해 땅을 파기 시작했다.

아이의 부모를 고이 묻어 주고 아이를 오두막으로 데려왔다.

같이 생활을 하기 시작했지만 일(一) 개월이 지나도록 아이는 말이 없었다.

항상 슬픈 눈으로 하늘을 바라보며 생각에 잠겨 있었다.

그리고 일 개월이 지나자 아이가 말을 했다.

"제 이름은 무천명(武天明)이에요."

처음으로 말을 한 것이 바로 자신의 이름이었다.

아이는 일 개월간 자신의 부모를 마음속에서 떠나보냈다고 했다.

이제 다섯 살짜리 아이 입에서 나올 소리는 아니었다.

범상치 않은 기운을 느낀 천룡은 그 아이에게 말했다.

"너랑 나랑은 아무래도 이어질 운명이었나 보다. 이제 나와 함께 지내자."

천명은 천룡을 조용히 바라보았다.

한동안 천룡을 바라보던 아이는 무언가를 결심한 듯 일어서서 진심이 가득 담긴 절을 하기 시작했다.

사제지연(師弟之緣).

천룡을 사부님으로 모시겠다는 의미였다.

천룡은 천명을 누구보다 많이 아끼며 소중하게 키웠다.

그러자 웃음을 잃었던 천명은 점차 웃음을 되찾아 가기 시작했고, 시간이 지나자 눈이 부실 정도로 밝은 미소를 갖게 되었다.

"천명아, 너는 어떤 사람이 되고 싶으니?"

어느 날 천룡은 천명에게 이런 질문을 던졌다.

천명의 입에선 뜻밖의 대답이 나왔다.

"사부님을 위해서 사는 사람이 되고 싶어요."

어떤 사람이 되고 싶으냐고 물으니까 자신을 위해 사는 사람이 되고 싶다고 하였다.

순간 세상에 홀로 떨어져 외롭게 살아온 지난 세월을 모두 보상받은 기분이었다.

세월이 흘러 천명 역시 강호로 내보내야 할 때가 되었다.

그런데 첫째와는 달리 둘째는 통 나갈 생각이 없는 것이었다.

"사부님, 제가 내려가면 사부님 식사는 누가 챙겨요? 또 사부님이 좋아하시는 훈육(燻肉)은요? 그리고 또⋯⋯."

천명은 떠나라는 사부의 말에 서운함을 드러내며 말했다.

천룡 역시 천명을 내보내긴 싫었다. 항상 애교 많고 자신을 위해 모든 것을 하는 예쁜 제자를 언제나 곁에 두고 싶었다.

하지만 그럴 수는 없었다.

이 아이 역시 자신처럼 살게 할 수는 없었다.

고민 끝에 천룡은 한 가지 계책을 생각해 냈다. 자신을 누구보다 아끼고 따른다는 것을 이용하기로 한 것이다.

"천명아, 이 사부의 소원이 있어. 들어주겠니?"

순간 천명은 사부의 소원이라는 말에 집중하기 시작했다. 다른 누구의 소원도 아닌 자신이 사랑하는 사부의 소원이었다.

"세상을 경험하고 나중에 이 사부에게 들려주지 않을래? 지금까지 한 번도 세상 구경을 못 해 본 이 사부를 위해서 말이야. 그렇게 하려면 아주 많이 경험하고 이곳저곳을 돌아다녀야 할 것이야. 들어주겠니?"

알고 있었다.

사부는 이곳을 벗어나지 못한다는 사실을…… 세상에 나가는 것을 두려워한다는 것을…….

그리고 지금껏 단 한 번도 세상을 경험해 보지 못했다는 사실도 말이다.

그것을 알고 있기에 더욱더 사부의 소원이 마음에 걸렸다.

자신의 불찰이었다.

자신의 욕심만 부린 것 같아, 너무 죄송스러워하는 천명이 었다.

"흐끄윽…… 끄으윽……."

천명은 억지로 울음을 삼키며 고개를 끄덕였다. 나가야 한 다.

사부의 소원을 위해서, 사부님을 즐겁게 해 드리기 위해서 나가야 한다.

자신이 경험한 세상을 이야기해 드리면 사부도 세상에 흥 미가 생겨서 나오시지 않을까? 그러면 사부와 함께 여행도 다닐 수 있지 않을까?

이제는 시간을 끌고 있을 때가 아니었다.

조금이라도 더 빨리 나가서 세상을 경험하고 돌아와야 한 다.

사부님이 오래 기다리시기 전에 말이다.

"꼭…… 꼭 세상의 모든 것을 경험하고 오겠습니다. 세상 의 모습을 이 제자의 두 눈에 소중히 담아 사부님께 들려드 리겠습니다. 그때까지 어디 가시면 안 됩니다. 선계(仙界)로 가신다든지 아니면…… 아무튼 절대로 안 됩니다. 꼭 약속해 주세요."

천명은 자신의 사부가 혹시 신선이 아닐까 하는 생각을 종 종 했었다.

항상 자기가 사라지면 다시 선계로 올라가실까 봐 그것이 너무도 두려웠다.

천룡은 환하게 웃으며 말했다.

"내가 가긴 어딜 가냐? 내 소원. 그것을 우리 제자가 들어주는데 가긴 어딜 가. 사랑하는 제자가 세상 이야기를 들려주기 전엔, 그 어디도 절대 가지 않을 테니 걱정하지 마라. 그리고 정말 고맙다. 못난 사부가 너에게 짐을 지우는 거 같아 미안하다."

사부가 미안하다고 한다.

천명은 고개를 세차게 저으며 말했다.

"못난 사부라뇨! 제자 절대 그 말은 인정할 수 없습니다. 아니, 그 말은 듣지 않았습니다. 사부님은 제게 있어 가장 소중한 분…… 제 목숨보다 소중한 분이시니까요."

그렇게 말을 하고 천천히 정성을 담아 큰절을 올리기 시작했다.

그 모습을 잠시 바라보던 천룡은 뒤로 돌아 오두막으로 들어갔다.

제자가 떠나는 모습을 보기 싫었기 때문이다.

천명은 사부가 오두막에 들어간 뒤에도 한참을 일어나지 않았다.

한참 후에 일어난 천명은 다짐하며 길을 떠났다.

"사부님의 소원이다. 무슨 일이 있어도 들어드리고 말겠다. 후후, 사부님이 기뻐하시는 모습을 상상하니 벌써 힘이 나는군."

둘째 제자 역시 이렇게 강호로 떠났다.

❧

"후후, 둘째가 떠난 뒤 바로 내 원래 보금자리로 옮겼지. 그 녀석 마음이 여려서 다시 돌아와 같이 나가자고 조를까 봐 말이지……. 그래도 오래 지나지 않아 심심해지긴 했지. 녀석들이 보고 싶기도 했고…… 사람이 그리웠지. 너무 그리운 나머지 나도 모르게 사람이 사는 세상에 나가 보려고 시도를 했었지."

그랬다.

천룡은 사람이 너무 그리운 나머지 세상으로 나가는 것을 시도한 적이 있었다.

그러나 그 시도는 실패하고 말았다.

바로 세 번째 인연 때문이었다.

❧

천룡은 세상으로 나가기 위해 모든 준비를 마치고 길을 나섰다.

하지만 너무 급하게 준비를 하다 보니 먹을 것을 챙기지 못했다.

천룡을 대수롭지 않게 생각했다.

배가 고프면 짐승을 잡아먹으면 된다고 생각했던 것이었
다.

하지만 그 생각은 길을 나서고 얼마 지나지 않아 틀렸다는
것을 알게 된다.

배가 고파 산짐승을 잡으려고 했지만, 아무리 둘러봐도 살
아 숨 쉬는 동물이 한 마리도 없는 것이었다.

"아, 배고파 죽겠다. 내가 정말로 큰 착각을 했구나."

땅에 주저앉아 한숨을 쉬며 한탄을 하고 있을 때, 어디선
가 부스럭 소리가 났다.

천룡을 그 소리가 난 곳으로 조심스레 몸을 날렸다.

그리고 그 소리의 물체를 덥석 하고 잡았다.

"하하하, 그럼 그렇지 산에 산짐승이 한 마리도 없을 리가
없……."

기쁨에 찬 환호성도 잠시, 자신의 손에 잡힌 물체가 짐승
이 아닌 사람, 어린아이였다.

아이는 두려움에 질린 얼굴로 천룡을 쳐다보고 있었다.

천룡은 머리를 긁적이며 아이를 조심스레 내려놓았다.

"미안하다. 배가 고픈 나머지 짐승으로 착각했구나. 용서
해 주라."

천룡이 웃으면서 사과를 하자, 아이는 그제야 표정을 풀고

천룡을 자세히 들여다보기 시작했다.

꼬르륵.

순간 정적을 깨는 소리가 들렸다. 아이는 키득거리며 이제야 이해한다는 표정을 보였다.

"배가 고프신가 봐요? 얼마 안 되지만 이거라도 드세요."

아이는 자신의 품 안에서 주먹밥 두 개를 꺼내 천룡에게 건넸다.

천룡은 그 주먹밥을 받아 들고 허겁지겁 정신없이 먹었다. 다른 건 다 참아도 배고픈 건 못 참는 천룡이었다.

손가락에 붙은 밥알까지 깨끗이 떼어 먹은 뒤 아이를 보았다.

아이는 이제 한 일곱 살이나 되었을까? 볼에는 살이 도톰하게 올라와 정말 귀엽게 생기고, 짙은 검은색 눈동자가 그렇게 사랑스럽게 보일 수가 없었다.

특이하게도 머리카락 색은 붉은색이었다.

"고맙다. 그래 꼬마야, 네 이름은 무엇이니?"

아이의 붉은 머리를 쓰다듬으며 물었다.

"헤헷! 제 이름은 용태성(龍泰盛)이에요. 아저씨는요?"

"내 이름은 운천룡이란다. 너는 이곳에 사니?"

태성은 고개를 끄덕이며 말했다.

"네! 근데 아저씨는 무림인인가요?"

"무림인?"

"네. 막 날아다니고 바위도 부수고 그러는 사람요."

천룡은 순간 자신이 무림인인가? 하는 고민에 빠졌다.

무공을 알고 있기는 하지만, 한 번도 무림이라는 곳에 나
간 적이 없었다.

그러니 무림인은 아니었다.

바위를 부순다.

자신은 바위가 아닌 바위로 이루어진 태산을 흔적도 없이
부술 수 있는 사람이니 맞는 것 같다.

날아다닌다.

그 또한 말이 된다. 마음만 먹는다면야 지금 즉시 날아서
제자들을 보러 갈 수도 있기 때문이다.

아이는 경공을 말한 것이겠지만 말이다.

생각을 정리한 천룡은 고개를 끄덕였다.

그러자 태성은 표정이 밝아지면서 천룡의 여기저기를 자
세히 보기 시작했다.

그러나 금세 시무룩해진 표정으로 천룡을 바라보며 말했
다.

"에이, 근데 왜 이리 몸이 부실하게 생겼어요. 무림인인데
약하죠?"

그 말을 듣자니 갑자기 가슴 깊은 곳에서 뭔가가 욱하고
올라왔다.

"아니야! 내가 얼마나 강한데 그건 네가 몰라서 하는 소리

야."

그러고는 옆에 있는 바위를 지그시 발로 밟았다.

그러자 바위는 꽝음을 내며 산산조각이 났다.

"와! 진짜네. 정말 강하세요. 최고다."

태성은 박수를 막 치며 칭찬을 마구 해 댔다.

그러자 우쭐해진 천룡은 어깨에 힘을 주었다.

"어떠냐? 강하지? 하하하하."

"제게도 무공을 가르쳐 주세요."

"하하…… 응? 뭐라고?"

태성은 간절한 눈빛을 천룡에게 보내며 말했다.

왠지 낚인 기분이 드는 천룡이었다.

"제발 제게도 가르쳐 주세요. 사부님으로 모시고 싶어요."

"무공을 배워서 어디에 써 먹으려고? 강해지려는 이유가 무엇이지?"

그러자 태성은 진지한 얼굴로 천룡을 바라보며 말했다.

"세상의 모든 약한 이들을 위해 살고 싶어요. 제 꿈인걸요. 하지만 그러기 위해서는 힘이 필요하더라고요. 이 세상은 힘이 곧 법인걸요. 하지만 저는 어리기 때문에 힘이 없어요. 나이를 먹는다 해도 무림인들처럼 강해질 수는 없겠죠."

어린 나이지만 저런 생각을 가지고 굳은 심지로 자신의 목표를 향해 나아가려는 의지가 태성에게서 느껴졌다.

"누군가는 나서서 그 사람들을 지켜 줘야 하지 않겠어요?

그게 저였으면 좋겠어요."

태성은 천룡이 자신을 거부하면 어쩌나 하고 가슴을 졸였
지만, 이미 천룡의 마음에 태성이 자리 잡고 있었다.

'인연인가.'

결국 그 아이에게 마음을 뺏긴 천룡은 바깥세상으로의 외
출은 잠시 미뤄 두고, 태성을 제자로 받아들인다.

세월은 흐르고……

"그래, 그래. 알았다. 내가 여기 정리하고 곧 뒤따라 나갈
테니까 먼저 나가서 실컷 네 꿈을 펼치고 있어라."

"옛! 꼭요! 꼭 하산하시면 절 찾아오셔야 합니다. 하늘에
대고 약속하신 겁니다. 사부님!"

다른 제자들과 달리 셋째에겐 내가 널 찾아가겠다고 약속
을 했기에 세상에 내보내는 것에 크게 문제가 없었다.

"헤헤, 사부님, 그럼 제자가 먼저 가서 세상을 정리해 놓겠
습니다. 사부님께서 천천히 오시면 제가 다 자리 잡아 놓고
아주 편히 모실게요."

"알았다. 녀석. 어서 가거라."

서로의 인사가 끝나고 태성은 경공을 최대한 발휘해 몸을
날렸다.

날아가면서 한마디 더 하는 것도 잊지 않고 말이다.

"사부님! 빨리 오셔야 합니다."

그렇게 셋째 역시 강호로 떠났다.

제자들의 생각을 하며 천룡은 그리움이 가득한 표정으로 하늘을 바라보았다.

하늘은 이미 해가 지고 어둠이 짙게 깔리고 있었다.

짙게 깔린 어둠 사이로 별들이 모습을 보이고, 천룡은 별들을 보면서 무언가를 골똘히 생각하고 있었다.

그리고 무언가를 결심한 듯 주먹을 불끈 쥐었다.

'그래! 나가자! 이제 세상에는 내가 아는 나의 자식, 제자들이 있어. 세상에 나가도 나는 더는 혼자가 아니야! 그리고 나도 평범하게 살아 보고 싶다. 그래! 평범한 사람들은 일이라는 걸 하며 살아간다고 했어. 일하면 나도 평범하게 살 수 있는 거야. 그래, 그거야! 일이었어.'

그렇게 생각을 정리한 천룡은 자리를 박차고 일어났다. 결심을 굳힌 것이다.

제자들을 보고 싶은 마음이 나가서는 안 된다는 마음을 이긴 것이다.

"내일 아침 일찍 준비해서 길을 떠나자! 그리고 나도 일을 해서 평범한 삶을 살며 제자들과 어울려서 사는 거야."

천룡의 얼굴에는 기쁨이 가득했다.

아마도 저렇게 기뻐하는 것은 태어나서 처음일 것이다. 한 번도 자신을 위해 살아 보지 않았기에 더 그랬을 것이다.

더욱이 나가 보지 못했던 미지의 세상으로 떠나기로 마음을 먹었기에 더 그랬을지도 모른다.

천룡은 서둘러 자신의 보금자리가 있는 진 안으로 들어갔다.

내일을 위해 오늘은 일찍 자기 위해서다. 내일이면 자신이 한 번도 경험해 보지 못했던 세상 경험을 한다.

그 생각을 하니 조금이라도 일찍 잠이 들어 빨리 내일이 오기만을 바랄 뿐이었다.

아직 동이 채 트기도 전인 이른 새벽.

누군가가 여기저기 헤집고 다니면서 부지런히 움직이고 있었다. 어찌나 바쁘게 움직이는지 어둠도 그것을 방해하지 못했다.

시간이 지나면서 서서히 해가 뜨기 시작하고 그 빛을 받아 이곳 안의 세상도 점차 그 색(色)을 찾아가기 시작했다.

선유동(仙遊洞).

짙은 안개를 거스르며 한참을 들어오면 엄청난 물보라에 오색찬란한 무지개가 떠 있는 거대한 폭포수가 나온다.

그 폭포수를 뚫고 들어가면 작은 동굴이 나오는데 동굴 위에는 이끼가 낀 채로 눈에 보일 듯 말 듯 글자가 많이 풍화된

석판이 붙어 있었다.

신선들이 놀다가는 마을이라는 이름이 새겨진 동굴이었다.

동굴 안으로 들어오면 화려한 색상의 종유석들이 주렁주렁 매달려 있고, 그중 가운데 가장 큰 종유석에서 하얀 물방울이 떨어질 듯 말 듯 끝에 매달려 있었다.

그 종유석 아래엔 이미 가득 고여 있는 하얀 액체가 작은 물웅덩이를 이루고 있었다.

공청석유(空靑石乳).

산의 온갖 정기가 수십 수백 년 동안 모이고 모여 작은 액체로 변하여 자연의 기운을 잔뜩 머금은 영약의 진수가 바로 이것이다.

모든 무림인이 한 방울이라도 얻길 원하는 영약이 이곳 동굴에 웅덩이를 이룰 만큼 고여 있었다.

이 공청석유는 작은 물줄기가 되어 동굴 안쪽 더 깊은 곳으로 흘러 들어갔다.

공청석유의 물줄기를 따라 안으로 계속 들어가면 사방이 높은 절벽으로 이루어진 넓은 분지가 나온다.

분지는 천지자연의 모든 기운을 모이게 하는 형태를 이루고 있어, 이곳의 기운은 바깥세상보다 스무 배 이상 진한 기운을 머금고 있었다.

분지 안의 세상은 그야말로 절경이 따로 없었다.

넓게 펼쳐진 푸른 들판과 그 사이로 흐르는 맑은 개울물, 그리고 그 개울물 주변으로 펼쳐진, 수많은 형형색색의 과일나무들과 각종 진귀한 약초들이 자라나고 있었다.

공청석유와 혼합이 된 개울물을 머금고 자란 약초들이기에 그 효능은 어마어마했다.

그중에서도 최고의 영약은 개울을 중심으로 넓게 퍼져서 자라나고 있는 무지갯빛의 신기한 풀이었다.

그 풀은 천룡이 처음 이곳에서 깨어나 발견한 것으로 그 어떤 자료에도 있지 않은 신비의 풀이었다.

그냥 풀이라고 부르기엔 너무 이상해서 천룡은 천령초(天靈草)라는 이름을 지어 주었다.

그 풀을 이용하여 만든 것이 바로 천령신단(天靈神團)이었다.

천령신단의 약효는 죽어 가는 사람도 이 약을 먹으면 살아날 정도로 대단했다.

평범한 사람이 이 약을 먹으면 평생 무병장수하고 수명이 늘어나며, 무림인이 이 신단을 복용하면 삼백 년(三百年)에 달하는 내공을 얻고 세상에 존재하는 모든 독의 중독과, 이미 회생(回生)이 불가할 정도로 심한 내상을 단번에 치료해 준다.

또한, 그 사람의 체질에 영향을 주어 그 어떤 절증(癤症)을 앓고 있더라도 이 천령신단을 복용하면 다음 날 건강한 체질로 바뀐다.

그중에서 가장 큰 효능은 바로 이것이었다.

모든 사람은 저마다 오행(五行)에 맞는 기운을 포함하고 있다.

어떤 기운이 강하냐에 따라 그 사람의 무공의 성격이 달라진다. 천령신단은 그 사람에게 최적화된 오행의 기운 중 하나를 열 배로 증대시켜 준다.

즉 같은 초식을 쓰더라도 그 위력이 열 배로 늘어난다는 뜻이다.

그것도 일회용이 아닌 평생을 그 상태로 유지해 준다.

이러한 신단의 제일 중요한 재료인 천령초가 넓게 펼쳐진 개울가를 따라 언덕을 올라가니, 빛에 반사되어 반짝이는 금(金)기와를 얹은 거대한 기와집 여덟 채가 마치 이 세상의 집이 아닌 것처럼 웅장하게 세워져 있었다.

팔괘(八卦)의 방위로 세워진 각 기와집은 집 안에 물건들이 각기 달랐다.

온갖 서책이 잔뜩 꽂혀 있는 책장이 존재하는 기와집이 있는가 하면, 같은 서책이지만 수많은 무공 서적만 꽂혀 있는 책장을 들여 논 기와집도 있었다.

거기에 있는 서책들의 수만 오만 권이 넘었다.

수많은 병기가 진열된 병기고가 있고, 한약방처럼 온갖 한약과 영약이 종류별로 서랍에 차곡차곡 모여 있는 기와집도 있었다.

누가 만들었는지 알 수가 없는 집들이였다. 천룡이 이곳에서 수백 년을 넘게 생활했지만 아무도 오는 사람이 없었다.

그 기와집들이 모여 있는 가운데 앞마당에서 천룡은 무언가를 부지런하게 챙기고 있었다.

"음, 대충 다 챙겼나? 어디 보자. 천령신단도 넉넉히 챙겼고…… 대충 다 챙겼나? 하아…… 한동안 이곳과도 이별이구나. 뭐, 문단속은 따로 안 해도 되겠지."

대충 봇짐을 다 챙긴 천룡은 수백 년간 생활해 온 자신의 공간을 바라보았다. 한동안은 안 올 테니 마지막으로 눈에 담아 두고 나가려는 것이었다.

그러다가 분지의 하늘을 보고는 그 하늘 위로 날아올랐다.

순식간에 주변을 둘러싼 절벽을 지나 짙은 안개구간을 넘어갔다.

그렇게 내려오니 기분이 상승하면서 신이 났다. 항상 마시던 공기인데도 그 느낌이 남달랐다. 처음으로 온전한 세상에 도전해 보는 것도 그렇고, 그 세상에 존재하고 있을 자신의 사랑스러운 제자들 생각에도 기분이 좋았다.

신이 나서 경공을 쓰며 한참을 내려온 천룡은 저 멀리 들판을 보고 환호했다.

얼마 지나지 않아 마을이 보이고, 사람들이 보였다. 천룡은 그 길로 마을을 향해 달렸다.

세상에 나왔으나 세상에 대해 아는 것이 없는 천룡은 일단 세상에 대한 정보를 알아야겠다고 마음을 먹었다.

마을은 크지 않았다. 산골에서 텃밭을 일구고 살아가는 사람들이 모여 만든 자그마한 마을이기에 그랬다.

마을 중앙에는 커다란 나무가 자리를 잡고 있었고, 그 아래 평상에는 노인들이 바둑을 즐기고 있었다.

사람들이다. 제자들 외에 다른 사람들 구경을 하지 못한 천룡은 너무 반가운 마음에 그곳으로 갔다. 그리고 아주 반갑게 인사를 했다.

"안녕, 모두들 반가워."

천룡은 반갑게 인사를 했는데 사람들의 표정은 그게 아니었다. 모두들 천룡을 바라보며 '이 싸가지는 뭐야?'라는 눈빛들이었다. 그중 한 노인이 일어서서 큰 소리로 천룡을 나무라기 시작했다.

"이런 버르장머리 없는 놈 같으니라고. 새파랗게 젊은 놈이 뭐? 안녕? 예끼 이런 못된 놈!"

무엇이 잘못인지를 몰랐다. 자기는 반가운 마음에 인사를 한 것인데 사람들은 화를 냈다.

어리둥절해하고 있는데 다른 노인이 또 말했다.

"어른을 보면 '안녕하세요!'라고 해야지, 어디서 건방지게 반말인고? 아니지 어른이 아니어도 초면에는 존댓말을 쓰는 것이 예의거늘 어디서 배워 먹은 버르장머리야!"

반말이 잘못이란다.

자기더러 어린놈이란다.

이해가 되질 않았다.

자신은 이미 수백 년을 넘게 살았지 않은가? 여기 있는 사람들 나이를 다 합해도 자신이 살아온 세월을 이기지 못할 텐데 자신더러 버르장머리가 없다고 한다.

하지만 이곳은 자신이 살던 그곳이 아니었다. 세상에 나온 이상 세상의 법에 따라야 한다.

천룡은 조심스레 물어보았다.

"내가 산에서만 살다가 처음 세상에 나와서 잘 모르겠는데…… 무엇이 잘못이지? 존대가 뭐야?"

순간 평상에 앉아 있던 노인들은 멍한 표정이 되었다.

곰방대로 담배를 피우던 한 노인이 곰방대의 재를 털면서 말했다.

"자네는 세상에 처음 나온다고? 설마…… 사람을 만나는 것도 처음인 게냐?"

그 질문에 천룡은 고개를 끄덕였다. 물론 제자들이 있긴 했지만, 실제 세상 사람들을 처음 접하는 것은 이번이 처음이기 때문이다.

노인들은 천룡의 눈을 가만히 바라보았다.

눈빛이 정말로 모르는 눈빛이라는 것을 깨닫고는 너털웃음을 지었다.

"허허, 거참……. 정말 무엇이 잘못인지를 모르겠다는 표정이구나. 이것 참 대놓고 뭐라고 하지도 못하게 하네. 허허."

"이놈아! 그런 것을 가르치는 부모도 없느냐?"

"어? 부모? 없……는데."

"……미안하구나."

노인들은 사과하고 어이가 없는지 실없이 웃기만 했다. 그러고는 천룡을 자세히 살피기 시작했다.

아니나 다를까 짐승의 가죽으로 옷을 만들어 입었고, 신발 또한 짐승의 가죽으로 만든 것이었다.

전문적인 장인이 만든 것이 아닌 대충 봐도 조잡해 보이는 것이 직접 만들었다는 것을 알 수 있었다.

그것은 곧 이 청년이 진실을 말하고 있다는 뜻도 되었다.

그 모습을 본 노인은 천룡에게 자리를 권하며 말했다.

"여기에 앉아 봐. 무엇이 잘못인지 내 자세히 알려 줄 테니……."

노인은 곰방대를 한쪽으로 치우고는 자리를 권했다.

주변에 있던 노인들도 천룡을 두고 빙 둘러서서 교육의 준비를 하기 시작했다.

"세상은 말이다. 예(禮)라는 게 있어. 그중에서도 사람을 대할 때는 존대를 해 주는 것이 예의지. 그런데 너는 지금 반말을 하고 있잖으냐."

천룡은 갸우뚱거리며 물었다.

"존대? 예의? 그것은 왜 하는 거지? 그리고 너희들도 나랑 똑같이 얘기하고 있잖아."

천룡의 질문에 노인들은 천룡에게 말하는 예절에서부터 세상을 살아가기 위한 예절까지 자세히 가르쳐 주기 시작했다.

처음에는 건방진 청년으로만 보았지만 산에서 혼자 살다가 처음으로 내려왔다는 말에 측은함을 느꼈던 것이었다.

많은 것을 듣고 배우면서 천룡은 새삼 자신이 정말 세상에 내려왔다는 것을 느낄 수 있었다.

또한, 제자들이 자신에게 쓰던 말투가 존댓말이라는 사실도 알게 되었다. 그동안은 이 또래 아이들의 말투는 다 저런가 보구나 하고 생각하고 별 신경을 쓰지 않고 넘어갔던 것이었다.

그리고 처음 보는 자신에게 이렇게 친절히 정보를 알려 주는 것을 보고, 역시 세상에 나오길 잘했다는 생각을 하는 천룡이었다.

자신이 세상에 대해 너무 부정적으로만 생각했다는 사실 또한 알게 되었다.

이렇게나 좋은 사람들이 많은 곳이 바로 세상이었다.

기분이 너무나도 좋아진 천룡은 배우는 내내 행복한 미소를 지었다.

노인들에게 이런저런 것을 배우는 동안 어느덧 저녁이 다 되어 갔다.

노인들은 가르치는 재미에 빠져서 시간 가는 줄 몰랐고, 천룡은 세상을 알아가는 재미에 시간 가는 줄 몰랐던 것이었다.

　온종일 노인들에게 예절에 대해 교육을 받아서인지 천룡의 말투는 공손하게 변해 있었다.

　여기 있는 노인들은 물론 자신에 비하면 한참 어린아이들이나 어쩌겠나. 자신의 모습이 이제 이십 대 초중반으로 보이니…….

　"어르신들의 가르침에 감사합니다."

　배움이 정말 빠른 천룡이었다.

　노인들 역시 자신들이 가르치고 이렇게 빨리 배우니 신이 났다. 가르치는 보람이란 것이 이런 것이었다는 것을 느끼는 노인들이었다.

　"허허, 처음에는 버르장머리 없는 놈인 줄 알았는데 지금까지 쭉 얘기를 나눠 보니 그게 아니었구먼. 어떤가? 오늘은 날도 저물고 했으니 우리 집에서 머물고 가는 것이."

　곰방대를 챙겨 든 노인이 천룡에게 하룻밤 자고 가라고 권했다.

　천룡은 순순히 고개를 끄덕이며 감사의 인사를 했다.

　노인을 따라간 곳은 전형적인 시골집이었다.

　"임자, 나 왔어. 애들은 아직인가?"

　노인이 집에 들어서면서 말하자, 부엌에서 밥을 하던 할머니가 나와 반겼다.

"아이고, 영감! 이제 오시우? 애들은 벌써 와서 기다리고 있슈. 근데 옆에 총각은 누구랴?"

"아, 산에서 혼자 살던 총각인데 오늘 세상에 처음 나왔다네. 얘기를 나눠 보니 사람이 참 좋더라고. 그래서 오늘 하루 재워 주려고 데리고 왔지."

천룡은 낮에 배운 대로 할머니에게 인사를 했다.

"안녕하세요. 운천룡이라고 합니다. 하룻밤 신세 좀 지겠습니다."

"아이고, 신세는 무슨. 이럴 줄 알았으면 저녁을 조금 더 신경 쓰는 건데."

할머니는 손님이 왔으니 뭐라도 더 해야겠다면서 부엌으로 향했다.

노인은 천룡을 데리고 방으로 들어갔다.

방 안에는 이미 노인의 아들과 손자들이 앉아 있었다.

"할아버지, 다녀오셨어요?"

방에 들어서자 어린 손자들이 할아버지를 반겼고, 구석에 앉아 새끼를 꼬던 아들은 일어나서 자신의 아버지가 앉을 자리를 치웠다.

"여기는 천룡이라고, 오늘 우리 집에서 하루 자고 가기로 했다. 천룡이 너는 여기 아범한테 세상 물정 좀 더 배우고 가."

낮에 가르친 것이 아직도 부족하다 여긴 모양이었다.

"하하, 안녕하시오. 나는 두모라고 하오."

"네. 안녕하세요. 저는 운천룡이라고 합니다."

서로 간단히 인사를 나눈 후에 많은 대화를 나눴다.

노인이 주로 예절에 관해 가르쳤다면 이 두모라는 사람은 세상살이에 필요한 지식을 알려 주었다.

돈의 단위부터 시작하여 객점에서 묵는 방법, 물건을 사는 법과 관(官)과 강호(江湖)에 대해서까지 자세히 알려 주었다.

물론 농사를 짓고 사는 농부라 강호나 관에 관해서는 자세히 알려 주진 않았다. 그냥 이러한 세계가 있고, 이러한 것이 있으니 조심하라고 말하는 게 전부였다.

이윽고 저녁상이 들어오고 세상에 처음으로 나와 평범한 사람들이 먹는 저녁상을 보니, 자신도 모르게 울컥하는 마음이 올라왔다.

지난 세월 얼마나 외롭고 쓸쓸하게 보냈던가.

밥상 앞에서 고개를 푹 숙이고 눈물을 흘리는 천룡을 보며 노인은 등을 토닥여 주었다.

"그동안 고생이 많았나 보네. 자, 자, 그만 울고 어서 먹어. 식으면 맛이 없으니……."

"네…… 정말 감사합니다……."

천룡은 흐르는 눈물을 닦고 밥을 먹기 시작했다. 비록 반찬은 없지만, 그 맛은 자신이 이날 이때까지 먹어 본 그 어떤 요리보다 값지고 맛있었다.

하남성(河南省) 개봉(開封) 인근에 거대한 위용을 자랑하는 성채가 지어져 있었다.

둘레만 수십 리가 넘게 펼쳐져 있고, 그 높이는 무려 십장(十丈)에 달하는 묵(墨) 빛의 거대한 성곽에, 안으로 들어서면 그 안에는 수백 개가 넘는 호화찬란한 전각들이 펼쳐져 있었다.

이곳이 바로 무림 제일성지(第一聖地) 무황성(武皇城)이다.

거대한 무황성 그 중심에는 구(九) 층으로 이루어진 거대 전각이 자리하고 있었다.

전각 안으로 들어서니 넓은 대청이 나왔다.

대청을 둘러싸고 있는 기둥들은 최고급 대리석으로 만들어졌으며, 그 대리석에는 금방이라도 살아 움직일 것 같은 용(龍)들이 새겨져 있다.

바닥에는 금사(金絲)로 짜인 융단이 깔려 있었으며 그 융단을 따라 올라가니 옥(玉)으로 만들어진 의자가 있었다.

옥좌(玉座)에는 이제 한 사십이나 되었을까? 회색빛의 수염이 가슴까지 길게 내려오고 강렬한 안광(眼光)을 빛내며 태산 같은 기도를 보이는 한 사람이 앉아 있었다.

"일무영(一無影). 어찌 되었느냐?"

옥좌에 앉아 있던 자가 낮은 음성으로 부복해 있는 자에게 물었다.

"죄, 죄송합니다. 찾지 못하였습니다."

얼굴과 몸 전체를 먹색의 옷으로 가린 사내는 옥좌에 앉아 있는 사람의 말에 두려움을 느끼며 몸을 더욱더 바짝 숙였다.

"으음…… 무려 이십 년이다, 이십 년……. 너희에게 내가 내린 명령은 단 하나……."

그렇게 말하면서 알 수 없는 무형의 기운이 부복해 있던 일무영을 덮쳤다.

일무영은 식은땀을 흘리며 최대한 빠르게 대답했다.

"한 사람을 찾으라는 것입니다. 성주님."

그렇다.

옥좌에 앉아 있는 자는 바로 강호삼황(江湖三皇) 중 하나이자 무황성의 성주인 무황(武皇) 담무광(潭武廣)이었다.

그의 나이 팔십이 넘었으나 엄청난 내공의 힘으로 인해 나이에 비해 젊게 보였다.

담무광은 일무영이 답을 하자 인상을 구기며 말했다.

"그래. 너희에겐 그 무엇도 하지 말고 한 분을 찾으라 명하였다. 한데 이십 년이란 시간을 주었음에도 찾지를 못했단 말이냐?"

"송구합니다. 하지만 중원뿐 아니라 세 외, 동영 그리고 고려까지 모두 샅샅이 뒤졌으나 찾지 못했습니다. 혹…… 이미

이 세상 사람이 아닌 건…….”

말이 여기까지 나오자 담무광은 진노하며 자리에서 벌떡
일어나 외쳤다.

“닥쳐라! 어디서 그따위 불경한 소리를 하느냐!”

우르르르르릉!

그가 진노하며 외치자 대청은 지진이 일어난 것처럼 요동
치며 흔들리기 시작했다.

“허헉! 소신이 실언을 하였습니다! 용서해 주십시오.”

일무영이 부들부들 떨면서 용서를 빌자 담무광은 그제야
기운을 거둬들이며 자리에 다시 앉았다.

“하아, 쉽지…… 않은 일이라는 것을 잘 알고 있다. 하지만
부디 포기하지 말고…… 꼭 찾아다오.”

담무광이 한숨을 쉬며 일무영에게 그렇게 말하자 일무영
은 황송해하면서 큰 소리로 외쳤다.

“신! 일무영! 절대 포기하지 않고 반드시 성주님의 명을 이
행하겠습니다.”

“그래. 그럼 어서 나가 보거라. 이 일은 특급 비밀이라는
것도 잊지 말고…….”

“충(忠)!”

일무영이 사라지자 담무광은 그리움이 가득한 표정을 지
으며 옥좌에 몸을 깊이 묻었다.

‘무황성을 만드는 데 너무 오랜 시간을 보냈어……. 좀 더

일찍 찾아 나섰어야 했는데……. 너무 오래 기다리게 해서…… 화가 나셔서 사라지신 걸까?'

알 수 없는 불안함에 점점 울상이 되어 가는 그의 얼굴이었다.

'도대체…… 어디 계십니까? 어디에 계시기에…… 하지만…… 반드시…….'

담무광은 자신의 모든 것을 버려서라도 꼭 찾겠다는 다짐을 하며 자리에서 일어났다.

대청에서 나온 일무영은 가슴 속에 있는 그림 한 장을 꺼내 들었다.

그 그림 속의 인물은 한 노인의 초상화였다.

'성주님께선 이십 년 전에 한 사람의 초상화를 내게 주셨다. 하지만 세월이 흐르면서 그 모습 또한 변하기에 최대한 비슷하게 그린 것인데…… 혹, 이 초상화가 잘못된 것은 아닐까?'

일무영은 한참 동안 초상화를 바라보다 천천히 어둠 속으로 자취를 감췄다.

감숙성(甘肅省) 감주(甘州).

신강과 관로가 발달하여 상업이 번창한 도시.

감주 안으로 들어서니 반듯하고 넓게 펼쳐진 대로가 보였고, 그 속에 많은 사람이 저마다의 물건을 팔기 위해 분주히 움직이고 있었다.

"히야, 이곳이 바로 도시라는 곳이군."

산에서 내려온 천룡은 드디어 자신이 그토록 보고 싶어 했던 도시 안으로 들어온 것이다.

그 전 마을에서도 사람들을 보긴 했지만 이렇게 많은 사람을 보는 것은 처음이었기에 천룡은 신기한 표정으로 사방을 두리번거렸다.

도대체 어디서 이렇게 많은 사람이 나왔는지 궁금해지기까지 했다.

도시 안의 모습은 그야말로 신세계였다. 처음 보는 물건들하며 동물들, 그리고 음식들까지…….

여기저기를 두리번거리고 있는데 자꾸 사람들의 시선이 느껴졌다.

그렇다. 지금 자신의 옷차림은 사람들의 시선을 끌 만한 것이었다.

이렇게 큰 도시 한복판에서 조잡하면서 다 해진 가죽옷을 입고 다니는 것은 사람들의 관심을 끌기엔 충분했다.

아차 싶었던 천룡은 그제야 자신이 계획했던 일을 실행하기로 했다.

하지만 어디가 옷을 파는 곳인지 알 길이 없었다. 물건 또한 사 본 적이 없기에 어떻게 말을 걸어야 할지도 난감했다.

세상에 나와서 좋기는 하지만 왠지 머리가 아파지는 천룡이었다.

하지만 이렇게 고민만 하고 있을 순 없었다. 천룡은 마을 사람들에게 배운 대로 주변 사람들에게 물어보기로 했다.

천룡은 용기를 내어 마침 그곳을 지나가던 한 청년에게 다가가 조심스럽게 질문을 던졌다.

"저…… 실례합니다."

하지만 그 청년은 천룡의 옷차림을 보더니, 인상을 찡그리며 무시하고 지나갔다.

'세상에 나가면 옷차림이 제일 중요한 것이야. 사람들은 옷차림을 보고 그 사람을 판단하거든.'

두모가 해 줬던 말이 아주 정확했다.

이제야 그 말의 의미를 실감할 수 있었다.

'그렇군. 세상은 옷으로 사람을 평가하는군.'

천룡이 망연자실해지고 있는데 한 젊은 거지가 다가와 말을 걸었다.

"이봐! 당신 뭐야! 어디서 온 거지야! 여긴 우리 구역인 거 몰라? 빨리 꺼져!"

거지는 천룡을 보더니 버럭 화를 내면서 다른 곳으로 가라고 했다.

천룡의 옷차림을 보고는 다른 곳에서 구걸 온 거지라고 생각을 했던 것이었다. 그러나 그렇게 무시를 당하고도 천룡은 웃으면서 거지에게 말을 했다.

"아…… 죄송합니다. 저는 거지가 아닙니다. 옷이 더러워서 갈아입으려고 옷가게를 찾고 있는데 혹시 알고 있으면 알려 주시겠습니까?"

아주 공손한 자세였다.

순간 거지는 당황했다. 보통 사람들은 자신들을 보면 무시하거나 저리 꺼지라고 윽박지르거나, 욕을 하기 마련인데 이 청년은 그러지 않았다.

공손해도 너무 공손했다. 거지는 왠지 미안한 마음마저 들었다.

거기에 자세히 살펴보니 등에는 봇짐이 있었다.

세상 어느 거지가 저런 봇짐을 메고 구걸하러 다닌단 말인가?

그제야 자신의 실수를 깨달은 거지는 사과하였다.

"아이쿠! 이런 저야말로 죄송합니다. 저는 옷차림만 보고 저와 같은 동종업계에 종사하는 사람인 줄 알고……."

그가 사과하자 천룡은 아주 해맑게 웃으며 거지를 바라보았다.

그 미소가 어찌나 아름다운지 순간 거지는 자신이 지금 보살님을 보고 있는 것은 아닌지 착각까지 하게 되었다.

그런 미소를 보니 마음이 편안해진 거지는 천룡이 옷가게를 찾고 있다는 말을 기억해 내고는 재빠르게 안내를 하기 시작했다.

자신이 실수한 것에 대한 보답이었다.

"아! 옷가게를 찾고 계신다고요? 하하하, 제가 이래 봬도 이곳 사정을 아주 완벽하게 꿰뚫고 있는 사람입니다. 최고의 옷가게로 안내해 드리죠. 절 따라오십시오."

거지는 그리 멀지 않은 곳으로 천룡을 안내했다. 그곳에는 작은 옷가게가 자리를 잡고 있었다.

"이곳입니다. 겉은 초라해 보일지 몰라도 이곳 영감이 아주 옷을 잘 만듭니다."

거지는 안내를 다 하고는 서둘러 자리를 뜨려고 했다.

하지만 그러한 거지를 천룡은 붙잡으며 말했다.

"이렇게 만난 것도 인연인데, 옷 한 벌 해 드릴까요?"

그러자 거지는 멍하니 천룡을 바라보았다. 세상에 어느 거지가 저렇게 깨끗한 새 옷을 입고 구걸을 한단 말인가?

하지만 그 마음만은 고마웠다. 왠지 눈물이 나오려고 했다.

"마음은 고맙지만 저는 이 옷차림이 편합니다. 공자님께선 신경 쓰지 않으셔도 됩니다."

거지는 정중하게 사양을 하고 그 자리를 피했다. 더 있다가는 왠지 모르게 저 사람을 떠나기 싫어질 것 같아서였다.

그러나 천룡은 이해를 못 했다.

저렇게 더러운 옷을 좋아한단 말인가?

그러나 싫다는데 억지로 권할 순 없는 일이었다. 역시 세상에는 별난 사람들이 많다더니 그 말이 사실이었다.

멀어지는 거지를 보고 고개를 저으며 천룡은 옷가게로 들어섰다.

잠시 후 옷가게에서 옷을 갈아입고 나온 천룡은 자신의 몸에 걸쳐진 옷을 보며 웃음을 지었다.

"하하! 이게 바로 세상 사람들이 입는 옷이란 말이지! 정말 촉감이 좋구나!"

옅은 푸른빛이 나는 경장이었다. 서생들이 즐겨 입는 옷이기도 하였다.

옷을 갈아입으니 자신을 이상한 눈으로 보는 사람들의 시선도 사라졌다. 남들에게 주목받고 싶은 마음이 없던 천룡에겐 더없이 기분이 좋은 현상이었다.

"자, 이제 객잔으로 가 볼까?"

마음이 홀가분해지고 이제야 자신이 평범한 사람이 된 것 같은 기분이 들었다.

하늘을 바라보니 날이 저물어 가고 있었다.

세상에 나온 지 이틀째지만 많은 일이 있었다.

그 모든 것이 천룡에겐 소중한 경험들이었고 즐거움이었다.

천룡은 마을 사람들에게 들은 대로 전장에 들러서 돈을 바꾸고 그 앞에 있는 객잔으로 들어섰다.

객잔 안에는 저녁 시간이라 그런지 사람들이 아주 많았다.

"어서 옵쇼! 혼자 오셨습니까?"

객잔을 들어서자 점소이가 아주 반갑게 천룡을 맞았다.

"예, 저 혼자입니다."

천룡이 점소이에게 공손하게 말하자 점소이는 순간 놀랐다.

자신에게 존댓말을 쓰는 사람은 처음 보았기 때문이었다.

대부분이 반말은 기본이고 심지어 막 대하는 사람들도 많았기 때문이다.

기분이 좋아진 점소이는 천룡을 아주 극진하게 자리로 안내했다.

"헤헤, 손님 무엇을 드시겠습니까?"

창가 쪽에 자리를 안내한 점소이가 물었다.

"아, 이 집은 무엇이 맛있습니까?"

"다 맛있지만, 오늘은 마파두부가 특히나 맛있습니다."

"아, 그래요? 그럼 마파두부로 하지요. 술도 마셨으면 좋겠는데…… 알아서 가져다주세요."

"예, 알겠습니다. 손님. 금방 대령하겠습니다."

주문을 받은 점소이가 자리를 떠나자 천룡은 객잔을 둘러보기 시작했다.

객잔은 삼 층으로 되어 있었다.

일 층은 식사하는 곳이고 이 층부터는 객실이 들어서 있었다.

이리저리 둘러보니 다양한 사람들이 밥을 먹고 있었다.

그중에는 무림인으로 보이는 사람들도 많이 보였다.

천룡은 각자 사람들이 내뿜는 기운을 느낄 수 있었다. 기운으로 보아 여러 사람이 무림인인 것 같았다.

그렇게 둘러보고 있는데 점소이가 술과 마파두부를 가지고 나왔다.

"헤헤! 손님, 이 술은 주인어른이 몰래 숨겨 놓은 고급 명주입니다. 계산은 그냥 죽염청으로 올릴 테니 걱정하지 마시고 드십시오."

점소이는 자신에게 공손히 대한 천룡을 위해 객잔의 주인이 숨겨 놓고 몰래 먹는 고급술을 내왔다.

천룡은 감사의 인사를 하고 식탁에 있는 음식들을 바라보았다.

마파두부에선 뜨끈뜨끈한 김이 올라오고 있었고, 술에서는 감미로운 향기가 풍겨 나왔다.

입에선 저절로 군침이 돌았다.

천룡은 마파두부를 아주 진지하게 음미하기 시작했다.

마파두부가 입안으로 퍼지면서 매콤함과 달콤함을 천룡의 뇌리에 전달했다.

"으음, 이것이 평범한 사람들이 먹는 요리군. 정말 맛있네."

요리의 맛을 음미하면서 천룡은 술을 한 잔 따랐다.

그러고는 술에서 나는 향기를 음미하며 입속으로 털어 넣었다.

입안에서 술들을 이리저리 혀로 굴리며 맛을 음미했다.

목구멍으로 넘어가면서 몸 안에 짜릿함을 선사해 주는 그러한 술이었다.

"햐! 정말 맛있네. 이것이 바로 바깥세상의 술이구나."

처음으로 맛본 세상의 술맛은 그의 입맛에 딱 맞았다. 천룡은 아주 천천히 음식과 술을 음미하면서 즐겼다.

그렇게 음식을 음미하면서 즐기고 있는데 한 청년이 다가왔다.

"안녕하십니까?"

청년은 천룡을 바라보면서 아주 반갑게 인사를 했다.

"아, 안녕하세요."

천룡은 당황하였다.

설마, 이런 곳에서 누군가가 자신에게 알은척을 할 줄은 몰랐다.

"하하, 당황하지 마십시오. 그냥 하도 음식을 맛있게 드시길래 무슨 요리인가 궁금해서 이렇게 실례를 범합니다."

그랬다. 천룡이 워낙에 음식을 맛있는 표정으로 먹고 있으니 도대체 저게 무슨 음식인지 궁금했던 모양이었다.

"아…… 이 요리요? 마파두부라고 하던데요."

"마파두부였습니까? 그런 평범한 음식을 이리도 맛있게 드시다니……. 정말 맛있게 만들어졌나 봅니다."

청년은 자신이 궁금해하던 음식이 겨우 마파두부였다는 사실에 실망한 표정을 지었다.

"네. 아주 맛있네요. 한번 드셔 보시겠어요?"

천룡은 아주 환하게 웃으면서 청년에게 음식을 권한다.

그 환한 미소를 보자니 차마 거절할 수가 없었던 청년은 천룡이 내민 젓가락을 들고 마파두부를 맛보았다.

맛있었다.

하지만 그렇다고 저렇게 황홀한 표정을 지으면서 먹을 정도는 아니었다.

참 재밌는 사람이라는 생각이 들었다. 이 사람과 다니면 심심하진 않겠다는 생각이 들었다. 하지만, 모르는 사람을 함부로 사귈 순 없었다.

"실례 많았습니다. 그럼 맛있게 드십시오."

청년은 그렇게 포권을 취하면서 자신의 자리로 돌아갔고 천룡은 다시 음식에 집중하기 시작했다.

"무슨 음식이래?"

청년이 돌아오자 일행으로 보이는 소녀가 물었다.

"응. 마파두부래. 하하."

청년이 웃으면서 말하자 소녀 역시 실망했다는 표정을 지었다.

"참 나, 무슨 마파두부를 저렇게 맛있게 먹어? 나는 또 천상의 음식이라도 먹는 줄 알았잖아. 치."

이제 한 열여섯 살 정도되었을까? 머리를 양 갈래로 땋은 귀여운 소녀는 뾰로통한 표정으로 천룡을 바라보았다.

"그래도 사람은 참 착하고 좋더라. 요즘 저런 사람 보기 힘든데 말이지."

청년은 천룡을 아주 좋게 본 모양이다.

"뭐야, 오빠는 저 사람이 참 맘에 드는 모양이네. 딱 보니 무공은 전혀 모르는 일개 서생 같아 보이는데……."

"소영아! 사람들을 그렇게 함부로 평가하는 게 아니라고 했지?"

청년이 굳은 표정으로 나무라자 소영이라 불리는 소녀는 표정을 풀면서 말했다.

"네네, 알겠습니다. 치! 누가 정의신검(正義神劍) 아니랄까 봐 잔소리하기는……."

정의신검(正義神劍) 남궁건(南宮建).

현 강호 무림에는 열 명의 젊은 후기지수들이 있다.

육룡사봉(六龍四鳳).

사람들은 그들을 이렇게 불렀다. 그중에서도 남궁건은 으뜸으로 불리고 있었다.

남궁건은 이제 약관을 넘은 후기지수 중에서도 가장 어린 나이였다. 하지만 강호는 나이로 대접받는 곳이 아니다.

강자가 곧 강호에선 계급이었기 때문이다.

그러한 면에서 남궁건은 인품이면 인품, 실력이면 실력 어느 하나 빠지는 것이 없는 진정한 강자였다. 배경 또한 막강했으니 더 말할 것도 없이 으뜸의 자리를 차지한 것은 당연한 일이다.

검으로 일가를 이룬 남궁세가의 장손이기도 했으니까 말이다.

그는 지금 자신의 친여동생인 남궁소영과 외가를 방문하고 집으로 돌아가는 길이었다.

제二장

한편 음식을 다 먹은 천룡은 점소이를 불렀다. 천룡이 부르자 점소이는 다른 일은 제쳐 두고 달려왔다.

"부르셨습니까? 공자님."

이제 호칭까지 공자님으로 바뀌었다. 작은 친절이 이렇게 대접을 다르게 했다.

"오늘 여기서 묵어 가고 싶은데 방이 있을까요?"

"네, 그야 물론이죠! 저를 따라오십시오. 안내해 드리겠습니다."

천룡은 점소이의 안내를 따라 이 층으로 올라갔다.

이 층으로 올라서자 다닥다닥 붙어 있는 객실들이 복도를 따라 쭉 이어져 있었다.

점소이는 그중 제일 끝 방으로 안내했다.

"이 방이 제일 조용하고 좋습니다. 공자님."

점소이는 아주 밝은 미소를 지어 보이며 객실 문을 열었다.

객실 문이 열리자 아늑한 방 안 풍경이 펼쳐졌다. 혼자 자기엔 조금 넓은 감이 있었지만 그래도 이런 방에서 잘 수 있다는 사실이 더없이 좋기만 했다.

"혹, 필요한 것이 있으시면 저기 침대 옆에 줄을 당기시면 됩니다."

점소이가 가리키는 곳을 보니, 침대 옆에 파란 천으로 된 줄이 보였다. 아래층에는 각 호실 표가 붙어 있었고 그 호실 표 위엔 종이 달려 있었다.

저 천을 당기면 그 종이 울리면서 점소이들이 찾아 올라오는 것이었다.

점소이가 안내를 마치고 나가려고 하는데, 천룡이 점소이를 붙잡았다.

"저기요, 잠시만요."

"왜 그러십니까? 공자님."

"아까 먹었던 술…… 더 없습니까?"

천룡이 그렇게 물어보자 점소이는 난감한 표정을 지었다.

사실 그 술은 주인장이 몰래 숨겨 놓은 명주였기 때문이었다.

이런 작은 객잔에서는 그런 고급술을 팔지 않기 때문에 더 가져올 순 없었다.

더 가져온다면 주인이 의심할 것이 뻔했기 때문이다.

"저기…… 죄송합니다. 공자님. 그 술은 천도주(天桃酒)라 불리는 술인데, 귀한 술이라 저희 객잔에선 구할 수가 없습니다."

점소이가 불가의 뜻을 밝히자 천룡은 자신의 주머니에서 은자를 꺼냈다.

"이거면 구할 수 있겠습니까?"

천룡의 손에는 은자 세 냥이 들려 있었다.

"아이고, 이렇게 많이 필요 없습니다. 은자 한 냥이면 충분히 구해 올 수 있습니다."

"하하, 그럼 두 냥 분량 구해 주시고요. 나머지 한 냥은 가지세요. 감사의 뜻입니다."

점소이는 눈을 동그랗게 떴다.

솔직히 은자 한 냥이면, 자신의 두 달 품삯이었다.

받고 싶은 마음은 굴뚝같았으나 저분은 자신을 한 인격체로 대해 주신 분, 그러니 이런 큰돈을 받을 순 없었다.

사양하려 하자 천룡은 막무가내로 점소이를 밀어내며 말했다.

"그 술맛이 아직도 입안에서 떠나질 않습니다. 하하, 빨리 좀 구해 주세요. 부탁드립니다."

천룡은 점소이를 향해 빙긋 웃어 보이며 문을 닫았다.

억지로 떠밀려 술을 구하러 가기는 하지만 점소이의 표정은 불쾌한 표정이 아니었다.

오히려 굳은 다짐을 하면서 술을 구하러 나갔다.

'최고의 천도주를 구해 드리고 말겠다.'

점소이를 내보내고 천룡은 자리에 누웠다.

항상 나무 침대에서 자다가 이렇게 푹신한 침대에 누우니 저절로 눈이 감겼다.

눈을 감고 그 푹신한 감촉을 느끼고 있는데 밖에서 시끄러운 소란이 일었다.

"아니! 분명히 방이 두 개 남았다고 하지 않나? 그런데 지금은 한 개뿐이라니……."

"글쎄, 그것이 어찌 된 영문인지 분명히 방이 두 개 남았었는데……."

무슨 소란인가 하고 문을 열어 보니 아까 식사를 하고 있을 때, 무슨 음식이냐고 물어보던 청년이었다.

청년과 점소이는 서로 난감한 표정을 지어 보였고, 그 옆에 소녀는 화가 난 듯 잔뜩 상기된 얼굴로 서 있었다.

"똑바로 확인해야 할 것 아니야! 어떻게 할 거야? 나 절대 오빠랑은 한방에서 못 자!"

소녀는 버럭 화를 내며 점소이를 몰아붙였다.

원래는 방이 두 개가 남아 있었다.

남궁건과 남궁소영은 당연히 그 말을 듣고 안심하고 식사를 하였고, 그 사실을 모르던 다른 점소이가 천룡을 그 방으로 안내했던 것이었다.

　"하, 이것 참. 아무리 친동생이라지만 그래도 남녀가 유별한데 한방에서 같이 잘 수도 없고……."

　그렇게 한참을 옥신각신하고 있을 때 술을 구하러 나갔던 점소이가 들어왔다.

　"이보게, 팔복이. 혹시 자네가 이 방을 내줬나?"

　남궁건과 같이 있던 점소이가 팔복이라 불리는 점소이에게 물었다.

　"예. 제가 다른 손님께 내어 드렸습니다. 무슨 문제라도?"

　팔복이가 그렇게 답을 하자 남궁소영은 '너 잘 걸렸다'라는 표정을 지으며 팔복에게 버럭 화를 냈다.

　"우리가 먼저 예약을 해 놓았는데 방을 내주었으니 이거 어찌할 거야! 저 방에 있는 사람을 내쫓든지 아니면, 방을 하나 만들어 오든지 빨리하란 말이야!"

　완전 막무가내였다.

　동생의 말이 틀린 것은 없지만 그래도 이곳에서 이렇게 소란을 피우는 건 다른 객실 사람들에게 피해를 주는 거 같아 달래기 시작했다.

　"소영아, 일단 너는 저 방에 들어가서 자라. 이 오빠는 밖에서 자도 되니까."

그러기는 싫다는 자신의 여동생을 억지로 달래서 방으로 들여보냈다.

상황이 이리되자 팔복은 어찌해야 할지 갈피를 못 잡았다.

그렇다고 자신에게 친절하게 대해 준 그 공자분에게 피해를 주고 싶지도 않았다.

그렇게 서로 고민을 하고 있는데 천룡이 나섰다.

"아, 저 때문에 일어난 소란 같군요. 그분은 잘못이 없습니다. 이 방이 예약되어 있었다면 제가 나갈 테니 너무 나무라지 마십시오."

이 상황에선 누구나 점소이를 탓할 텐데 천룡은 오히려 자신의 잘못이라며 점소이를 두둔했다.

그 모습에 점소이 팔복은 눈물이 나오려고 했다.

하지만 자신 때문에 저분이 피해를 본다는 사실이 너무 가슴이 아팠다.

"어? 아까 그 마파두부를 맛있게 드시던 분 아닙니까? 하하, 이거 인연인 것 같습니다. 이런 식으로 또 만나게 되니 말입니다."

남궁건은 방 안의 인물을 확인하고는 반갑게 말했다.

"하하, 그런가요? 아무튼, 금방 짐을 챙겨서 나올 테니 조금만 기다려 주시오."

그렇게 말하고 천룡은 자신의 짐을 챙기러 들어갔다.

그러자 남궁건은 천룡을 따라 방 안으로 들어갔다.

천하공적
운가장

"이야! 생각보다 넓군요. 이 정도면 둘이서 충분히 잘 수 있을 것 같은데요. 그러지 마시고 오늘은 저랑 함께 지내 봅시다. 이 시간에 다른 객잔을 구하기도 쉽지 않을 텐데……."

남궁건도 그렇게 꽉 막힌 사람은 아니었다.

거기다가 아까 점소이를 두둔하는 모습을 보니, 정말 좋은 사람 같았다.

이런 사람이라면 사귀어 보고 싶다는 생각까지 들었다.

"정말 그래도 되겠습니까? 이거 어찌 감사해야 할지……."

천룡은 환하게 웃으면서 남궁건의 손을 꼭 잡으며 감사의 인사를 했다.

순간 남궁건의 '눈이 부시다'라는 생각을 했다. 사람의 미소가 어찌 저리도 밝을 수가 있단 말인가?

그런 생각을 하고 있는데, 천룡이 팔복에게 받아 온 술을 내밀며 말했다.

"한잔하시겠습니까?"

"하하, 술이라면 사양하지 않습니다. 이왕 이렇게 된 거 오늘은 밤새워 마셔 봅시다!"

남궁건은 호탕하게 웃으며 천룡이 내민 술잔을 받아 들었다.

그렇게 천룡은 세상에 나와 소중한 인연을 또 이어 가기 시작했다.

하남성(河南省) 북서부에 위치해 있는 낙양(洛陽).

낙양이라는 이름은 낙수(洛水)의 북쪽에 있다 하여 지어진 이름이었다.

지형이 험준하여 방어가 쉬워, 과거 이 땅을 차지하기 위해 많은 나라가 피를 흘리기도 하였다.

이러한 대도시에 하나의 거대 무가(武家)가 자리하고 있었다.

바로 남궁세가(南宮世家)였다.

강호 오대 세가 중에서도 으뜸의 자리에 있는 검의 가문.

그 가문에 낯선 방문자가 나타났다.

"소속을 밝히시오!"

남궁세가의 정문 앞에서 위사들과 한 사람이 실랑이를 벌이고 있었다.

"아~ 글쎄 여기 가주랑 잘 아는 사이래도 그러네."

위사와 실랑이를 벌이는 사람은 다 헤져서 여기저기에 구멍이 난 낡은 무명 복에 차마 검이라고 부르기도 뭐한 그러한 검을 들고 있었다.

나이는 이제 한 사십이나 되었을까? 텁수룩한 수염이 마치 산도적 같은 인상을 풍기는 사내였다.

그러한 모양새로 대(大) 남궁세가를 방문했으니 누군들 의

심을 하지 않겠는가.

위사들은 그 사내를 빙 둘러싸고 있었다. 그중 대장으로 보이는 자가 말했다.

"마지막 경고요. 당장 물러가지 않는다면 혼쭐이 날 것이오!"

"후우…… 이 보게들. 그러지 말고 자네들 가주를 부르면 되지 않겠나. 그러면 내가 수상한 사람이 아니라는 것을 알 게야."

낯선 사내는 난감한 표정으로 위사들을 설득하기 시작했다.

"흥, 가주님이랑 잘 안다고? 당신이? 지금 당신의 몰골이나 보고 말하시오!"

말이 통하지 않았다.

그렇다고 여기 사람들과 싸움을 하기는 싫었다.

"알았네. 내 그냥 돌아가겠네. 그러니 너무 성질내지 말게."

낯선 사내는 체념을 하고 돌아서서 다른 곳으로 가려 했다.

그때 어디선가 반가운 소리가 들려왔다.

"아니! 이게 누구십니까."

때마침 그곳을 지나다 정문 쪽이 시끄러워 무슨 일인가 싶어 그쪽으로 온 남궁세가의 총관이었다.

그는 돌아서서 나가는 낯선 사내를 보고는 반가운 마음에 달려 나왔다.

"아니, 오셨으면 들어오지 않으시고요. 섭섭합니다."

위사들은 어리둥절한 표정으로 서 있었다.

총관이 저리도 극진하게 대하는 사내라니……

자신들이 무언가 실수를 저질렀다는 느낌이 들기 시작했다.

"저기 총관님…… 이분이 뉘시길래……."

위사들은 정말 궁금했다.

"아니, 검의 길을 가는 자들이 이분을 모른단 말이냐? 그러고 보니…… 아까 소란이 일던데…… 설마? 너희들 이분에게 불경을 저지르진 않았겠지."

총관이 가자미눈을 뜨고 위사들을 노려보며 물었다.

위사들은 뜨끔했다.

총관이 이분이라고 칭하고 불경이라는 단어까지 나왔다.

저 정도 단어가 나올 정도면 정말 보통 인물이 아니라는 것이 그 자리에 있던 위사들의 공통된 생각이었다.

상황이 이상하게 흐르자 위사들은 점점 불안해졌다.

과연 저자가 누구길래 이리도 총관님이 쩔쩔매며 극진하게 대하는지 말이다.

"정말 모른다는 표정들이군. 쯧쯧."

"하하. 이보게, 총관. 너무 나무라지 말게. 이런 복장으로 온 내가 잘못이지. 저들은 잘못이 없네. 저들은 자신들의 임무에 충실했으니 오히려 상을 주어야지 어찌 나무라는가.”

낯선 사내는 위사들의 편에 서서 총관을 달래기 시작했다.

“아니! 아무리 그래도 그렇죠. 세상에 검의 길을 가는 놈들이 그 정점에 계신 검황(劍皇) 어르신을 모른다는 것이 말이 됩니까?”

그 말이 나오자마자 위사들은 심장이 튀어나올 만큼 놀랐다.

자신들이 그렇게 박대했던 인물이 바로 자신들의 우상인 검황 무천명이었다.

꿈에서라도 한 번 뵙기를 바라던 인물.

그러한 인물에게 자신들은 절대 해서는 안 되는 행동을 한 것이었다.

만약 자신들이 오늘 검황에게 한 일이 다른 동료에게 알려진다면 그들에게 몰매를 맞아 죽을 수도 있었다.

위사들은 그 자리에서 엎드려 용서를 빌었다.

“주, 죽을죄를 지었습니다. 부디 용서를……!”

그 모습을 본 총관은 더욱 노했다.

“이……! 이놈들! 지금 네놈들이 하는 행동을 보아하니 이분께 불경을 저질렀구나! 감히 남궁세가의 명예에 먹칠하고도 용서를 바란단 말이냐?”

서릿발 같은 총관의 목소리에 위사들은 몸을 덜덜 떨었다.

그때 한 가닥 무형의 기운이 위사들의 몸을 휘감았고, 그 알 수 없는 기운에 위사들은 허리가 펴지고 저절로 일어서게 되었다.

"하하, 이보시게 총관. 나무라지 말래도……. 그렇게 나무라면 내 체면이 뭐가 되나."

"하지만……."

"괜찮아. 그러니 어서 남궁명 그 친구한테나 안내하게나."

"휴우, 그렇게까지 말씀하시니 오늘 일은 없던 일로 하겠습니다."

총관은 결국 두 손을 들고 무천명의 말에 따르기로 하였다.

"너희들! 마침 이곳을 지나가던 것이 나였기의 망정이지 가주님이었음 네놈들 경을 쳤을 것이다."

"가, 감사합니다."

위사들은 지옥을 다녀온 기분이었다.

또 한편으로는 자신들의 우상인 검황을 뵈어 감개무량했다.

그러한 위사들을 뒤로하고 남궁세가 안으로 들어선 무천명은 총관의 안내에 따라 가주실로 향했다.

"매형?"

가주실로 가고 있는데 누군가가 알은체를 했다.

뒤를 돌아보니 남궁세가의 가주 남궁명(南宮明)이 서 있었다.

그는 서른 살에 가주의 자리에 올라 남궁세가를 다시 천하제일세가로 만든 입지전적인 인물이었다.

사람들은 그를 일컬어 창궁신검(蒼穹神劍)이라 불렀다.

현재 그의 나이는 마흔.

가주가 저리도 정정하니 앞으로 남궁세가의 앞날은 창창하기만 했다.

"하하, 남궁가주. 오랜만이네."

무천명은 남궁명을 보며 반갑게 인사를 했다.

"정말 매형이었군요. 왜 이제야 오셨습니까? 오매불망 기다렸습니다."

"알지 않는가. 내가 방랑벽이 심하다는 것을 말이야."

"하하, 물론 알고는 있지만, 그래도 너무 늦게 오셨습니다."

"허허허. 이제라도 왔잖은가. 그래…… 창궁검법(蒼穹劍法)은 어찌 대성하였나?"

"안 그래도 그것 때문에 기다렸습니다."

창궁검법은 남궁세가를 다시 일으켜 세운 검술이었다.

그 오의가 심오하여 초대 가주만이 대성하였다는 남궁가의 절기였다.

과거 무적검제(無敵劍帝)라 불리던 남궁성(南宮星)이 겨우 팔성의 경지로 천하제일인이 되었을 정도로 창궁검법은 대단한 절기였다.

그러나 남궁성이 혈천교와의 싸움에서 목숨을 잃고 남궁세가는 급격하게 기울기 시작했다.

심지어 창궁검법의 비급은 혈천교에게 빼앗기는 수모까지 당했다.

훗날 무황성이 찾아서 다시 돌려주기는 하였지만, 그때의 남궁세가는 이미 몰락하기 직전이었다.

더 이상의 희망이 없던 시절 남궁명이 가주가 되고, 남궁명은 검황의 도움을 받아 창궁검법을 과거 자신의 할아버지가 이루었던 팔성의 경지까지 끌어 올렸던 것이었다.

그 후에도 그 경지를 넘어서려 노력하였으나 결과는 미진하기만 하였다.

더욱이 도움을 주던 검황마저 여행을 떠나는 바람에 더 이상의 진척이 없었던 것이었다.

"매형께서 안 계시는 동안 저 혼자 힘으로 벽을 넘어 보려고 하였는데…… 결국은 넘지 못하였습니다."

그리 말하며 남궁명은 고개를 숙였다. 자신의 자질이 형편없다고 생각을 하는 것이었다.

그러자 검황은 살짝 미소를 보이며 남궁명에게 말했다.

"자네의 경지는 이미 강호에서 열 손가락 안에 드는 경지인데, 어찌 그리 조급한가? 거기다가 아직 나이도 젊고 창창한데 너무 서두르는 게 아닌가?"

하지만 그런 말로 위로가 되진 않았다.

무천명은 이미 삼십도 되기 전에 황(皇)의 자리에 오르지 않았는가.

"창궁검법은 서두른다고 대성하는 것이 아니네. 창궁검법의 진정한 오의는 바로 심검(心劍)일세. 한데 자네는 그 마음을 다스리지 못하고 있지 않나."

남궁명 또한 알고 있었다. 하지만 조급함이 사라지진 않았다.

"애석하게도 나는 더 도움을 줄 수가 없네. 그 이상은 자네가 스스로 깨우쳐야 이룩할 수 있는 경지이기 때문이지."

"역시 그렇군요. 저 또한 짐작은 하고 있었습니다. 휴, 앞으로 더 정진해야겠습니다. 하하."

무천명의 말에 의해 확신을 하게 되었다. 자신과의 싸움이라는 것을 말이다.

어쩌면 그 말을 듣기 위해 이리도 기다렸는지도 몰랐다.

"그런데…… 찾으시는 분은 찾으셨습니까?"

남궁명의 질문에 무천명의 얼굴은 순식간에 수심이 가득해졌다.

"아직…… 못 찾았네. 휴…….."

남궁명은 도와주려고 했었다. 저리도 상심에 겨워 힘들어하시니 말이다.

하지만 검황은 사양했다.

이것은 자신이 해야만 하는 자기 일이라고 하면서 말이다.

"너무 걱정하지 마십시오. 언젠가는 찾으실 겁니다. 그러지 마시고 오느라 고생하셨을 텐데 며칠 쉬었다 가시지요."

"허허, 그럼 염치 불고하고 신세 좀 지겠네. 나이를 먹어서 그런지 예전처럼 못 돌아다니겠어."

"하하하, 천하의 검황께서 그런 말씀을 하시면 어떡합니까. 암튼 여기가 집이라 생각하시고 푹 쉬었다 가십시오."

"허허허, 고맙네."

남궁명이 직접 무천명을 귀빈당으로 안내하였다.

귀빈당으로 가는 길에 무천명은 생각에 잠겼다.

'하아아…… 어디에도…… 그 어디에도…… 계시질 않는다. 분명히 그 장소가 맞는데……. 거기에도 계시지 않았다. 어디론가 떠나신 것일까? 나랑 약속하셨는데…… 기다리시겠다고…… 기다리시겠다고…….'

무천명은 마음이 무거워졌다.

하지만 이내 마음을 다잡고 다시 결심하였다.

'아니다. 내가 미처 못 보고 지나간 지역이 있을지도 모른다. 그래. 기다리신다 했어. 그러니…… 그러니…… 더 늦기 전에 찾아봬야 할 텐데…….'

가벼운 걸음으로 검황을 안내하는 남궁명과는 달리 무거운 발걸음을 옮기는 무천명이었다.

후비적후비적~.

"아…… 누가 내 얘기를 하나?"

운천룡은 창가에 있는 의자에 앉아 하늘의 별을 바라보다 갑자기 귀가 가려운지 후비적거렸다.

그러다가 침대에 널브러져서 잠들어 있는 남궁건을 보며 미소를 지었다.

'후후, 역시 어리군. 저 녀석을 보고 있으니 제자들 생각이 더 간절하게 나는구나.'

운천룡과 남궁건은 인시(寅時)가 다 되도록 술을 마시다가 남궁건이 술에 취해 잠들자 그를 침대에 눕히고 창가에 앉아 별을 바라보고 있었다.

자신의 제자들이 세상을 향해 떠날 때 나이가 지금 잠들어 있는 남궁건 나이쯤 되었을 때였다. 그래서인지 남궁건이 더욱 친근하게 느껴졌다.

남궁건의 사내다움은 첫째를 닮았고, 선한 면은 둘째를 닮았으며, 호탕함은 셋째를 닮았다.

아무튼, 보면 볼수록 맘에 드는 녀석이었다.

술을 마시면서 남궁건은 많은 이야기를 해 주었다.

자신의 집안 얘기부터 해서 자신의 여동생 얘기, 그리고 강호라는 세상에 관한 이야기도 해 주었다.

현재 강호는 세 개의 하늘이 있는데, 그들로 인해 지금의 평화가 유지되고 있다고 했다.

그중 최고는 무황성이라 했다.

남궁건은 무황성에 대한 동경이 정말 큰 것 같았다.

하지만 자신은 그곳에 갈 수 없다고 했다.

자신의 가문을 물려받아 강호 최고의 세가로 키워야 하기 때문이라고 했다.

남궁건의 이야기를 듣고 있자니 무황성이라는 단체에 대해 궁금증이 생겼다.

도대체 어떠한 곳이기에 이 아이가 그리도 극찬하는 것인지 말이다.

'흠, 무황성이라……. 한번 가 볼까? 어차피 목적지도 없었는데 잘됐네. 하남성에 있는 형산 근처라 했지?'

천룡은 다음 목적지를 무황성으로 정했다.

세상 구경도 재밌지만 정작 궁금한 것은 자신의 제자들이 활보하는 강호였다.

무황성이라는 곳에 가면 자신의 제자들에 대한 단서를 구할 수 있을지도 모를 일이었다.

이렇게 천룡의 다음 목적지는 정해졌다.

'그래. 가 보자. 이왕 나온 거 강호 최고라는 곳도 구경해 봐야겠지.'

천룡은 그렇게 마음을 굳히고 창문 밖을 바라보았다.

어둠이 서서히 걷히고 여명이 밝아 오고 있었다.

천룡은 자신의 짐을 챙기고 깊은 잠에 빠진 남궁건을 바라보았다.

그러고는 살포시 이불을 잘 덮어 주고는 객잔 밖으로 나왔다.

밖으로 나오니 상쾌한 새벽 공기가 폐부 깊숙한 곳으로 스며 들어왔다.

"하하, 정말 세상에 나오길 잘했어! 이런 것이 바로 진정한 자유지. 하하하하하!"

그냥 좋았다.

아무 이유 없이 웃음이 나오고 기뻤다.

단지 세상에 나와 이렇게 자유롭게 활보를 할 수 있다는 사실이 말이다.

"시장 구경은 다음에 해야겠군. 괜히 시장 구경하다 또 남궁건 그 친구를 만나면 곤란해질 테니……. 그 친구에게는 미안하지만, 일단은 혼자 자유롭게 세상 구경을 하고 싶어서 말이지."

천룡은 남궁건이 자는 객잔을 뒤로하고 성문으로 향하기 시작했다.

"흐음, 근데 무황성이란 곳은 아무나 들어갈 수 있는 곳인가? 제자들에 대한 정보를 얻으려면 그곳에 어떻게든 들어가 봐야 할 텐데……."

이런저런 생각을 하며 걷다 보니 어느새 성문이 시야에 들어왔다. 성문에는 위병들이 경비를 서고 있었다.

"아! 저 사람들한테 물어보면 되겠군."

천룡은 길을 물어보기 위해 성문을 지키고 있는 위병들에게 다가갔다.

"고생이 많으십니다."

천룡이 웃으며 말을 걸자, 위병들이 바라보았다.

"무슨 일이오?"

"저기 하남성으로 가려고 하는데, 제가 길을 잘 몰라서 그럽니다. 어느 쪽으로 가야 하는지 알려 주시겠습니까?"

"하남성 말이오? 하남성은 여기서 꽤 먼데. 무슨 일 때문에 가는 거요?"

"그곳에 무황성이라는 무림제일성이 있다고 해서요. 구경 좀 하려고요."

천룡의 입에서 무황성이라는 말이 나오자 위병들은 고개를 끄덕이며 이해한다는 표정을 지었다.

"하하하! 그렇군. 하긴 무황성은 모든 사람이 꿈꾸는 곳이니까. 하남성으로 가려면 저기 남쪽 길로 쭉 내려가시오. 섬서성과 호북성을 지나야만 하남성이 나오니 더 자세한 길은 가는 길에 사람들한테 물어보시구려."

"정말 감사합니다."

"뭘 이런 거로…… 걸어가면 한 달 정도 걸릴 거요. 여행

잘하시구려."

성문 위병들과 인사를 나누고 그들이 알려 준 남쪽 길을 따라 걸어가기 시작했다.

한참을 걷다가 갑자기 멈춰선 천룡은 주변을 둘러보기 시작했다.

"사람의 기척이 전혀 없군. 좋아."

사람이 없는 것을 확인한 천룡은 하늘을 바라보기 시작했다.

"어느 세월에 거기까지 걸어가? 일단은 날아서 가자."

그렇게 말하고는 하늘을 향해 신형을 날렸다.

마치 한 줄기 바람이 된 것처럼…….

구름을 뚫고 올라간 천룡은 위병들이 말한 남쪽을 향해 날아가기 시작했다.

감숙성(甘肅省)에 위치한 기련산(祁連山) 자락 아래 아홉 마리의 용이 자리하고 있었다.

높이만 십장에 달하는 거대한 탑. 그 탑은 용으로 조각이 되어 있었다.

하나하나가 하늘로 승천하는 모습으로 조각된 용탑들…….

각기 다른 이름을 가진 이 용탑들 아래에 붉은빛의 기와가 얹힌 전각들이 즐비하게 늘어서 있었다.

전각들의 입구에는 금장 현판이 달려 있었고, 이름들 또한 제각각이었다.

화룡각(火龍閣), 지룡각(地龍閣), 흑룡각(黑龍閣), 비룡각(飛龍閣), 독룡각(毒龍閣), 금룡각(金龍閣), 약룡각(藥龍閣), 운룡각(雲龍閣).

전각들은 각기 방어에 쉽게 배치되어 있었고, 그 주변으로 오장 높이의 담장이 둘러싸고 있었다.

그리고 그 전각들이 모여 있는 대지(大地)의 중심에 금으로 만든 기와를 얹힌 대(大) 전각이 자리하고 있었다.

천룡각(天龍閣).

그 전각에는 천룡각이라는 현판이 달려 있었다.

바로 이곳이 사파인들의 지존인 사황 용태성이 기거하는 천룡각이였다.

이 모든 것들이 모여 이루어진 거대 방파, 바로 사파인들의 중심인 구룡방이었다.

구룡방 내에 있는 거대 연무장.

가로세로 길이가 삼십 장이고, 바닥에 대리석이 깔린 이런 연무장이 구룡방 내에 수십 개가 자리하고 있었다.

그곳에는 미래의 강호 제일인을 꿈꾸는 수많은 무사들이 무공 수련에 열중하고 있었다.

연무장들이 펼쳐진 그곳의 앞에는 비룡탑(飛龍塔)이 자리하고 있었고, 그 탑 위에 한 인영이 흐뭇한 표정으로 무사들의 연습을 지켜보고 있었다.

흑색 위에 금빛용 아홉 마리가 자수되어 있는 구룡포(九龍袍)를 입은 사내.

바로 사파지존 사황(死皇) 용태성(龍泰盛)이었다.

머리는 붉은빛이고 칼날 같은 눈썹과 매를 연상케 하는 눈, 그리고 각진 얼굴에 난 칼자국은 사람들에게 두려움을 주기에 충분했다.

그러나 눈빛만은 온화했다.

"비룡각주. 저들을 저만큼 키운 것은 다 그대의 공로요."

용태성은 옆에 고개를 조아리고 있는 꼽추 노인을 바라보며 말했다.

"속하가 의당 해야 할 일입니다. 공로라니요. 당치도 않습니다. 방주님."

"하하하, 아니오. 귀계신옹(鬼計神翁)이라 불리는 그대가 아니었으면 저들은 저리 강해지지 않았을 것이오. 나는 그대를 비룡각주로 앉힌 것을 내 평생 가장 잘한 일로 생각하오."

귀계신옹(鬼計神翁) 마뇌헌(馬腦憲).

이십 년 전 정파의 공격에 사파가 지리멸렬(支離滅裂)하지 않고 버틴 것이 바로 이 사람 때문이었다.

귀신도 속을 계략을 펼쳐 정파의 공격을 막아 내 사파를 지켜 낸 인물이었다.

하지만 계속되는 정파의 공격에 기력을 다하고 포기하려 할 때쯤 용태성이 나타난 것이다.

어둠 속에서 헤매고 있을 때 나타난 빛 한 줄기.

귀계신옹은 그 후로 그 빛을 따라가기로 마음을 먹었고, 바로 그 빛인 용태성에게 충성을 맹세하며 그의 최측근으로 자리하고 있었다.

"한데……."

용태성은 귀계신옹을 칭찬하다가 갑자기 말을 돌렸다.

용태성이 머뭇거리자 귀계신옹은 그 뜻을 알아차리고 다시 머리를 조아리며 말했다.

"송구하오나 비룡각의 모든 정보 요원을 동원하였지만, 아직 찾지 못하였습니다."

귀계신옹의 말이 끝나자 용태성의 얼굴은 침울하게 변했다.

요즘 들어 저런 표정을 자주 보이는 용태성이었다.

무언가 그리움이 가득 묻어 있는 그러한 표정.

"방주님을 이리도 심란하게 하는 속하의 무능력을 탓하십시오."

"아니오. 내 어찌 그대를 탓하겠소. 그분께서 숨고자 하면 세상 어느 사람도 찾지 못할 것인데……. 나를 찾아오신다 하셨는데 괜히 내가 조바심이 나서 그대에게 부탁한 것이오."

용태성은 그리 말하고 다시 연무장을 바라보았다.

하지만 그 눈빛은 아까의 눈빛이 아니었다.

'방주님께서 저리도 그리워하시다니⋯⋯. 정말로 정이 많으신 분. 하루라도 빨리 찾아 드려야겠구나.'

용태성은 연무장을 바라보며 입을 열었다.

"그대가 전에 내게 물었던 질문의 답을 해 주겠소. 왜 이러한 힘을 가지고도 가만히 있느냐고⋯⋯. 무황성이나 천검문의 무리가 두려우냐고⋯⋯."

용태성이 말하자 귀계신웅은 기다렸다는 듯이 답했다.

"예. 속하가 그리 질문하였었지요. 지금 저희 구룡방의 힘이라면 저 비열한 정파 무리를 혼내고 중원을 정복할 수도 있는데 말이죠."

용태성의 말에 귀계신웅은 흥분하며 말했다.

그런 모습에 용태성은 미소를 지으며 답했다.

"그들이 무서운 것이 아니오. 나는 사부님께 약속하였소. 약한 자들을 위해 살겠노라고. 근데 내가 강해졌다 하여 다른 이들을 핍박하는 것은 사부님과의 약속을 저버리는 일이오. 혹 그렇게 되면 나는 사부님께 정말 크게 혼날 것이오. 하하."

"방주님은 강호에서 가장 강하십니다. 천년 내공에 달하시고 이미 신화경의 경지를 넘어섰는데⋯⋯. 아마 그분께서도 뭐라 못 하실 겁니다."

귀계신웅의 말에 용태성은 고개를 저으며 말했다.

"아니오……. 나의 사부님은 정말 강하시지. 지금 내가 그분과 대련을 한다고 하면 나는 일 초도 못 버티고 질 것이오. 잘해야 반 초나 버티려나? 그래도 많이 발전한 것이지. 반 초나 버티는 것이면……. 반 초나 버텼구나 하고 칭찬해 주실지도. 하하하!"

귀계신옹은 저 말을 믿지 않았다.

그저 사부님을 위하는 마음에 겸손을 떠는 것이라 치부해 버렸다.

귀계신옹이 아니라도 구룡방의 그 누구도 저 말을 믿지 않을 것이지만 말이다.

귀계신옹을 뒤로하고 용태성은 그리움이 가득한 눈으로 하늘을 바라보며 사부를 생각했다.

'사부님…… 제자 이렇게 애타게 기다리고 있습니다. 부디 조금만 빨리 와 주시길 바랄 뿐입니다.'

단지 같은 하늘 아래 있다는 사실만으로 이 그리움을 달래야 하는 것이 슬플 뿐이었다.

&

하남성(河南省).

중화 문명의 발상지다.

사람들은 이곳을 음양이 조화하는 곳, 천지가 화합하는 천하의 중심 중원이라 불렀다.

그 하남성에 바로 무황성이 존재하고 있다.

보는 사람이 감탄을 자아내게 할 정도로 거대한 성.

거대한 무황성의 성내에는 도시가 존재하고 있었다.

무황성에 속한 자의 가족들이 터를 잡아 생활을 시작한 것이 세월이 지나 이렇게 큰 도시가 된 것이다.

이곳 도시의 사람들은 모두 무황성의 사람들이라고 봐도 과언이 아닐 정도로 무황성에 대한 애착이 강했다.

도시의 대로변에는 많은 사람의 발길로 붐비고 있었다.

그 수많은 인파 속에서 천룡은 벽에 붙어 있는 방을 보고 있었다.

-무황성 내에서 잡일을 할 사람을 모집함. 자격 조건은 스무
살 이상 마흔 이하의 건장한 남자. 숙식 제공. 급여는 월 은자
한 냥.

"흠, 잡일이라……. 잡일은 뭘 하는 거지?"

천룡은 무황성에 들어가려고 하였으나 들어가지 못했다.

외성에 있는 도시에는 들어갈 수 있지만, 무황성의 중심인 내성은 그 안에 속한 무사들이나 일꾼들만 출입이 가능한 곳이었다.

은신(隱身)해서 들어갈 수도 있었지만, 그것은 경험이 아니

었다.

그저 훔쳐보는 것일 뿐이고 그런 것은 천룡이 원하는 바가 아니었다.

또한, 다짐하지 않았던가. 세상에 나와서는 최대한 평범하게 살자고.

일이 이렇게 되자 오기가 생긴 천룡은 무황성의 일꾼이라도 되어 구경하고 말겠다고 다짐을 하게 된다.

그것 말고도 직업이라는 것을 가져 보고 싶기도 했다.

농사라는 일을 해 보기는 했지만, 그것은 일한 것으로 생각하기엔 너무 짧았다.

자신의 제자들은 유명한 사람들일 테니 천천히 일하다 보면 언젠가는 소식을 듣게 되거나 혹은 만날 수도 있고, 그리고 직업이라는 것을 가지고 싶었으니 그야말로 일거양득이라는 생각까지 들었다.

또한, 무림 최고의 단체이니 자신이 힘을 쓸 일도 일어나지 않을 것이 아닌가.

덤으로 많은 사람과 어울리며 살아갈 수도 있고 거기다가 맛있는 식사에 잠도 재워 주고 돈까지 준다니 이만한 직업이 또 있을까 싶었다.

마음을 정한 천룡을 접수처로 향했다.

외성으로 들어가는 성문 한쪽에 마련된 접수처에는 많은 사람이 줄을 서서 자신의 차례가 오기만을 기다리고 있었다.

천룡 역시 줄을 서서 기다리기를 반 시진(時辰) 정도 되었을
까?

어느덧 자신의 차례가 돌아왔다.

"이름과 나이, 그리고 출생지를 말하시오."

"운천룡이고 나이는 스물다섯, 출생지는 감숙성 감주입니
다."

앞에 사람들이 말하는 것을 보고 미리 생각한 대로 답을
한 천룡이었다.

심사관은 천룡을 이리저리 훑어보고는 물었다.

"딱 보아하니 책 좀 읽은 서생 같아 보이는데, 왜 이런 일
을 하려 하시오? 다른 일도 많을 텐데⋯⋯."

"직업에는 귀천이 없다 하지 않습니까? 거기에 천하제일
성이라는 무황성에서 일할 수 있다는데, 이보다 더 좋은 직
업이 어디에 있습니까? 저는 무황성의 식구가 되는 것으로
만족합니다."

아주 막힘없이 술술 대답이 나오는 천룡이었다.

겨우 잡부를 뽑는데 저리도 거창하게 말하는 것을 어이없
이 바라보는 심사관을 향해 해맑은 미소를 지어 보이는 천룡
이었다.

그 미소를 보자 심사관들은 자신들도 모르게 기분이 좋아
져 합격 도장을 찍어 주었다.

"합격. 이 서류를 가지고 저 노인을 따라가시오."

합격한 서류를 받아 들고 심사관이 알려 준 방향을 보니 한 노인이 합격한 사람들을 모아서 줄을 세우고 있었다.

"자 자, 합격한 사람들은 이쪽으로 와서 줄을 서게나."

천룡은 사람들이 모여 있는 그곳으로 가서 줄을 섰다.

노인 앞에 줄을 선 사람들은 대략 쉰 명은 되어 보였다.

사람들이 얼추 다 모이자 노인은 해야 할 일을 말해 주었다.

"자네들이 해야 할 일은 바로 무황성 내의 잡일일세. 진시(辰時)에 일어나서 일을 시작해서, 유시(酉時)에 끝내면 되네. 주로 청소와 조경, 그리고 무사들이 훈련하고 난 뒤 훈련장의 뒷정리 등이지."

설명을 듣고 천룡은 그제야 잡일이 무엇을 하는 것인지 알았다.

"이제 숙소를 안내해 주겠네. 일은 내일부터 시작할 것이니 오늘은 숙소에 가서 쉬게나. 다들 나를 따라오시게."

노인은 앞장서서 성문 안으로 들어갔고 사람들은 그 뒤를 따라 들어가기 시작했다.

천룡은 들어가면서도 웅장하게 지어진 성문을 구경하느라 여념이 없었다.

'와, 정말 대단한 곳이구나.'

성문 안으로 들어서자 여기저기에 웅장한 전각들이 자리를 잡고 있었고, 각각의 전각들의 벽은 금으로 도배가 되어 있었다.

전각들 주변에는 각종 나무가 심겨 있었고, 군데군데 작은 연못들도 보였다.

"무황성에는 총 백 채의 전각이 있다네. 그중 쉰 채가 무사들의 숙소이고, 스무 채가 업무를 보는 곳, 열 채는 무기고와 의약고 그리고 서고일세. 나머지 스무 채는 그대들이 몰라도 되는 곳이야. 지금 내가 말한 곳의 지붕 수리나 그 앞마당 청소 또한 자네들의 몫이니 참고하시게."

노인은 사람들을 인도하며 계속 설명하였다.

"무황성은 다들 알다시피 외성(外城)과 내성(內城)이 있네. 외성은 봐서 알 테니 설명이 필요 없을 테고, 내성에 대해 알려주겠네. 내성에는 외원(外園)과 내원(內園)이 있는데 외원은 아까 내가 말한 전각들이 자리하고 있는 곳이지. 내원은 자네들이 몰라도 된다고 한 그곳일세. 그곳은 허락되지 않은 자는 들어가서는 안 되는 금지(禁地)니까 주의하시게."

노인은 설명하고, 따라가는 사람들은 구경하느라 여념이 없었다.

그렇게 설명을 들으며 한참을 걸어가니 지금까지 보면서 왔던 전각과는 다르게 허름한 건물들이 눈에 들어왔다.

삼 층으로 이루어진 건물들인데 대리석으로 치장을 한 다른 건물들과는 달리 목재로 이루어진 건물들이었다.

"자, 이곳이 자네들이 생활할 숙소일세. 일 층에는 식당과

휴식을 취할 수 있는 공간, 그리고 일할 때 필요한 도구들이 있는 곳이네. 이 층부터가 숙소인데 이 층은 선임자들이 있으니 자네들은 삼 층을 쓰게나. 방은 사인일실(四人一室)일세."

사람들을 따라 삼 층으로 올라서자 복도 양옆으로 방들이 빼곡하게 들어서 있었다.

사람들은 고향 친구들이나 마음이 맞는 사람끼리 어울려서 각자 방을 찾아 들어갔고, 천룡은 어디로 가야 하나 머뭇거리다가 마지막에 남은 세 사람과 같이 맨 끝 방으로 들어가게 되었다.

방 안으로 들어서자 네 개의 침상과 방 가운데 동그란 탁자 하나가 자리를 하고 있었다.

먼저 들어간 세 사람은 각자 자신의 침상을 하나씩 차지하고 짐을 풀기 시작했다.

천룡 또한 문 옆의 침상을 맡아 그곳에 짐을 풀었다.

짐을 다 풀고 나니 방 안은 적막감에 휩싸였다.

네 명 모두 오늘 처음 만났으니 그럴 만도 했다.

"어휴! 난 이런 분위기는 정말 싫은데. 우리 통성명이나 합시다. 앞으로 계속 볼 사이인데, 나는 우송이라고 하오."

얼굴과 가슴에 털이 수북하게 난 남자가 먼저 입을 열고 자신을 소개했다.

"저는 초계량이라고 합니다."

네 명 중 키가 가장 작고 나이 또한 어려 보이는 남자가 뒤를 이어 자신을 소개했다.

"내, 내 이름은 가, 가무산. 이, 이렇게 마, 마, 만난 것도 이, 인연인데 자, 잘 지내 봅시다."

살이 찌고 얼굴에 곰보가 난 청년까지 자신의 소개를 마치자 세 사람은 동시에 천룡을 바라보았다.

"아, 저…… 저는 운천룡이라고 합니다."

천룡이 자신을 소개하자 우송이 물었다.

"운형이시구려. 운형은 딱 보아도 이런 일은 안 어울리는 것 같은데…… 집이 그렇게 어렵소?"

우송의 질문에 다른 사람들도 그 점이 궁금했다는 듯 천룡의 대답을 기다렸다.

오늘 저 질문만 벌써 두 번째다.

역시 세상 사람들은 옷으로 사람을 평가한다는 것이 확실해 보였다.

"하하, 아닙니다. 저는 산에서만 자라서 이런 옷을 한 번도 입어 보지 못해서…… 나온 김에 한번 입어 봤어요."

천룡은 웃으며 대충 얼버무렸다.

"아하, 그럼 서생이 아니었구먼. 근데 산에서 자랐다고 그랬소?"

"네. 산에서 자라서 이런 험한 일은 아무렇지 않게 할 수 있거든요."

"하하하, 보기보다 강골인가 보네."

그렇게 서로에 대해 이야기를 나누고 있을 때, 문이 열리면서 아까 안내를 맡았던 노인이 손에 무언가를 들고 들어왔다.

"허허, 이 방 사람들은 벌써 친해진 모양이구먼. 자, 자, 다들 여기로 모여 보시게나."

노인은 사람들을 모으고는 손에 들려 있던 나무 조각을 나눠 주었다.

"자네들에게 방금 나눠 준 그것을 항상 소지하고 다녀야 하네. 그것이 없으면 큰 낭패를 볼지도 몰라. 자네들이 이곳에서 일하는 사람들이라는 증표니까 말이야."

노인은 구(九)가 새겨진 목각 패를 나눠 주며 항시 소지하고 다니라고 당부를 하였다.

"거기에 적힌 구는 자네들의 지위일세. 지위라고 하기도 뭐하지. 제일 낮은 단위니까 말이야. 허허."

그렇게 말을 하고 있는데, 우송이 노인에게 물었다.

"저기 무황성의 계급 체계는 어떻게 되오? 혹시라도 우리가 모르고 실수를 할지도 모르니 알려 주시오."

우송의 질문에 노인은 동의한다는 표정을 지으면서 고개를 끄덕였다.

"하긴 그도 그렇겠구먼……. 잘 들으시게. 이곳 무황성에는 엄밀히 따져 여덟 개의 등급으로 나뉘어 있지. 자네들은 솔직히 말해 무황성에 속해 있으나, 무황성에 존재하는 등급에는 들어가지 않아."

노인은 말을 하면서 천천히 탁자 옆에 놓인 의자에 앉았
다.

"최하 등급인 팔(八)급은 바로 경비 무사일세. 아마 자네들
이 제일 자주 마주치게 될 등급이지. 그리고 칠(七)급은 경비
대장이고, 육(六)급은 각 단에 속해 있는 일반 무사들이지. 오
(五)급은 각 단의 조장들이고, 사(四)급은 각 단의 단주들일세.
사급만 되어도 자네들은 함부로 쳐다보지도 못할 위치니, 조
심하게나."

그 얘기를 들은 방 안의 사람들은 한숨이 절로 나왔다.

무황성에 입성해서 좋아했더니, 이건 완전 그냥 하인이었
다.

자기들은 팔급만 봐도 인사를 해야 하는 처지라는 것이 왠
지 처량하게 느껴진 것이다.

"젠장! 무황성에만 들어오면 다 되는 건 줄 알았더니…….
뭐가 이리 복잡해?"

우송은 잡부를 노리고 들어온 것이 아니었다.

일단 잡부 일이라도 하다 보면 무사가 될 기회가 올 것이
고, 그 기회를 얻기 위해선 무황성에 어떻게라도 들어와야
했다.

이 방의 다른 사람들 또한 같은 생각이었다. 천룡을 제외
하고 말이다.

"흠흠, 아무튼, 이야기를 계속해 주지. 무황성에는 여덟 개의 단이 있는데, 그 단의 단주라고 해서 모두 같은 지위라고 생각하면 오산이네. 무적단과 규율단이 있는데, 그 단의 단주는 삼(三)급, 무황단과 무영단의 단주는 이(二)급일세. 아까 말한 사급은 그 외 나머지 단의 단주들의 지위일세."

무황성에는 여덟 개의 단이 존재하고 있었다.

정보단(情報團), 순찰단(巡察團), 규율단(規律團), 무적단(無敵團), 무영단(無影團), 무황단(武皇團), 천약단(千藥團), 감찰단(監察團).

무영단과 무황단은 성주 직속 단체로 모든 것이 비밀에 감춰진 단체다.

규율단은 무황성 내의 규율을 맡은 단체로 성주를 제외한 모든 이들의 잘못을 다스릴 수 있는 단체고, 순찰단은 무황성 내의 순찰과 경비를 맡은 단체.

총 이천 명으로 이루어져 있다.

정보단은 무황성의 정보 조직.

삼천 명에 달하는 정보 요원들이 시시각각 변동하는 강호의 정보를 수집하며, 천약단은 부상자들을 치료하거나 무사들을 위해 단약을 제조하는 단체다.

감찰단은 강호에서 악행을 저지르거나 무공을 모르는 일반인들을 괴롭히는 자들을 잡아 벌하는 단체이다.

그리고 무적단이 있다. 실질적인 무력 부대로 이들이 무황성의 전력(全力)이다.

"그리고 또 이급에는 다섯 명의 장로들이 포함되어 있네. 일(一)급은……."

"일급은 말 안 해도 알겠소. 성주님이시겠지. 아니오?"

"허허, 아닐세."

우송은 자신이 맞췄다고 생각했는데, 그것이 아니었다.

"일급은 바로 대(大) 장로님과 성주님의 직계가족분들이시네. 참고로 성주님은 특(特)급일세. 뭐, 그분들이야 만날 일이 없으니 딱히 알아 둘 필요는 없네. 그리고 내 지위는 팔 급이고 직책은 반장일세. 이름은 그냥 반장 노인이라고 부르시게. 앞으로 잘 부탁하네."

노인은 마지막으로 자신의 소개를 하고 이야기의 끝을 맺었다.

이야기가 끝이 나자 방 안은 적막감이 흘렀다.

"질문이 있소."

그 적막감을 깬 것은 우송이었다.

"아무리 잡부라 하나 이렇게 대충 뽑아도 괜찮은 것이오? 혹시나 다른 생각을 품고 잡부로 위장해서 들어올 수도 있는데 말이오."

우송의 말에 다들 고개를 끄덕이며 반장 노인을 바라봤다.

"자네, 여기가 어딘가?"

"몰라서 물으시오? 무황성이 아니오."

"그렇지. 무황성이야. 중원 제일성! 자네들 중에 고수가 있

어도 상관없네. 고수라면 이곳이 얼마나 무서운 곳인지 누구
보다 잘 알 터이니."

반장 노인의 표정엔 굳건한 믿음이 가득했다. 그걸 바라보
는 사람들도 이제 자신들이 그 중원 제일성인 무황성의 일원
이 됐다는 자부심이 샘솟기 시작했다.

"저, 저기……."

"왜 그러나? 궁금한 것이 남았나?"

"바, 밥은 어, 언제 먹습니까?"

순간 방 안의 사람들은 병한 얼굴을 하다가 웃었다.

"하하하, 이 친구 기껏 용기를 내서 한다는 말이 끼니를 언
제 먹느냐는 건가? 하하하."

"허허허, 그러고 보니 가장 중요한 걸 안 알려 주었구먼.
일 층으로 내려가면 식사를 할 수 있네. 지금쯤이면 식사 준
비가 다 되었을 것이야. 말 나온 김에 같이 가세나."

사람들은 자리에서 일어나 식당으로 향하기 시작했다.

천룡이 무황성에서 일하기 시작한 지도 어느덧 반년이 지
났다.

반년이라는 시간 동안 천룡은 정말 많은 것을 배우고 깨달
았다.

남들과 같이 평범하게 사는 법을 배우고 사람들과 어울리며 즐기는 법을 배우고, 어느 정도 처세술 또한 배웠다.

그중 가장 크게 느낀 것이 인간 역시 동물이라는 사실이었다.

사람 사는 곳이라 다를 줄 알았지만, 이 세상 역시 동물들이 사는 세상과 마찬가지로 약육강식의 세계였던 것이었다.

그렇다고 세상에 대해 실망을 했다거나 자신이 지금 하는 일에 재미를 잃었다는 것은 아니었다.

천룡은 지금 자신이 하는 일이 정말 재밌고 좋았다.

이 얼마나 평범하고 소소한 일상이란 말인가. 자신이 원하던 일이었다.

아무도 없는 곳에서 평생을 지내 온 천룡에겐 이곳은 정말 하루하루가 신나는 세상이었다.

오늘 천룡이 해야 할 일은 바로 연무장 청소였다.

무사들이 수련을 끝내고 우르르 빠져나간 연무장은 정말 지저분했다.

"휴, 오늘도 마찬가지군."

더러워진 연무장을 보며 한숨을 쉬던 천룡은 팔의 소매를 걷고 빗자루를 집어 들었다.

"더러워도 이건 더러운 게 아니지. 한 사람, 한 사람 노력의 증거라고 해야겠지?"

그런 생각을 하고는 웃으며 빗자루로 바닥을 쓸기 시작했다.

천룡이 바닥을 쓸기 시작하자, 바닥에 쌓인 먼지들이 빗자루를 따라 움직이기 시작했다.

그런 현상이 점점 뚜렷해지면서 소용돌이치듯이 먼지들이 한곳으로 모이기 시작했다.

먼지들이 모인 곳으로 손을 뻗어 기운을 펼치자 먼지들이 응축되어 공처럼 변했다.

순식간에 커다란 연무장이 먼지 하나 없이 깨끗해졌다.

"깨끗해지니 내가 다 기분이 좋네."

그렇게 연무장을 청소하고 있을 때, 저 멀리서 누군가가 달려오고 있었다.

"이보게! 천룡!"

달려오는 사람은 우송이었다.

우송은 거친 숨을 내쉬며 천룡 앞에 멈춰 섰다.

"아니, 무슨 일이야? 이렇게 정신없이 오고?"

천룡이 물어보자 우송의 얼굴이 환해지며 말했다.

"자네! 그 얘기 들었나? 설향 아가씨가 오신다네!"

"설향? 아가씨? 그게 누군데."

천룡이 정말 모르겠다는 표정으로 되묻자, 우송은 답답하다는 듯 가슴을 치며 답했다.

"아니, 자네는 천중삼화(天中三花)도 모르나?"

"천중삼화?"

"그래! 이 중원에서 가장 아름다운 세 여인에게 붙는 말이지. 그중 으뜸이라는 설향 아가씨가 오늘 귀환하신다고!"

"그래서?"

순간 우송은 이 인간은 도대체가 어떻게 돼먹은 인간인지 궁금해졌다.

보통 사람들은 이런 소리를 들으면 자기와 같은 반응을 보여야 하는데, 이 인간은 전혀 그런 것이 없었다. 오히려 그게 나랑 무슨 상관이냐는 표정이었다.

아니, 그전에 사내가 맞는지가 의문이었다.

"허허. 자네 사내 맞나? 어찌 그럴 수가 있단 말인가."

천룡은 더 모를 일이었다. 아니, 천중삼화인지 설향인지를 모르는 거하고 사내하고 무슨 상관이란 말인가?

"그래. 그럼 그 설향이라는 사람은 여기 왜 오는데?"

순간 우송은 할 말을 잃었다. 이 기쁜 소식을 전하기 위해 달려온 자신이 바보가 된 기분이었다.

"……"

"아니, 왜 오냐니까?"

"그 설향 아가씨가 바로 성주님의 금지옥엽이시니까! 이런 답답한 인간한테, 이 소식을 전하려고 뛰어온 내가 병신이지! 에이 씨!"

우송은 답답해서 버럭 소리를 지르고 일부러 알려 주기 위해 달려온 자신이 한심해서 씩씩거리며 자리를 떠났다.

"아오…… 거 사람하고는……. 후후후, 그래도 저놈이 저렇게 흥분하고 말을 할 정도면 예쁘긴 한가 보네."

우송이 큰 소리로 화를 내고 가는 바람에 귀가 멍해진 천룡을 귓속을 후비며 우송이 사라진 방향을 바라보며 중얼거렸다.

"그래. 이거지. 이런 소소한 행복, 즐거움. 역시 나오길 잘했어."

천룡은 이내 관심을 지우고 다시 연무장을 청소하기 시작했다. 천룡에겐 천중삼화보다 무사들의 땀이 배인 이 연무장 청소가 더 중요했기 때문이었다.

하지만 그 청소는 오래가지 못했다. 반장 노인이 자신을 급하게 찾았기 때문이었다.

֍

반장 노인의 처소로 찾아간 천룡은 인상을 찌푸릴 수밖에 없었다.

새로운 임무라고 주어진 게 바로 설향이라는 사람의 정원을 가꾸는 일이었기 때문이다.

"이보게! 그렇게 싫은 내색 좀 하지 말게나. 이 성에서 자네만큼 일을 잘하는 사람이 없어서 그러는 게 아닌가. 아닌 말로 남들은 서로 하려고 하는데, 왜 자네는 그렇게 싫은 티를 꽉꽉 내는 게야!"

반장 노인은 이해를 할 수 없었다.

중원 최고의 미녀를 가장 가까운 곳에서 볼 수 있는 임무
인데, 정작 당사자는 무슨 귀찮은 일을 떠안은 듯한 표정으
로 서 있었기 때문이었다.

다른 사람들은 서로 자신들이 하겠다고 뇌물까지 쓰는 마
당에 정말 이해가 되지 않았다.

"설향이라는 아가씨 일이라면 다른 사람이 해도 되지 않겠
습니까? 하고 싶은 사람이 많다면서요. 그 사람들 시키면 되
겠네요."

"휴, 아무나 시킬 수 있는 일이면 벌써 그렇게 했지. 설향
아가씨는 성격이 깐깐해서 아무나 들어오는 것을 극도로 싫
어하신다네. 물론 자네를 마음에 들어 하실지는 모를 일이지
만, 그래도 자네는 맡은 바 임무에 충실하기에 이렇게 내가
보내는 것 아닌가."

하지만 천룡은 맘에 들지 않았다.

성에 할 일이 얼마나 많은데, 고작 한 여자의 정원을 가꾸
는 것에만 신경을 써야 한단 말인가.

"아, 잔말 말고 이건 명령이니까 따르도록 하게. 에잉! 좋
아할 줄 알고 기대했더니만 자네 정말 사내 맞는가?"

우송에 이어 반장 노인도 저 소리다.

이쯤 되자 오히려 오늘 온종일 들은 저 설향이라는 사람에

대해서 궁금해졌다.

"알겠습니다. 휴우, 그럼 어디로 가야 합니까?"

천룡이 가겠다고 하자 반장 노인은 그제야 표정을 풀며 따라오라는 손짓을 하였다.

"지금 가는 곳은 원래 금남의 구역일세. 하지만 여자들을 시키기엔 또 생각보다 힘을 많이 써야 하는 일이라 어쩔 수 없이 선발해서 검증된 일꾼만 보내는 게지."

반장 노인의 입가에 미소가 지어지며 말했다.

"그러니 서로 가려 하는 거지. 꼭 설향 아가씨 때문이 아니더라도 그곳은 여자들만 있는 꽃밭이니까. 어느 남자가 그런 곳을 마다하겠는가. 심지어 그곳의 이름도 천화원일세."

천룡은 순간 이해를 했다.

솔직히 말하면 다른 사람들이 아무리 설향 아가씨라는 사람에게 기웃거려 봐야 신분의 차이라는 건 극복할 수 없다.

그런데도 저리 가고 싶어 하는 이유를 궁금해하던 참이었다.

의문이 풀리면서 표정이 환해지자 반장 노인이 오해했다.

"허허, 자네도 이제 조금 마음이 동하나? 하지만 명심하시게. 그곳의 여자들은 모두 무인들이야."

무인들인 것이 무슨 이유인가 싶어 천룡은 반장 노인을 바라봤다.

"기본적으로 무인들은 무공을 익히지 않은 사람들은 상대

를 잘 안 하지. 자기들에게 이득이 될 일도 없거니와 마주칠
일도 거의 없기 때문이지. 그들이 살아가는 세상은 완전 다
른 세상이거든. 아마 자네가 거기서 일을 해도 그들은 자네
를 없는 사람 취급할 거야. 다른 녀석들은 그러한 것을 모르
기에 가고 싶어 하는 게지."

반장 노인은 한숨을 쉬며 말을 이어 갔다.

"실은 나도 무인은 아닐세. 호신법 몇 가지 익힌 게 다지.
반장이라는 직책도 오랜 연륜과 경험 때문에 얻은 것이지,
내가 특출나서 얻은 게 아니라네. 나도 한때 무인이 되겠다
는 꿈을 가지고 이곳에 발을 들였지만 허허 그건 한낱 꿈이
었네. 저들이 사는 세상을 보고 난 후, 내가 얼마나 허황한
꿈을 꾸었는지 알게 되었지."

그의 말을 듣고 있으니 신분이라는 벽 외에 또 다른 차별
이 있는 것을 깨달았다.

문득 자신의 제자들은 어떠한 삶을 살고 있을까 하는 궁금
증이 생겼다.

자신의 제자들도 저렇게 남들을 차별하며 자신의 힘을 과
시하며 사는 건 아닌지 걱정이 되었다.

"아무튼, 그곳에 가면 일만 하게나. 혹시라도 그녀들과 눈
을 마주친다거나 그들이 무공 수련을 하는 것을 훔쳐보면 절
대 안 되네. 그것은 모든 무인들에게 금기일세. 혹여라도 보
게 되면 죽을 수도 있으니 꼭 명심하게. 그들은 자네를 사람

으로 생각지 않네. 그리고……."

말을 하다가 갑자기 주변을 둘러보며 누가 있나 없나를 살피던 반장이 귓속말로 조용히 얘기했다.

"특히나 설향 아가씨를 만났을 때는 절대로 그녀의 얼굴을 보아선 안 되네. 근처에 가서도 안 되고 지나갈 때는 무조건 머리를 숙이고 있어야 하네. 이것만은 꼭 명심하게나. 알겠는가?"

저렇게까지 말하니 더 궁금해졌다.

그곳의 일상이 어떨지, 그리고 저 설향이라는 사람이 어떤 사람인지 말이다.

천화원에서 지켜야 할 여러 가지 규칙들과 해야 할 일들을 듣다 보니 어느새 목적지에 도착했다.

천화원(千花院).

무황성주 금지옥엽 담설향이 거주하는 전각이 있는 곳이다.

꽃을 유달리 좋아하는 그녀를 위해 무황성주가 직접 지시해 지어진 곳이다.

천 가지 종류의 꽃들이 있다 하여 지어진 이름.

이름처럼 천화원에는 정말 수많은 꽃들이 정원을 가득 메우고 있었다.

갖가지 꽃들에서 나는 향기로 그곳은 다른 무황성의 전각들과는 다른 분위기를 풍기고 있었다.

천화원에 도착하니 입구에 있던 초록 경장을 입은 여무사 하나가 반장 노인에게 다가왔다.

"오늘부터 천화원에서 일할 잡부가 이자인가요?"

여무사가 천룡을 힐끔 쳐다보며 무뚝뚝하게 말하자 반장 노인이 공손하게 대답을 하였다.

"네! 저희 애 중에서 제일 성실한 아이로 데려왔습니다. 안심하고 들여보내셔도 됩니다!"

"그건 그쪽이 정할 일이 아니지요."

그 말과 동시에 천룡의 손목을 낚아채며 맥을 짚었다.

그리고 몸 안으로 내력을 불어넣기 시작했다.

천룡의 몸은 자연지체(自然之體). 세상 만물의 모든 것을 포용하는 신체.

자연 그 자체이기에 그녀가 보낸 내력은 몸 안에서 아무런 거부감 없이 돌아 다시 그녀의 손을 통해 사라졌다.

"흠, 무공을 전혀 익히지 않은 것이 확실하군요. 서운해하지 마세요. 이것 또한 절차이니. 이자에게 천화원에서 지켜야 할 일들은 따로 말 안 해 줘도 되겠죠? 따라오세요. 길을 안내하겠어요."

"그럼요! 당연한 말씀입니다! 이보게, 천룡. 어서 들어가 보게나. 내가 한 말 꼭 명심하고 잘하시게."

"이름이 천룡인가요? 이름은 정말 좋군요. 뭐 하나요? 어서 안 따라오고!"

여무사의 재촉에 천룡은 얼떨결에 천화원 안으로 들어가
게 되었다.

　안으로 들어가는 동안 여무사는 해야 할 일을 알려 주었
다.

　"이곳에서 제일 신경 써야 할 것은 바로 저 꽃들이에요. 저
꽃들이 항상 화사하게 피어 있도록 하는 게 그쪽 임무예요.
정원이 워낙에 넓어서 그거 관리하는 것만 해도 하루가 모자
랄 거예요. 그러니 한눈팔지 말고 꽃에만 신경 쓰세요."

　"네, 알겠습니다. 그 외에 따로 제가 신경 써야 할 일이 더
있나요?"

　"음, 다른 주의 사항들은 다 듣고 오셨을 테고……. 아! 저
기 연못 가운데 있는 자그마한 섬에 피어 있는 꽃이 하나 있
어요."

　여무사가 가리키는 곳을 보니 조그마한 배를 띄워도 될 정
도로 커다란 연못이 보였다. 그곳의 중앙에 자그마한 전각이
지어져 있고, 그 전각 앞에 다른 꽃들보다 유달리 큰 꽃이 피
어 있었다.

　이 세상의 꽃이 아닌 듯 고고하고 화려하게 홀로 피어 있
는 꽃.

　꽃잎마다 형형색색 다른 색들이 반짝거리며 조화롭게 어
우러진 것이 마치 무지개를 보는 듯 아름다웠다.

　하지만 왠지 모르게 기운이 없어 보이는 꽃이었다.

"저 꽃은 금선화(錦璇花)라 불리는 꽃이에요. 꽃들의 왕이죠. 저 꽃은 건드리면 안 돼요! 절대로! 아가씨께서 제일 아끼시고 직접 돌보시는 유일한 꽃이니, 저 꽃은 예외로 하고 관리하시면 돼요. 호기심에라도 저 꽃을 건드렸다간 정말 큰일 나요. 꽃이 잘못되기라도 하면 목숨을 잃을 수 있어요."

"아름답긴 하지만 왠지 기운이 없어 보이는 꽃이군요."

"맞아요. 최근에 급격하게 약해지고 있어서 아가씨께서 많이 마음 아파하세요. 어차피 그쪽이 신경 쓸 일이 아니니 이 얘기는 여기까지 하고…… 자! 받아요."

여무사는 천화(千花)가 새겨진 명패를 내밀며 말했다.

"다음부터는 이 명패를 제시하면 그냥 통과시켜 줄 거예요. 이곳에서 일하는 사람이라는 증표이기도 하니, 항상 품 안에 소지하고 다니세요."

"네, 알겠습니다."

"일에 필요한 장비는 저기 창고에 있으니 그곳에서 꺼내 쓰시고요. 창고 옆에 작은 방이 하나 있으니 그곳에서 휴식을 취하시면 돼요. 밥은 저희 애들이 그 방 앞에 놔둘 것이니 드시고 다시 내놓으시면 돼요."

"네, 신경 써 주셔서 감사합니다."

"그럼 전 이만 가 볼게요. 궁금한 점이 생기면 저기 정문에 있는 무사들에게 물어보시고요. 무사들에겐 제가 말해 둘게요. 그럼 수고하세요."

여무사가 사라지자 천룡은 주변을 둘러보았다.

이 넓은 곳을 혼자서 하라니…….

한숨이 나왔다.

자신이 아닌 다른 사람이었다면 아마 보자마자 지쳐서 주저앉았을지도 모른다.

조용히 눈을 감고 기감을 확장시켜 보았다.

꽃들의 기운이 느껴지고, 그 가운데 낯선 기운들이 중간중간 섞여 있었다.

아마도 경호 무사들인 것 같았다.

정원 곳곳에 그러한 기운들이 느껴졌다.

"후후, 저곳들은 피해서 작업해야겠군. 꽃들이라…… 내가 살던 곳에 있던 천령초(天靈草)들을 가꾸듯이 관리하면 되려나."

그렇게 중얼거리며 장비가 있는 창고로 천천히 걸음을 옮기는 그였다.

그러다 문득 연못 가운데 있는 금선화가 생각났다.

금선화는 처음 보는 꽃이지만, 내뿜는 기(氣)는 어디서 많이 느껴 본 기였기 때문이었다.

'음…… 천령초랑 기가 비슷한데……. 천령초가 꽃을 피우던가? 아니면 그저 기가 비슷한 식물인가? 천령초라 하기엔 기가 너무 약한 것 같기도 하고…… 알 수가 없군.'

왠지 모르게 친근감이 느껴지는 금선화였다.

천화원에 들어온 지도 벌써 한 달이라는 시간이 흘렀다.

천룡은 천화원의 꽃들을 가꾸며 한 가지를 깨달았다.

바로 자신의 기운을 나누어 주면 꽃들이 더욱 화사하게 피어나고, 꽃잎의 색이 짙어지고 건강해진다는 사실을 알아냈다.

기감을 펼치고 자신의 기감 안에서 약해진 꽃들만 찾아다니며 기운을 나눠 주면 되었다.

이러한 작업은 천룡이 좀 더 기운을 세심하게 다룰 수 있게 해 주는 계기가 되었다.

실은 천룡이 세상에 나오길 두려워했던 이유 중 하나가 자신의 강한 기운을 제대로 다루지 못한 것도 있었다.

어느 정도가 적당한 것인지 알지 못했다.

천령초에게 기운을 나누어 주긴 했지만, 그것은 영초이기에 무작정 기운을 불어넣어도 상관없었다.

하지만 꽃들은 그러지 않았다.

처음에는 천령초에게 주듯이 기운을 불어넣자 꽃들이 과한 기운을 버티지 못하고 바로 죽어 버렸다.

여러 번의 실패를 거듭한 끝에 꽃에 가장 적당한 기운을 줄 수 있게 조절이 가능해진 것이었다.

그러한 깨달음은 천룡을 점점 신나게 하여 누구보다 열심히 천화원의 정원을 가꾸는 데 심혈을 기울였다.

한 달이라는 시간 동안 이곳의 풍경은 많이 바뀌었다.

천룡이라는 단 한 사람에 의해, 천화원은 세상에서 가장 아름다운 정원으로 변모했다.

"꺄아아! 연아! 이곳이 정말 내가 살던 천화원이 맞는 거니? 어머 세상에 어쩜 이렇게 아름답게 변했지?"

듣는 사람이 정신을 놓게 만드는 고운 목소리가 울려 퍼졌다.

"예, 설향 아가씨. 천화원이 맞아요. 그런데 정말 엄청 화사하게 변했네요."

목소리의 주인공은 천중삼화 중 으뜸이라는 금화(錦花) 담설향(潭雪香)이었다.

계란형 얼굴에 살짝 도톰하고 작은 입술, 오똑하게 솟은 코와 밤하늘에 별을 담은 것 같은 짙은 검정 눈동자.

아담한 체구에 굴곡진 몸매.

가히 인세에 없을 절대 미모의 소유자였다.

"성에 들어오자마자 찾고 있던 물건이 나타났대서 다시 나갔다 온 사이에 이렇게 아름답게 변해 있다니…… 새로운 관리인이 왔다더니 정말 대단한 사람인가 보구나."

"맞아요, 아가씨. 정말 대단한 사람이 이곳을 관리하나 봐요. 저거 보세요. 항상 보던 꽃인데도 마치 새로운 꽃을 보는 것 같아요. 꽃잎의 빛깔 하며, 향기는 또 어떻고요. 무릉도원이 있다면 이런 풍경일 거예요."

두 여인은 완전히 달라진 풍경을 보며 정신을 차리지 못하고 있었다.

그렇게 정원을 바라보며 즐기다가 문뜩 자신이 키우던 금선화가 생각났다.

금선화는 자신 외에 누구도 건드리면 안 되는 꽃이었다.

설마, 관리인이 그것도 손을 댔을까 싶어 경공을 펼치며 연못 가운데 섬으로 날아갔다.

전각 앞에 고고하게 홀로 피어 있는 금선화는 여전히 아름다웠다.

하지만 왠지 모르게 다른 꽃들에 비해 기운이 없어 보였다.

아니, 다른 꽃들이 화사해지자 오히려 꽃들의 왕이라는 금선화가 초라해 보였다.

가슴 한 곳에 실망감이 피어났다.

누구도 손을 대면 안 되는 꽃이지만, 혹시나 이것도 손을 대서 다른 꽃들처럼 저렇게 생동감 넘치게 만들지 않았을까 하는 기대도 내심 하였다.

설향이 밖에 자주 나가는 이유는 바로 이 금선화 때문이다.

금선화에 줄 좋은 약재와 거름을 구하기 위해 사방팔방을 나니는 것이었다.

그녀가 찾고 있던 물건 역시 식물에 좋다는 영약이었다.

식물에 좋다는 약재와 거름은 그게 어떤 것이든 구하기 힘들어도 반드시 구해서 금선화에게 주었다.

하지만 금선화는 여전히 축 처져 있을 뿐이다.

마음이 아파 왔다.

다른 꽃들을 보며 좋아했던 자신이 미워졌다.

설향이 금선화에 이렇게 정성을 쏟는 이유는 바로 무황이라 불리는 자신의 아버지 때문이다.

아버지가 유일하게 준 선물.

금선화를 주며 말하던 아버지는 태어나서 처음 본, 정 많은 아버지의 모습이었다.

―이 꽃은 이 아비가 가장 아끼는 꽃이다. 꽃 중에 왕이지. 세상에 오직 하나뿐인 꽃이라 이름이 없어 내가 직접 금선화라 이름을 지었다. 너에게 주마. 나 대신에 잘 키워 줘야 한다.

처음으로 웃으며 자신의 머리를 쓰다듬어 주던 아버지였다.

하지만 점차 아버지는 변하기 시작했다.

자식들의 인사를 받아도 그저 건성으로 넘기고, 아버지에게 자식들이 선물하여도 무뚝뚝하게 '고맙다'라고 말하며 자리를 피하셨다.

그렇게 점점 감정이 없어지는 것 같은 모습을 보이더니,
어느샌가 세인들에게 피도 눈물도 없는 철혈의 무인이라는
말을 듣는 사람이 되어 있었다.

어느 날 우연히 자신들에게는 절대로 보이지 않던 슬픈 눈
빛으로 금선화를 한참 바라보다 가시는 것을 보았다.

무언가 사연이 있는 것일까?

자신이 제대로 돌보지 못해 꽃이 시들해진 것 때문인가?

별별 생각이 다 들었다.

왠지 자신 탓인 것 같았다.

그 후로 설향은 세상 곳곳을 돌아다니며 금선화를 처음 그
기운이 넘치던 모습으로 되돌리기 위해 노력했다.

다시 생각하니 눈물이 나올 것 같았다.

아버지의 웃는 모습을 다시 보고 싶었다.

"일은(一隱). 거기 있나요?"

설향이 나지막하게 누군가를 부르자, 꽃들 사이에서 하나
의 인영이 나타났다.

그 인영은 연못을 뛰어넘어 설향에게 부복했다.

"금선화에 접근한 자는 없었겠지요."

"네! 아가씨. 소신들이 목숨 걸고 아무도 접근하지 못하게
하고 있습니다."

"여기 정원 관리자는 금선화에는 관심을 두지 않던가요?"

설향이 가장 궁금했던 것은 바로 그것이었다.

꽃들을 이렇게 아름답게 피어나게 하는 능력을 갖춘 이가 꽃들의 왕이라는 금선화에게 관심을 안 가졌을 리가 없기 때문이었다.

"가끔 이곳을 보며 갸우뚱거리긴 하였습니다만…… 넘어오려거나 하진 않았습니다. 처음부터 엄중하게 경고를 하였기 때문인 것 같습니다."

이해가 갔다.

누군들 죽고 싶겠는가.

그는 자신이 해야 할 일을 했을 뿐이었다.

설향이 연못 밖 정원의 꽃들을 바라보며 말했다.

"그를 보고 싶군요. 데려와 줄 수 있나요?"

"명 받듭니다!"

짧은 대답과 함께 일은이 사라지자 옆에 있던 연이라 불리는 시비가 걱정스러운 얼굴로 말했다.

"아가씨…… 설마? 그 사람에게 저 꽃을 맡기시려고요?"

"그래. 이곳의 다른 꽃들을 봐. 얼마나 생기가 넘치니. 이렇게 꽃들을 아름답게 개화시킨 그 사람이라면, 금선화도 반드시 살려 줄 것이야. 그렇게 믿고 싶어."

어느덧 설향의 얼굴에는 간절함이 묻어나기 시작했다.

한편 일은은 명을 받자마자 창고 옆 작은 방을 향해 달려갔다.

항상 이 시간에 그 방에서 낮잠을 자는 것을 알기 때문이었다.

도착하는 즉시 방문을 열자, 역시나 천룡은 낮잠을 즐기고 있었다.

"일어나라. 찾는 분이 계시다."

낮은 목소리로 나름대로 위엄 있게 천룡을 향해 말했다.

천룡은 문 여는 소리에 이미 깨어 있었다.

다만 자기를 찾으러 온 것인지 아니면 그냥 확인차 문을 연 것인지 알 수 없었기에 그냥 자는 척하고 있었던 것이었다.

마치 잠에서 이제 막 깨어난 것처럼 눈을 비비며 일어나면서 대답했다.

"하~암, 누구? 저 말인가요?"

"그래. 너. 이곳 관리인 말이다."

관리인을 찾는 걸 보니 자기를 찾아온 게 확실했다.

"누가 날 찾는 겁니까? 나를 찾을 만한 사람이 없는데?"

"설향 아가씨께서 찾으신다. 서둘러라!"

설향이라는 소리에 정신이 번쩍 들었다.

그토록 궁금해하던 소문의 장본인이 자기를 찾는다지 않는가.

꼭 한번 보고 싶었기에 자리에서 벌떡 일어나며 재촉했다.

"그, 그래요? 어서…… 어서 갑시다!"

천룡의 반응에 일은은 살짝 비웃음을 보이며 생각했다.

'이곳 여무사들에겐 눈길 한번 주지 않아서 고자인가 했더니…… 이놈도 남자구나. 하긴 우리 아가씨는 세상 모든 남자의 우상 아니신가.'

발길을 재촉하며 가면서 물었다.

"절 찾는 이유가 무엇인지 아십니까?"

"직접 들어라."

짧은 대답에 천룡은 투덜거리며 따라갔다.

'엄청 비싸게 구네. 좀 알려 주면 안 되나.'

일은은 천룡을 연못으로 안내했다.

연못에 도착할 때쯤 저쪽에서 설향이 먼저 발견하고 천룡이 있는 방향으로 달려왔다.

순식간에 천룡 앞에 나타난 설향은 화사한 미소를 보이며 그를 반겼다.

"일은! 이분인가요?"

"네! 아가씨. 이자가 바로 이곳을 관리하는 관리인입니다. 인사드려라. 이분이 바로 설향 아가씨다."

일은이 말하자 천룡은 설향을 똑바로 바라봤다.

드디어 소문의 그녀를 만난 것이었다.

여자라서 관심을 가진 것이 아니라, 단지 워낙에 유명하니 도대체 어떤 사람인가 궁금했었다.

'아! 이 여자가 그 소문의 천중삼화구나. 확실히 예쁘긴 엄

청 예쁘네. 다들 왜 그런 반응인지 알겠어.'

그러한 생각을 하며 멍하니 바라만 보고 있자, 일은이 버럭 화를 냈다.

"이 무슨 무례인가! 감히 아가씨의 얼굴을 빤히 쳐다보다니! 이곳의 절대 규율을 잊은 것이냐!"

호통 소리에 깜짝 놀란 천룡은 황급히 고개를 조아리며 인사를 했다.

"아……! 네! 저, 저는 이곳 관리인으로 발령된 운천룡이라고 합니다. 죄송합니다! 너무 아름다우셔서 저도 모르게 그만…… 죄송합니다."

괜히 밉보여서 좋은 것이 없었기 때문이었다.

"아니에요. 사과하실 필요 없으세요. 일은, 이분은 제가 정중하게 초대를 한 것이에요. 그러니 그만하세요."

"아…… 아가씨. 하오나 이자는 계급 자체가 없는 말단 잡부입니다. 귀하신 아가씨께서 이렇게 존대까지 하실 필요는……."

일은이 말하는 바를 대충 눈치챈 설향은 자신의 입술에 손가락을 대며 조용히 하라는 몸짓을 하였다.

"이 사람 말은 신경 쓰지 마세요. 정말 만나 뵙고 싶었어요. 저는 무황성주의 막내딸이자 이곳 천화원의 주인인 담설향이라고 합니다."

그렇게 말하고는 천룡에게 고개를 숙이며 인사를 했다.

그 장면을 지켜본 일은은 당장 말리려 했지만 바로 포기해야만 했다.

-일은, 그만 자리로 돌아가세요. 이건 명령입니다.

설향은 일은이 또다시 나설 것을 알았고, 이 사람과 있는 내내 계속 저런 식의 방해 아닌 방해를 할 것이 뻔했기에 원래 자리로 돌아가 있으라 전음으로 명한 것이었다.

-명…… 받드옵니다…….

일은이 돌아가고 어수선한 분위기가 정리되자, 설향은 천룡에게 천화원의 꽃들을 어찌 가꾸었는지 물었다.

그러자 천룡은 그저 애정을 가지고 돌봤다고 대답을 했고, 그 말에 설향의 시비가 그게 말이 되는 소리냐고 했다.

하지만 딱히 뭐라 설명할 방법이 없었다.

'기(氣)를 나눠 줘서 저 꽃들이 건강하게 자란 것이다'라고 말하기도 애매했다.

기라는 것이 보여 줄 수 있는 성질의 것도 아니고, 자기가 나눠 주는 기는 아주 미세하여 정말 기에 통달한 사람이 아니면 느끼지도 못할 정도였기 때문이었다.

설명할 방법을 고심하였지만, 말로는 표현이 안 되기에 그냥 몸소 보여 주기로 했다.

오늘 관리하기로 한 구역으로 다 같이 이동한 뒤 그곳에서 직접 시범을 보이기로 한 것이다.

천룡이 꽃들에 다가가 자세를 잡자, 설향은 초롱초롱한 눈빛으로 바라봤다.

도대체 어떠한 방법으로 가꾸는지 자기도 이번 기회에 배워 보려 하는 것이었다.

자세를 잡고 일을 시작하려는 천룡은 자꾸 자기 뒤통수에서 느껴지는 강렬한 기운이 왠지 부담스러웠다.

꽃에 다가간 천룡은 평소에 하듯이 자연스레 꽃을 쓰다듬기 시작했다.

이 동작은 구석구석 기운을 잘 퍼지게 해 주기 위해 하는 행동이었다.

천룡에게 쓰다듬을 당한 꽃은 자기를 칭찬해 준 사람을 위해 보답을 하려는 듯 줄기가 일자로 곧게 서고 꽃잎은 더 화사하게 개화하기 시작했다.

'칭찬해 줘서 고마워요'라는 꽃의 목소리가 들리는 것 같았다.

눈앞에서 펼쳐진 진기한 광경에 설향과 시비는 눈을 동그랗게 뜨고 꽃을 바라봤다.

"아, 아가씨. 정말 꽃이…… 더 화사하게 변했어요. 어떻게 저럴 수 있죠?"

"그, 그래……. 마치…… 칭찬해 줘서 고맙다고 하는 것 같구나."

다시 봐도 천룡의 손길이 닿은 꽃은 손길에 닿지 않은 주변의 꽃들과 비교해도 확연한 차이가 보였다.

이제야 이해가 갔다.

바로 앞에서 두 눈으로 직접 보았음에도 믿지 못할 광경이었는데, 이것을 어찌 말로 설명한단 말인가.

천룡이 말로 설명하기 힘들다고 한 이유도 알았고, 애정을 줬다는 말도 이해가 갔다.

하지만 무슨 원리로 저렇게 꽃들의 기운이 변하는 것인지 알지 못했다.

그것을 알기엔 설향의 경지는 너무 낮았다.

지금 천룡이 꽃들에게 펼친 수법은 현경(懸境)의 단계에 올라야 겨우 펼칠 수 있는 활인검(活人劍)이라는 경지였다.

겨우 초절정의 경지에 올라 있는 설향은 절대 느낄 수 없는 수법이었다.

경지를 떠나서 검으로 쓰는 기술 자체가 살상을 목적으로 펼치는 것이기에, 사람을 살리는 검이라는 말 자체가 어불성설(語不成說)이다.

세상 어느 누가 '하하 이 정도는 해야 현경이지.' 하며 저런 걸 펼친단 말인가.

실상은 한 명이라도 더 상하게 하기 위한 수련에 박차를 가하면 가했지 저런 건 쓸데없는 기술이라며 쳐다도 보지 않을 것이다.

그러니 설향이 모르는 것은 당연하였다.

자신의 눈앞에서 기적(?)을 목격한 설향은 이 사람이라면

금선화도 원래대로 돌려놓을 수 있을 거라는 믿음이 생겨
났다.

잠시 고민을 하던 설향은 이내 결심한 듯 천룡을 바라보며
말했다.

"혹시 금선화도 봐주실 수 있나요?"

설향의 말에 천룡은 몸을 일으키며 금선화가 있는 곳을 쳐
다보았다.

그리고 잠시 그 꽃을 바라보다 말했다.

"저 꽃은 보통 꽃들과 다릅니다. 다른 꽃들과 달리 영기(靈
氣)가 느껴지는 꽃이에요. 제가 손댄다고 해서 이 꽃들처럼
변할 거라고 장담은 못 하겠습니다."

천룡의 말에 설향의 믿음은 더욱더 확고해졌다.

꽃의 영기를 느낀다고 했다.

역시 꽃 관리의 대가(大家)라는 생각이 들었다.

다들 저 꽃을 보며 아름답다고만 할 뿐, 이자처럼 영기가
느껴진다는 소리를 한 사람은 없었다.

수많은 전문가를 초빙해 봤지만 다들 처음 보는 꽃이라며
고개만 절레절레 흔들고 떠나갔다.

하지만 천룡은 달랐다.

금선화를 보는 눈빛부터가 남달랐다.

'이 사람이다. 이 사람이라면 할 수 있어. 나의 정성에 하
늘이 보내 주신 기인이야.'

설향은 다급한 마음이 들어 자기도 모르게 천룡의 손을 움켜쥐고 애원했다.

"부디 이렇게 간청드립니다. 제발…… 제발 금선화를 봐주세요. 대가(大家)라면 하실 수 있을 거예요. 제발…… 소녀의 간곡한 부탁을 들어주세요."

어느새 눈물까지 고인 얼굴로 천룡을 바라보며 애절하게 부탁을 했다.

설향의 시비는 그 모습에 화들짝 놀랐다.

천중지화라 불리며 무황성의 금지옥엽인 데다가 많은 사람이 우러러보는 절대 가인인 아가씨가 미천한 잡부의 손을 잡고 눈물을 흘리며 애원하고 있었다.

천룡 또한 놀라긴 마찬가지였다.

자신이 세상에 나와 경험한 바에 의하면 계급이라는 것은 엄격한 것이었다.

자신의 계급으로는 감히 쳐다도 보지 못할 정도로 높은 곳에 있는 여인이 일개 잡부의 손을 아무렇지도 않게 잡고, 저렇게 간절하게 애원하는 모습을 감동적이기까지 했다.

그냥 돌보라고 명령을 내려도 될 일인데, 이 여인은 대가라는 말까지 하며 정성을 다해 자신을 대한다.

무슨 일이 있어도 저 꽃을 세상에서 가장 화사하게 만들겠다고 다짐했다.

"최, 최선을 다해 보겠습니다. 아가씨."

천룡의 입에서 최선을 다하겠다는 소리가 나왔을 때 설향은 너무나 기쁜 나머지 손을 번쩍 들며 환호했다.

"꺄아! 고마워요! 대가. 지금 당장 가요!"

그러고선 천룡을 잡고 있던 손 그대로 금선화가 있는 곳으로 몸을 날렸다.

얼떨결에 같이 딸려 가는 천룡이었다.

그 순간 설향의 손에서 낯설지 않은 기가 느껴졌다.

왠지 그리우면서 익숙한 듯 친근한 기운.

'뭐지? 이 기…… 어디서 많이 느껴 본 기인데…… 그러고 보니 이 여자 처음 봤음에도 불구하고 왠지 친근하군. 근데 뭔가 아련한 기분이 드는 이유는 뭘까?'

자신의 가슴 속에서 느껴지는 간질간질한 기분을 애써 무시하며 금선화가 있는 장소로 빠르게 끌려가는 천룡이었다.

금선화가 있는 연못을 중심으로 사방에 잠복해 있는 수십의 규율단 무사들이 있었다.

이들의 목적은 두 가지.

설향 아가씨의 경호와 금선화의 보호 감시.

하지만 실질적인 주목적은 바로 금선화의 보호 감시였다.

설향 아가씨 외에 다른 사람이 금선화에 접근하면 바로 저지를 하고 규율원(規律團)에 연락하도록 안배가 되어 있었다.

하지만 지금은 설향 아가씨가 동행하였기에 이러지도 저러지도 못하고 있었다.

잠시 추이를 지켜보기로 하고 온갖 정신을 집중하여 천룡을 지켜보기 시작했다.

'거참…… 사방에서 이렇게 관심이 집중되니……. 이거 제대로 할 수 있으려나? 이렇게 관심 받아 본 적이 없어서 느낌이 낯설군.'

잠복해 있는 자들의 기운을 느낀 천룡은 점점 더 부담스러워졌다.

아까와는 달리 '잘못되면 가만두지 않겠다!'라는 기운을 풀풀 풍기고 있었으니 말이다.

여하튼 이왕 봐주기로 한 것이니 다른 꽃보다 더 신경 써서 기운을 불어넣을 생각이었다.

잠시 정신을 집중하고 금선화에 기를 불어넣기 시작했다.

'어라? 이거 생각보다 더 대단하잖아? 역시 이 느낌은……? 이건 천령초다!'

천룡의 기를 받은 금선화는 일순 반응을 보이기 시작했다.

서서히 줄기가 펴지며 꽃잎이 더욱더 활짝 개화한 것이다.

"어머! 아가씨 금선화가 점점 생생해지고 있어요."

"그, 그래……. 나도 지금 보고 있어. 세상에…… 금선화가······."

설향의 눈에 감격의 눈물이 고이기 시작했다.

하지만 정작 기를 주입하고 있는 천룡은 당황하고 있었다.

제三장

'이거…… 뭐지? 천령초가 꽃을 피우던가? 아닌데. 꽃을 피우는 건 한 번도 못 봤는데……. 하지만 내 기를 받아들이는 이 느낌은 분명 천령초다. 어찌 된 거지? 비슷하거나 같은 식물이라면…… 웬만한 기운으로는 살릴 수 없다!'

그 순간 천룡은 예전에 자신이 키우던 천령초에 주입해 주던 양의 기를 한 번에 쏟아붓기 시작했다.

그러자 금선화의 잎에서 찬란한 오색영롱한 빛이 나기 시작했다.

'역시! 내 생각이 맞은 것인가?'

"아…… 아름다워. 이것이 금선화의 진정한 모습이었구나. 눈이 부실 정도로 아름답다. 과연 아버지께서 말씀하신 꽃들의 왕이 맞았구나."

그 모습을 본 설향이 연신 감탄사를 내보이며 감격하고 있
었다.

놀란 사람은 설향뿐이 아니었다.

주변을 지키던 호위무사들과 금선화를 감시하던 규율원의
잠복 무사들까지 넋을 잃고 바라보았다.

'세상에 저, 저런 아름다움이라니……. 과연 세상에 하나
밖에 없는 진귀한 꽃이구나. 지키라 한 이유가 있었어. 저런
아름다움이라면 지킬 가치가 있는 꽃이다.'

잠복해 있던 무사들의 마음속에서 공통으로 든 생각이었
다.

그러나 그 아름다움은 일순간이었다.

오색찬란한 빛은 자신의 마지막 회광반조(回光返照)였다고
말하는 듯 순식간에 시들기 시작했다.

오색찬란했던 꽃잎은 갈색으로, 진한 초록색 띠던 줄기는
흑색으로 변하며 오그라들었다.

태어나서 처음 보는 아름다움에 빠져 있던 사람들은 갑작
스러운 변화에 모두 경악을 하며 자신들의 본분도 잊은 채
벌떡 일어났다.

꽃이 시들어 가는 모습을 본 설향의 안색은 점점 창백해져
갔다.

그게 끝이 아니었다.

시들기 시작한 금선화는 이내 부스러져 검은 가루로 변해 공중으로 퍼지기 시작했다.

얼마 지나지 않아 금선화가 있던 자리엔 아무것도 남지 않고 검은 가루들만이 이곳에 무언가가 존재했었다는 걸 알려 줄 뿐이었다.

이 중 가장 놀란 건 천룡이었다.

'헉! 안 돼! 내, 내가 잘못 느낀 거였어. 그러면 안 되는 것이었는데…… 설마…… 죽을 줄이야……. 내, 내 탓이다. 나의 자만심이…….'

자신의 판단이 틀렸다고 생각한 천룡은 그 자리에서 주저앉고 말았다.

금선화가 전부 사라지자 설향은 그 모습에 기절하고 말았다.

"아악! 아가씨! 아가씨 정신 차리세요!"

설향의 시녀가 비명을 지르자 혼이 나갔던 사람들의 정신이 돌아왔다.

촤촤촤촤촤촹!

화원에 있던 모든 무사가 일제히 천룡을 향해 날아가 검을 뽑아 겨누었다.

"이놈을 당장 포박하여 규율원으로 끌고 가라!"

대장으로 보이는 자의 명이 다 떨어지기도 전에 이미 천룡은 무사들의 손에 포박되어 끌려 나가고 있었다.

"너는 지금 당장 원주님께 이 사실을 보고해라."

옆에 있던 부하에게 명령을 내리고 쓰러져 있는 설향에게 다가갔다.

"아가씨! 정신 차리십시오. 뭣들 하느냐 어서 아가씨를 모시지 않고!"

호통 소리에 주변에서 허둥지둥 대던 여무사들이 그제야 설향을 업고 천약단(千藥團)으로 달려갔다.

그 모습을 지켜보던 무사의 두 눈에는 분노가 스며들고 있었다.

'이놈! 설향 아가씨에 금선화까지…… 으드득! 내 절대 가만두지 않겠다!'

"모두 규율원으로 복귀한다! 즉시 움직여라!"

분노를 머금은 무사들이 일제히 천룡이 끌려간 규율원을 향해 이동하기 시작했다.

조용하던 무황성에 역대급 사건이 지금, 이 순간 시작되고 있었다.

&

무황성 외원의 중심엔 검은색 바탕에 붉은색 기린(麒麟)이 새겨진 거대한 문이 존재하고 있었다.

얼핏 보기에도 평범하지 않은 문이지만, 무황성 사람들에

겐 누구라도 절대 오고 싶어 하지 않는 공포의 장소가 바로
이곳이다.

규율원(規律院).

거대한 대문 위에 힘 있는 필체로 적혀 있는 현판.

이곳이 바로 무황성의 규율(規律)을 어긴 자들을 잡아들여
벌하는 곳이다.

무황성이라는 거대한 조직을 운영하기 위해선 엄격한 규
율이 필요했기에 규율을 어기고 이곳에 끌려온 사람은 예외
없이 일벌백계(一罰百戒)의 형벌을 받는다.

성주를 제외한 그 누구도 그들의 형벌을 피할 수 없는 곳
이 바로 이곳 규율원이었다.

그 시각 규율단주(規律團主) 소무성(紹武成)은 자신이 좋아하
는 백호은침(白毫銀針)을 즐기고 있었다.

조용한 분위기에서 차를 즐기는 것이 취미인 그의 평온을
깨는 소리가 밖에서 들려왔다.

문을 벌컥 열며 들어온 수하는 그 자리에서 부복하며 외쳤
다.

"단주님! 특급 사건입니다!"

특급 사건이라는 소리에 차를 마시던 동작이 일순간에 멈
칫하며 부복한 수하를 바라봤다.

"특급 사건이라고? 아니, 특급 사건이라면 성주님과 성주
님 직계가족분들에 관한 것에 일이 생겼을 때 지정하는 등급

아니더냐.”

“그렇습니다. 성주님과 관련된 사건입니다.”

성주님과 관련된 사건이라는 소리에 규율단주는 찻잔을 탁자에 조용히 올려놓고 자세를 바로잡으며 말했다.

“성주님과 관련이 돼? 무슨 일이기에?”

단주의 질문에 수하는 침을 한번 꼴깍 삼키며 심호흡을 한 후 대답했다.

“금선화. 금선화가 소멸했습니다!”

그 소리에 단주는 깜짝 놀라 벌떡 일어나며 경악했다.

“뭐? 뭐, 뭐라 했느냐? 뭐, 뭐가 어찌 돼?”

“천화원의 금선화가 소멸하였습니다.”

그 소리에 규율단주는 정신이 잠깐 나갔다.

그게 무슨 소리란 말인가. 금선화라니……

다른 이들은 왜 이렇게 금선화에 엄청난 신경을 쓰는지 자세한 이유는 잘 몰랐다.

그냥 설향 아가씨가 가장 아끼는 것이고, 세상에 하나뿐인 꽃이기에 저렇게 유난을 떤다고 생각할 뿐이었다.

하지만 규율단주는 젊은 시절부터 성주와 함께해 왔기에 그 이유를 누구보다 잘 알고 있었다.

자신이 칼을 맞을지언정 금선화는 품에 안고 지키던 그였다.

감정이 메말라 철로 만든 인간이라고 불리던 성주가 유일하게 웃으며 마음의 평화를 가지는 시간 또한 저 꽃을 볼 때였다.

그렇게 아끼던 꽃을 자신의 딸에게 선물로 주고 난 후, 규율단주를 조용히 찾아와 간곡히 부탁까지 하고 갔다.

'이보게 무성이, 내 보살필 시간이 없어 딸에게 맡기기는 했네만…… 아무래도 불안하네. 자네가 좀 지켜 주게나. 내가 미치지 않고 제정신을 온전히 유지하게 해 주는 유일한 안식처네.'

너무나도 생생하게 기억이 났다.

그 순간 온몸에서 식은땀이 흐르기 시작했다.

보통 일이 아니었다.

성주가 어찌 나올 것인지는 불을 보듯 뻔했다.

성주의 분노를 어찌 잠재운단 말인가.

무황성이 창립한 이래 최대 위기가 찾아온 것이다.

"그, 그, 그, 버, 범인은 자, 잡……았겠지?"

턱을 딱딱거리며 간신히 말을 하는 단주에게 답변이 들려왔다.

"네! 지금 포박하여 이쪽으로 끌고 오는 중입니다."

방법을 찾아야 했다.

단순히 범인에게 벌을 주어서 끝날 일이 아니었다.

온 세상에 재앙이 일어날 수도 있는 큰일이었다.

해결책을 찾기 위해선 자초지종을 들어야 했다.

"말하라! 그곳에서 무슨 일이 있었던 것이냐!"

단주의 명에 수하는 처음부터 끝까지 일어났던 모든 일을 보고했다.

보고가 끝나자 단주는 생각에 잠겼다.

'그런 능력을 갖춘 자라……. 아마 나였어도 맡겼을 것이다. 그렇다면 방법은 하나뿐이군. 직접 시연을 하게 해서 성주님께 이 일이 선의(善意)에 의해서 벌어진 것이란 걸 알려야 한다.'

모든 자초지종을 들으니 지금 끌려오는 천룡이라는 자는 죄가 없다.

단지 재수가 없었을 뿐이다.

"일단 그자를 규율원 마당에 꿇려 놓고 대기하라."

그렇게 명령을 내리고 단주는 성주가 있는 곳으로 발길을 서둘러 옮겼다.

꒰ꀤ

무황성 가장 중심부에 자리한 구 층 전각.

무황전(武皇殿).

무황성주(武皇城主) 무황(武皇) 담무광(潭武廣)이 기거하는 곳이다.

그중에서 가장 넓은 공간을 차지하는 일 층 대전(大殿)에선 몇 명의 단주들과 무황성의 군사가 성주에게 업무를 보고하고 있었다.

오랜 평화가 지속되어서 그런지 크게 심각한 내용은 없었다.

보고는 이미 끝난 지 오래였고, 그저 서로 담소를 나누며 소소한 얘기를 서로 주거니 받거니 하고 있었다.

"성주님! 규율단주가 급한 보고가 있다며 뵙기를 청합니다!"

그때 밖에서 한 무사가 그 분위기를 깨며 규율단주가 찾아 왔음을 알렸다.

"들라 하여라."

말이 끝나기 무섭게 규율단주가 땀이 범벅이 된 채로 달려 들어와 담무광 앞에 부복했다.

자신이 기억하기론 규율단주가 저리 땀에 범벅이 될 정도로 허둥대며 보고를 한 적이 없었다.

직감적으로 뭔가 큰일이 벌어졌다는 것을 알 수 있었다.

"무슨 일인가? 고하라."

"저…… 그, 그, 그게…….."

막상 보고하려고 왔으나 성주를 보니 말이 나오지 않는 규율단주였다. 머릿속이 하얘져서 아무 생각도 나지 않았다.

"아니, 무슨 일이기에 그렇게 뜸을 들이는가? 어서 말해 보게. 무슨 큰일이라도 벌어졌는가?"

답답함에 담무광은 규율단주를 재촉했다.

"저, 저…… 그, 그, 금선화가…….."

"금선화? 금선화가 왜? 어서 말하라! 금선화가 어찌 되었 단 말이냐!"

금선화란 말을 들은 담무광은 인상을 굳히며, 자리에서 벌 떡 일어나며 말했다.

"그…… 금선화가 소, 소멸하였습니다."

규율단주의 보고에 내전에 있던 모든 사람이 일시에 동 작을 멈췄다. 숨도 크게 못 쉴 만큼 고요한 분위기가 지속 되었다.

그 순간 강력한 기운이 대전을 감싸기 시작했다. 그 기운은 점점 강해지며 대전 안의 모든 이들을 압박하기 시작했다.

대전 안의 기물들이 흔들리기 시작했고, 천정에는 실금이 갔으며, 먼지 부스러기를 떨어뜨리기 시작했다.

"크으윽……! 성주……님…… 부디…… 진정하시고…… 제 얘기를…….."

분노에 휩싸인 담무광의 난폭한 기에 몸도 제대로 가누지 못하며 간신히 입을 열어 말했다.

"진정? 진정이라 했나? 지금? 내가 너에게 그토록 신신당 부하며 부탁했거늘! 뭐? 금선화가…… 금선화가…… 소멸을 해? 그걸 지금 보고라고 하는 것이냐?"

쿠르르르르르르릉!

분노가 극에 다다르자 대전이 크게 흔들리기 시작했다.

"누구냐? 누가 감히 그런 짓을 저질렀느냐?"

"크으으…… 흑, 새, 새로이…… 드, 들어온…… 과, 관리……이……인입니다."

자신에게 쏟아지는 강력한 압박에 힘겨워하며 대답을 했다.

성주가 그토록 분노하며 모든 것을 집어삼키려 할 때, 다행히 한 사람의 등장으로 인해 위기 상황은 넘어갈 수 있었다.

"이게…… 무슨 일이오? 성주? 왜 이리 분노하고 계시오. 일단 진정하시오. 여기 사람들 다 죽이겠소."

대전에서 강력한 기파가 느껴지자 무언가가 잘못되었음을 느낀 대장로가 급히 달려온 것이었다.

대장로가 등장하자 대전 안에 있는 모든 이들이 안도의 한숨을 내쉬었다.

그도 그럴 것이 성주를 달랠 수 있는 유일한 사람이 바로 대장로 진천후(陣天侯)였기 때문이었다.

과거 혈천문과의 싸움에서 크게 다친 담무광을 지극정성으로 치료해 준 사람도 이 사람이고, 무황성을 설립할 때도 이곳저곳을 다니며 가장 많은 도움을 준 사람이기도 했다.

그만큼 많이 은혜를 입고 또 의지하는 사람이기에 담무광도 대장로의 말만큼은 함부로 흘려듣지 않고 경청해 주었다.

그것을 증명이라도 하듯이 대장로의 등장과 함께 담무광

의 기파는 가라앉았다.

대장로는 분노한 성주를 달래고 규율단주에게 모든 상황을 상세히 보고하라 명했다.

자세한 보고를 들어 보고는 깜짝 놀랐다.

금선화가 소멸했다고 들었을 때는 성주가 왜 분노했는지 알았고, 그 금선화를 소멸하게 한 자의 능력을 들었을 때는 경악을 했다.

규율단주의 말대로라면 그자는 평범한 자가 아니다. 최소 대장로인 자신과 동급의 경지라 생각이 들었다.

그런 자가 잡부를 한다? 개가 웃을 일이다. 아무리 생각을 해도 의심 가는 점이 너무 많았다.

-성주님, 그 관리인이란 자…… 얘길 들어 보니 수상한 점이 한둘이 아닙니다.

보고를 듣고 나서 심각하게 앉아 있던 담무광의 귓속으로 대장로의 전음이 들려왔다. 금선화를 잃었다는 상실감에 다른 것은 듣고 있지 않던 담무광은 순간 그게 무슨 소리냐는 표정으로 대장로를 바라봤다.

그 모습을 보니 아무것도 듣지 않았다는 걸 안 대장로는 한숨을 내쉬며 말했다.

"아무래도 그 관리인이라는 자를 봐야겠다. 그곳으로 가보자. 성주님 가시죠."

"가서 뭘 한단 말이냐? 가서…… 무엇을…… 가 봐야……

이제 없는데…… 그자를 어찌한다고…… 돌아올 것도 아닌데…….

금방이라도 모든 것을 버리고 생을 마감할 것 같은 슬픈 목소리로 중얼거리는 담무광이었다.

담무광의 상태는 심각했다.

저대로 가다간 무인들이 가장 두려워하는 주화입마에 빠질 수도 있었다.

그러더니 눈빛에 광기가 어리기 시작했다.

세상 모든 것을 다 파괴할 것같이 안광에 차가운 살기가 넘실거렸다.

"그래! 어찌한다고 돌아올 것은 아니지만…… 그놈은 가만두지 않겠다. 그래야 내 직성이 조금이나마 풀릴 것 같다. 일단은 가 보자. 그놈이 뭐라고 하는지 들어는 봐야겠다."

당장이라도 폭발할 것 같은 모습과 함께 점점 이성을 잃는 모습을 보였다.

그리고 진한 살기(殺氣)를 사방에 뿌리며 자리를 박차고 일어나는 담무광의 낯선 모습에 대전 안의 사람들은 불안감을 감추지 못했다.

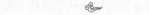

무황성에서 법을 집행하는 규율원 집법관(執法館) 앞 넓은

공터.

그곳에 망태기로 얼굴이 가려진 천룡이 무릎을 꿇고 있었다.

이곳으로 끌고 오는 동안, 성내 사람들이 그가 누군지 알수 없게 머리엔 망태기를 씌워 얼굴을 가린 것이다.

잠시 후, 규율원 정문 앞이 소란스러워지기 시작했다.

"성주님 납시오!"

규율원 소속 무사들은 모두가 깜짝 놀랐다.

설마, 성주가 직접 행차를 할 정도로 큰 사건인지는 몰랐던 것이었다.

모두가 그 자리에서 부복하면서 크게 복창하였다.

"무림 수호! 성주님을 뵈옵니다!"

집법관 앞에 놓인 의자에 성주가 자리하자, 모두가 자세를 바로잡고 철통 경계를 펼치기 시작했다.

그리고 규율단주가 천룡을 가리키며 소리쳤다.

"저자 앞에 시들기 직전의 꽃들을 갖다 놓아라!"

명이 떨어지자 준비했던 화분들을 천룡의 앞에 일렬로 놓기 시작했다.

"성주님, 아까 말씀드린 것처럼 저자의 능력 때문에 설향 아가씨께서 혹하여 금선화를 맡기신 것으로 보입니다. 하여 지금 그 능력을 펼치게 해서 그것이 사실인지를 밝히려 합니다."

규율단주의 말에 담무광은 고개를 끄덕이며 말했다.

"시행하라!"

성주의 명이 떨어지자 규율 단원들이 천룡에게 말했다.

"자! 어서 네가 화원에서 했던 것처럼 꽃을 살려 봐라!"

명령이 내려왔지만, 천룡은 요지부동이었다.

사실 천룡은 지금 제정신이 아니었다.

누군가에게 상처를 주었다는 것.

그것도 누군가가 정말 목숨처럼 아끼는 생명을 빼앗음으로써 상처를 주었다는 사실이 천룡을 괴롭게 하고 있었다.

단 한 번도 경험하지 못한 괴로움이 그를 힘들게 했다.

마음만 먹으면 언제든지 이곳을 벗어날 수 있었지만, 그러지 않고 벌을 내리면 달게 받겠다는 심정으로 이 자리에 앉아 있는 것이었다.

그러한 천룡의 앞에 다시 꽃들이 놓이자 천룡은 하기가 싫었다.

마치 자기 자신에게 벌을 주려는 듯 천룡은 미동도 하지 않았다.

"이놈! 어서 하지 않고 뭘 하느냐! 정녕 고문을 당해야만 시키는 대로 할 것이냐?"

천룡의 움직임이 없자, 규율 단원들은 그를 더욱더 압박했다.

그런데도 움직임이 없자 그 자리에 있던 모든 이들이 분노하기 시작했다.

"우리가 하는 말이 우스운가 보군. 여봐라! 저자를 지금 당장 고문하라!"

그 말에 옆에 있던 규율 단원 중 한 명이 긴 쇠꼬챙이를 꺼내 들었다.

"이것을 너의 음유맥(陰維脈)에 꽂을 것이다. 제발 죽여 달라고 애원할 정도의 고통이 따를 것이니 날 원망하지 말아라. 시술 후엔 평생 반병신으로 살아야 한다. 그러니 지금이라도 늦지 않았다. 어서 시범을 보여라."

자신의 경고에도 미동조차 하지 않자 어쩔 수 없다는 듯 고개를 저으며 꼬챙이를 움직이기 시작했다.

"안 돼요! 당장 멈추세요!"

그때 정문에서 그를 말리는 소리가 들려왔다.

"서, 설향 아가씨! 이곳은 오시면 안 됩니다!"

주변을 경계하던 위사가 설향을 못 들어가게 막고 있었다.

"비켜요!"

그러자 설향은 위사를 힘으로 제압하고 경내에 있는 천룡의 앞으로 뛰어들었다.

"안 돼요! 이분은 잘못이 없어요! 그만하세요!"

막 고문을 시작하려 했던 무사는 이러지도 저러지도 못하고 서 있었다.

"지금 이게 무슨 짓이냐! 저자는 규율을 어긴 죄로 이곳에 온 것이다. 네가 끼어들 일이 아니니 어서 물러가라!"

담무광이 화를 내며 딸을 나무랐다.

갑작스러운 딸의 등장에 잠시 놀랐지만 지금 담무광의 심리 상태는 저자의 고통을 보아야겠다는 것이 더 크게 작용하고 있었고, 그것을 방해받자 이토록 화를 내는 것이었다.

"아버지! 이분에게는 잘못이 없습니다! 잘못이 있다면 억지로 데려가 금선화를 손보게 한 제 잘못이 더 큽니다! 그러니 저를 벌하시고 이분을 풀어 주시길 간청드립니다!"

설향은 기절한 상태에서 눈을 뜨자마자 천룡의 안부를 물었고, 규율원에 끌려갔다는 말에 정신없이 이곳으로 달려온 것이었다.

그리고 자신이 무서워하던 아버지 앞에서 천룡을 위해 무릎을 꿇고, 이렇게 변호를 하는 것이었다.

평소였다면 아마 저렇게 당당하게 자신의 말을 하는 딸을 대견스러워하며 용서를 했을 것이다.

하지만 지금 담무광의 심리 상태는 아무것도 보이지 않는 분노의 상태였다.

순식간에 딸 앞으로 이동한 담무광은 설향을 점혈하여 움직이지 못하게 한 뒤, 안고 자신의 옆자리 의자에 앉혔다.

"신경 쓰지 말고 계속 집행하라!"

움직이지 않는 몸으로 눈물을 흘리는 설향을 잠시 바라보다 무시한 채 명령을 내렸다.

"아……! 이왕이면 그자의 얼굴을 가린 망태기를 벗겨라.

얼굴을 보며 고신 장면을 봐야겠다."

자리에 앉으면서 명령을 내리며 탁자에 있는 찻잔을 들었다.

천룡의 얼굴을 가리던 망태기가 벗겨지고 무사 한 명이 천룡의 머리카락을 잡고 고개를 강제로 들어 올렸다.

그 순간 담무광의 눈에 천룡의 모습이 들어왔다.

쨍그랑!

담무광이 마시려고 들었던 찻잔이 바닥으로 떨어지며 깨졌다.

모든 사람은 순간 소리를 따라 고개를 돌렸고, 그곳에는 눈이 찢어질 정도로 크게 떠진 채 부들부들 떨고 있는 성주의 모습이 보였다.

퍼어억!

그리고 머리카락을 잡고 있던 무사와 꼬챙이를 들어 고문을 시작하려던 무사가 알 수 없는 힘에 의해 날아갔다.

사람들은 놀랐다. 천룡이라는 자가 저지른 일인가?

성주는 그것을 느끼고 저리 놀란 것인가?

그러나 사람들이 생각한 당사자인 천룡은 힘없이 바닥에 주저앉았다.

천룡의 눈엔 아무것도 들어오지 않았고, 들리지 않았다.

상황 판단이 안 되어 당황하고 있는 사람들의 눈에 천천히 아주 천천히 천룡을 향해 발걸음을 옮기는 담무광의 모습이 보였다.

이내 담무광의 표정은 우는 것도 아니고 웃는 것도 아니고 화난 것도 아닌 묘한 표정이 되어 있었다.

그리고 무릎을 꿇고 기어가다시피 천룡에게 다가갔다.

천룡의 근처에 다다르자 그의 입이 열렸다.

"아, 아…… 아…… 아버…… 아, 아버지?"

울음이 섞인 담무광의 목소리. 그리고 거기서 나온 단어는 충격적이었다.

"아아…… 아버지…… 아, 아버지! 아버지!"

자신들이 잘못 들은 줄 알았던 단어는 이내 뚜렷하고 크게 들리기 시작했다.

아버지라니? 이게 무슨 소린가? 성주가 제정신이 아닌가?

충격에 기어이 정신을 놓았단 말인가?

하지만 이어지는 모습은 더욱더 사람들을 경악과 혼란 속으로 빠지게 했다.

아버지 소리에 고개를 든 천룡이 한동안 멍하니 담무광을 바라보았다.

천룡의 얼굴을 정면에서 보자 담무광의 눈에선 닭똥 같은 눈물이 흘러나오기 시작했다.

"역시! 끄으윽! 끄으으흐흐흑! 아버지였군요. 아버지 접니다! 무광이! 아버지 아들 담무광입니다!"

자신이 무광이라고 울며 말하자, 초점이 없던 천룡의 눈동자가 또렷해지며 눈앞의 사람을 더욱 자세히 보기 시작했다.

"무, 무광이? 내, 내 아들…… 담……무광?"

자신을 알아보자 더욱더 눈물이 나오는 담무광이었다.

맞았다.

자신이 그토록 기다리고 그토록 찾아 헤매던 자신의 하나뿐인 아버지.

얼마나 그리워하고 보고 싶어 했는가.

아버지를 찾기 위해 얼마나 많은 시간을 노력했는지 모를 것이다.

얼마나 많은 시간을 제발 만나게 해 달라고 간절하게 빌었는지 모른다.

아니, 몰라도 된다.

이제 이렇게 아버지가 앞에 있으니까…….

순간 담무광의 눈에는 무릎을 꿇고 앉아 있는 천룡의 모습이 보였다.

옷은 여기저기 찢어져 있었고, 머리는 산발이 되어 있다.

이게 무슨 크나큰 불효란 말인가?

항상 만나 뵈면 그동안 못 해 드린 효도를 할 것이라고 수백 번, 수천 번도 넘게 다짐했는데…….

만나면 자신의 목숨을 바쳐서 모든 걸 다 해 드리려 했는데…….

정작 만나자마자 자신이 한 일은 아버지를 포박하여 이 많은 사람 앞에 무릎 꿇린 것이다.

거기에 차마 못 할 말까지 내뱉었다.

죽고 싶었다. 아버지를 뵐 면목이 없었다.

순간 담무광은 오체투지를 하며 자신의 머리를 바닥에 찧기 시작했다.

쿵쿵쿵쿵!

"아버지! 불민한 소자가 감히 아버지를 몰라뵙고 이런 고초를 겪게 하였습니다! 불민한 소자가 아버지를…… 아버지를……!"

천룡 역시 그토록 보고 싶었던 아들이 눈앞에 나타나자 눈물이 나오려는 찰나였다.

근데 갑작스러운 아들의 행동에 놀랐다.

하지만 이내 자신의 모습을 보고 바로 이해를 했다.

그리고 포박에 묶여 있던 천룡이 포박을 끊고 담무광에게 다가가 그를 말렸다.

"그만해라. 무광아. 어찌 그게 잘못이란 말이냐? 그만해라…… 내 마음이 아프다."

이미 머리가 깨져 피가 흥건한 담무광을 꼭 안으면 더는 자해를 못 하게 막았다.

"그만하거라. 이렇게 만났으면 됐지. 그만하고 우리 아들 얼굴 좀 자세히 보자. 응?"

천룡이 이마의 피를 소매로 닦아 주며 담무광의 얼굴을 보려고 했다.

그러나 죄스러움에 자꾸 고개를 돌리는 담무광을 보자 천룡이 짐짓 화난 말투로 말했다.

"오래간만에 만난 아버지 얼굴도 제대로 보려 하지 않고…… 내가 보기 싫은가 보구나……. 알았다…… 다시 가야지."

그 말과 함께 천룡이 벌떡 일어나자 깜짝 놀란 담무광이 천룡의 바짓가랑이를 붙자고 애원했다.

"아, 아니 되십니다! 못 가십니다! 아버지! 소자가 잘못했습니다. 소자가…… 소자가 잘못했습니다."

담무광이 울부짖으며 말했다.

그러자 천룡은 웃으며 담무광을 일으켜 세우고는 다시 안아 주었다.

"어디 안 간다. 그러니 걱정하지 말아라."

천룡이 안아 주자 다시 마음이 복받쳐 오른 담무광은 그의 품속에서 엉엉 울기 시작했다.

한참을 담무광의 등을 쓰다듬어 주며 달래던 천룡이 이윽고 말했다.

"자, 인제 그만 울고 어디 얼굴 좀 보자. 내 아들이 맞나 봐야겠다."

그 소리에 담무광은 눈물을 그치고 천룡이 자신의 얼굴을 자세히 볼 수 있게 고개를 내밀었다.

"그럼요! 아버지! 보세요! 실컷 보십시오! 아들 얼굴이 닳아 없어질 때까지 보셔도 됩니다!"

자세히 보니 많이 늙었다.

자기의 자식은 이렇게 세월의 흔적을 새기며 살아가는데 자신은 여전히 변함없는 모습이었다.

저주 같은 자신의 모습에 마음이 아파 오는 천룡이었다.

그렇게 한참을 담무광의 얼굴을 바라보던 천룡은 다시 한번 안으며 말했다.

"녀석, 정말 보고 싶었다. 널 너무 보고 싶어서 이렇게 세상에 용기 내어 나왔다."

그 말에 담무광은 격한 감동을 했다.

자신만 아버지를 찾은 것이 아니라 아버지도 자신을 찾아다닌 것이었다.

할 말이 너무도 많았지만, 이곳은 그동안 쌓인 회포를 풀기엔 적절한 장소가 아니었다.

주변의 사람들이 지금 이 광경을 믿어야 할지 말아야 할지 감당을 못 하고 있는 것이 보였다.

"그나저나…… 미안하구나……. 너와 저 아이가 그토록 아끼던 금선화를 그리 만들어서…… 면목 없구나."

금선화에 대해 천룡이 사과하자, 담무광은 고개를 세차게 저으며 아니라고 말했다.

"아닙니다! 그깟 금선화 따위 이제 없어도 됩니다! 제게 아버지만 있으면 됩니다! 그러니 어디 가시면 안 됩니다. 이제 소자가 항상 옆에서 꼭 붙어 있을 겁니다."

혹시나 또 간다고 할까 봐 천룡을 꼭 붙잡고 말을 계속 이어 나갔다.

"사실······ 금선화는 아버지가 키우시던 화초입니다. 떠나올 때 몰래 제가 들고 내려왔습니다. 그 후로 아버지가 생각날 때마다 그것을 보며 마음을 다잡았지요. 하지만 지금은 이렇게 제 앞에 계시지 않습니까. 그러니 이제 필요 없습니다."

자신이 키우던 화초? 순간 천룡의 머릿속에서 과거 기억을 뒤지기 시작했다.

그랬다. 본래 천룡이 기거하는 곳은 자연진(自然陣)의 영향으로 자연지체인 천룡을 제외한 그 누구도 들어갈 수 없는 곳이었다.

그랬기에 담무광을 키울 때는 다른 곳에 거처를 잡았다.

그때 혹시나 쓸 일이 있을까 싶어 천령초를 화분에 담아 밖으로 가지고 나갔던 것이었다.

그 후에 천령초가 시들지 않게 매일 기운을 불어넣어 주면서 돌봤던 것이었다.

그것을 본 담무광은 자신의 아버지가 정말 아끼는 것이라 생각을 했던 것이고, 그것을 하산할 때 몰래 가지고 나온 것이었다.

그런데 왜 천룡은 금선화의 진정한 정체가 천령초인지 몰랐을까?

이유는 본디 천령초는 자연의 기운을 먹고 자라는 식물이다. 다만 그 기운의 양이 일반 상식에서 벗어난 양이라는 것이 문제였다.

천룡이 기거하던 곳은 세상 만물의 기운이 몰려드는 곳이기에 천령초가 자랄 수 있는 최적의 환경이었지만 밖에서는 그렇지 않았다.

밖에 나온 천령초는 자신에게 필요한 기운을 빨아들이기 위해 진화를 했던 것이었다.

실상 사람들이 꽃잎으로 알고 있던 것은 꽃잎이 아니고 자연기를 더 많이 흡수하기 위해 만들어진 흡수판 같은 것이었다.

하지만 그러한 노력에도 불구하고 생존에 필요한 기가 모이지 않자 점점 시들어 가고 있었던 것이었다.

그러던 찰나에 천룡이 나타났고 자신의 생존에 필요한 기가 모두 모이자, 굳이 꽃을 피울 이유가 없어 회수한 것뿐이었다.

천령초의 기본은 뿌리였기 때문에 소멸한 것이 아니라 본래 모습으로 돌아가기 위한 과정이었을 뿐이다.

그러니 천령초의 다른 모습을 처음 본 천룡은 긴가민가했고, 더욱이 기가 자신이 알던 천령초에 비해 너무 약했기에 헷갈렸던 것이었다.

담무광 또한 천령초라는 존재를 몰랐기에 벌어진 일이었다.

이렇게 둘이 해후를 나누고 있을 때 주변에 있던 무황성 식구들은 모두 경악한 표정으로 서 있었다.

저렇게 어려 보이는 사람이 아버지라는 사실과 자신들이 알고 있던 성주가 저렇게 감정을 표현하는 모습은 많은 사람에게 충격을 주기에 충분했다.

오죽했으면 감정이 없어서 철혈의 무제라고 불리었을까.

그랬던 사람이 울고 웃고, 심지어 어리광까지 부리고 있었다.

또한, 금선화를 그리 아끼던 이유도 알게 되었다.

점혈을 당해 움직일 수 없었던 설향도 이 상황을 보고 믿어야 할지 감이 잡히지 않았다.

감정 표현 자체가 없던 아버지가 저리 웃고 울고 하는 것을 보니 제정신을 차릴 수 없었다.

오빠들에게 이 사실을 말해 줘도 믿지 않을 것 같았다.

심지어 자신이 대가라 불렀던 사람에게 아버지라고 하였다.

이게 지금 무슨 일인지 자신이 아직 기절한 상태여서 꿈을 꾸고 있는 것인지 구별이 되지 않았다.

그렇게 장내의 모든 이들이 혼돈 속에 있을 때 담무광이 외쳤다.

"자, 자! 모두 잘 들으시오! 이분이 바로 나의 아버지이시오. 내가 그토록 찾아 헤매던 나의 아버지란 말이요. 하하하 하하하! 이렇게 기쁜 날을 그냥 넘기면 안 되지. 잔치다! 모든 사람이 이 기쁜 소식을 알 수 있도록 성대한 잔치를 준비하라!"

기쁨에 겨워 외치는 성주와 그러한 성주를 바라보며 적응하지 못한 채 어찌할 바를 모르는 가신들이었다.

무황성 내의 모든 사람이 잔치 준비를 하느라 분주한 시각, 담무광은 자신의 가족들을 천룡에게 소개하고 있었다.

"아버지! 여기 이 아름다운 여인이 바로 제 부인인 유화린 (劉華璘)입니다. 한때 중원제일미(中原第一美)로 불렸었죠. 하하. 부인, 아버지께 인사드리시오."

유화린은 갑작스럽게 모두 모이게 해서 무슨 일인가 싶어 서둘러 왔다.

와 보니 뜬금없이 젊은 남자를 가리키며 자신의 아버지라 소개를 하고 있었다.

그 모습에 유화린은 지금 이 상황이 무슨 상황인지 정신을 차릴 수 없었다.

일단 남편의 성격을 잘 알기에 시키는 대로 인사를 하기는 했다.

"저…… 그…… 소, 소녀 유화린…… 아버……님께 인사 올립니다."

누가 보아도 당황스러운 몸짓으로 인사를 올리는 유화린이었다.

"부인! 어찌 그리 대충 인사를 올리시는 거요! 다시 하시오! 다시!"

부인의 인사가 맘에 들지 않았던 담무광이 화를 내자 옆에 있던 천룡이 그를 말렸다.

"되었다. 갑작스럽게 아버지라고 모르는 사람을 데려와서 인사를 시키면 나라도 당황해서 저리하겠다. 그나저나 우리 며느리가 정말 예쁘구나. 하하, 우리 아들 정말 대단하네."

천룡의 말에 언제 화를 내었냐는 듯이 태세 전환을 하고 헤헤거리며 천룡의 말에 맞장구를 쳐 주었다.

"헤헤헤! 아버지, 아버지. 그렇지요? 제 마누라라서 그런 것이 아니고 정말 예쁘지요. 아직도 세상에서 제일 예쁩니다. 성격은 또 얼마나 착한데요. 집안일도 똑 부러지게 하고, 자식들 교육도 엄청나게 잘 시키고 저 사람 없었으면 저도 없었습니다!"

팔불출도 저런 팔불출이 없었다.

자신의 부인을 소개하면서 저렇게 낯 뜨거운 소리를 아무렇지도 않게 하고 있었다.

옆에 있던 유화린은 더 어이가 없었다.

살아생전 담무광에게선 한 번도 들어 보지 못했던 예쁘다는 소리와, 자신의 자랑이 끝도 없이 저 사람 입에서 흘러나오고 있었다.

그뿐인가? 지금까지 칭찬 한번 제대로 해 준 적이 없던 양반인데 지금은 무어란 말인가? 끝도 없는 칭찬이 입에서 새어 나오고 있었다.

아무리 정신을 차리려 해도 지금 상황이 적응되지 않았다.

저 사람이 이상해진 건가? 아님, 지금 이거 무슨 장난 같은 건가?

그것보다 항상 무뚝뚝하고 감정이 없는 양반이 저리 감정 표현을 하다니…….

그것도 엄청 격하게 표현하고 있었다.

사람이 갑자기 변하면 죽는다던데, 왠지 모르게 걱정이 앞서는 화린이었다.

그래도 듣기 싫은 것은 아니었는지 말리지는 않는 유화린이었다.

담무광의 칭찬에 그래도 어느 정도 마음이 풀렸는지 유화린은 다시 자세를 바로잡고 공손하게 인사를 올렸다.

"아버님, 소녀 유화린이 아버님을 뵙니다."

다시 인사를 올리는 모습에 천룡은 그녀를 일으켜 세우며 말했다.

"그래그래. 당황스러울 텐데 이리 반겨 주니 고맙네."

자신을 일으켜 세워 주는 천룡을 보고, 그 옆에 서서 해맑게 웃는 낭군의 모습을 보니 기분이 좋아졌다.

자신이 꿈꾸었던 가족의 모습이 지금 자신의 눈앞에 펼쳐지고 있었다. 갑작스럽게 나타난 아버님이면 어떠한가.

자신의 낭군이 저리 좋아하는 것을 보니 그냥 다 인정하기로 마음먹었다. 지금 다시 생각해 보니 지금 모습이 낭군의 본래 성격이라는 것을 느끼는 화린이었다.

"감사합니다, 아버님. 오늘 저녁은 제가 솜씨 발휘를 좀 해야겠네요. 호호."

화린이 직접 요리를 하겠다고 말하자, 또다시 옆에 담무광이 자랑하고 나섰다.

"하하하하! 부인 고맙소! 아버지 제 마누라 음식 솜씨가 또 기가 막히지요. 한 번 맛보시면 아마 다른 음식은 생각도 하지 못하실 겁니다!"

또다시 시작된 부인 자랑에 얼굴이 새빨갛게 변해 가는 화린이었다.

"저, 저는 그만 음식 준비를 하러 먼저 자리를 비우겠사옵니다. 편히 대화 나누셔요."

더 이곳에 있다가는 부끄러움에 얼굴이 익어 버릴 것 같은 화린은 재빨리 자리를 피했다.

그 모습을 바라보며 동공이 심하게 떨리고 있는 여섯 개의 눈동자가 있었다.

바로 담무광의 자식들이었다.

막내인 설향은 이미 겪고 온 상태이기에 그나마 덜 당황하고 있었지만, 나머지 둘은 공황 상태였다.

세상에서 가장 두려웠던 아버지. 아버지의 북풍한설(北風寒雪)과 같은 한마디 한마디에 두려움에 떨었던 지난 세월.

하지만 지금 이 상황은 이 모든 것이 허상 같아 보였다.

항상 위엄 넘치는 모습으로 누구도 범접할 수 없는 모습을 보여 왔던 담무광이었지만, 지금 모습은 완전 무장 해제를 하여 친근한 동네 아저씨 같았다.

마치 다른 세상에 온 것 같은 이 광경을 믿어야 할지 감이 잡히지 않았다.

"여기 잘생긴 이놈이 바로 제 첫째인 담선우(潭宣優), 이놈이 제 후계자입니다. 무림에서 권왕(拳王)으로 불리고 있지요. 그 옆에 놈은 둘째인 담선명(潭宣明)입니다. 말썽을 좀 많이 피우긴 하지만 그래도 착한 녀석입니다. 그리고 저기 제 엄마를 닮아 엄청 예쁜 아가씨는 막내인 담설향(潭雪香)입니다. 아, 설향이는 이미 만나 봐서 알지요? 애들아, 할아버지께 인사 올리거라."

"소, 소손. 다, 담선우 할아버님께 인사 올립니다."

"소손. 다, 담선명 할……아버지께 인사 올립니다."

"소손. 담설향 할아버지를 뵈어요."

인사를 제대로 하지 않으면 아버지께 호통을 듣는다는 것을 이미 어머니를 통해 보았기에, 당황스러운 와중에도 격식을 차려 정중하게 인사를 올렸다.

그 모습을 바라보던 천룡의 눈가에 눈물이 고였다.

항상 혼자 지내던 지난 세월을 보상받는 기분이 들었다.

자기에게도 이제 가족이 생긴 것이다.

이제 이제는 혼자가 아니었다.

정말로 세상에 나오길 잘했다는 생각이 들었다.

천룡의 눈에서 눈물이 흐르자 담무광은 깜짝 놀랐다.

"아, 아버지…… 왜, 왜 그러십니까? 혹시 제가 무슨 잘못이라도?"

천룡의 눈물에 화들짝 놀라서 안절부절못하며 어쩌질 못하는 무광이었다.

"아니다. 너무, 너무 기뻐서…… 너무 기뻐서 그래. 항상 혼자였는데 나도…… 나에게도…… 가족이 생겼다는 것이…… 너무, 너무 기뻐서……."

그런 아버지의 모습을 보니 담무광의 마음은 찢어질 듯 아팠다.

그랬다.

생각해 보니 아버지는 항상 혼자였다.

자신을 만나기 전 이미 오랜 세월을 혼자 외로이 지내 오셨다.

이제야 그걸 깨닫다니…….

자신이 좀 더 빨리 찾아뵈어야 했는데 자신이 좀 더 노력해야 했는데 모든 것이 죄스러웠다.

담무광은 바로 무릎을 꿇고 천룡에게 용서를 빌었다.

"크흐흐흑! 아버지, 소자의 잘못입니다! 아버지가 항상 혼자 계신 것을 생각지 못한 소자의 잘못입니다! 소자가 전력을 다해 아버지를 찾아 모셔야 했는데……. 소자를 벌해 주십시오!"

바닥에 엎드려 흐느끼는 담무광이었다.

그러자 천룡이 눈물을 닦으며 말했다.

"또! 또 이런다! 계속 그런 식으로 하면 나 정말 간다? 어서 일어나!"

그 소리에 담무광은 언제 울었냐는 듯이 눈물을 멈추고 벌떡 일어났다. 그리고 부동자세로 아버지를 바라봤다.

"네 탓이 아니다. 내가 못 찾게 숨은 것을 어찌 네 탓이라고 하느냐?"

무광을 달래는 천룡이었다.

그 옆에 있던 담무광의 자식들은 자신의 아버지의 새로운 모습을 보게 되었다.

효심 가득한 모습.

애정이 넘치는 얼굴.

왠지 마음이 뭉클해지기 시작했다.

그리고 그동안 자신들의 마음속에 담겨 있던 아버지의 두려움이 서서히 벗겨지고 있었다.

그렇게 정신없는 가족들과의 첫 대면은 끝나 가고 있었다.

※

"우와…… 이게…… 대체 무슨 일이야? 형, 지금 이 상황이 믿겨?"

첫 대면을 마치고 첫째인 담선우의 방에 모인 남매들은 방금 일어난 일에 관해 토론하고 있었다.

둘째의 말에 담선우 역시 혼란스럽기는 마찬가지였다.

"하아…… 그러게 말이다. 이게 무슨 일인지. 살다 살다 정말…… 오늘처럼 놀란 날은 없을 것이다."

"내 말이. 세상에…… 아버지가 우시는 건 처음 봤어! 지금까지 그냥 감정이라는 것이 없는 분인 줄 알았는데…… 와…… 아버지도 감정이 있는 '사람이셨구나'라는 생각이 절로 들더라니까? 거기에 표정 봤어? 와, 표정이 그렇게 풍부하신 분이셨어. 우리 아버지가!"

담선명의 말에 모두 고개를 끄덕거리며 동의를 표했다.

"그것보다 할아버지…… 말이야. 솔직히 아버지도 나이에 비해 많이 어려 보이긴 하지만 와…… 할아버지는 그냥…….

저건 동안의 최고 경지라고 봐야 하나? 나보다 어려 보이시던 데? 혹시 전설 속의 경지라는 반로환동(返老還童)을 하신 건가?"

"둘 중 하나겠지. 아버지의 경우는 내공이 강하시기에 저리 젊어 보이시는 것이고, 할아버지의 경우는…… 음…… 아버지보다 더 높은 경지여서 저리 보이시는 것이거나…… 아니면…… 네 말대로 정말로 전설의 경지이시거나……."

두 형제가 열심히 천룡의 외모에 관해 토론을 하고 있을 때 조용히 설향이 끼어들었다.

"맞아요. 할아버지 경지는 아버지보다 훨씬 높으실걸요? 생각해 보니 꽃을 살려 낸다는 것, 그거 말로만 듣던 활인검의 경지인 것 같아요. 활인검의 경지라면, 신체도 다시 젊게 만들 수 있지 않을까요?"

"활인검? 에이 설마…… 그런가……? 말 되네……."

그렇게 수다를 떨고 있을 때 조용히 누군가 방문을 열고 들어왔다.

방문을 열고 들어온 사람이 누군지 확인하고는 모두 그 자리에서 굳어 버렸다.

"허허, 녀석들. 왜 이리 긴장을 하는 것이냐? 내가 잡아먹기라도 한다는 것이냐?"

그렇다. 방문을 열고 들어온 사람은 바로 담무광이었다.

"아, 아닙니다. 아버지."

자식들의 대답에 고개를 끄덕이고는 빈자리를 찾아 앉았

다.

"내가 이렇게 찾아온 이유는 너희들에게 사과하기 위함이
다."

담무광이 사과하겠다고 하자 자식들은 더욱더 긴장하기
시작했다.

"미안하다. 그동안 너희에게 너무 정을 주지 않은 것 같아
아비로서 정말 면목이 없구나."

자애롭다.

인자하다.

다정하다.

자신들의 아버지가 이렇게 자애롭고 인자하고 다정하신
분이었었나?

또다시 적응되지 않았다.

그도 그럴 것이 수십 년을 정 한번 제대로 받아 보지 못하
고 자란 남매들이었기 때문이다.

"하나…… 아비로서 변명을 좀 하려 한다. 들어 주겠느
냐?"

모두 눈을 동그랗게 뜬 채로 고개를 끄덕였다.

"고맙구나. 생각해 보니 이렇게 다들 모여서 대화를 나누
는 것이 이번이 처음이구나. 하아…… 정말 못난 아비구나."

그 말을 시작으로 담무광은 그동안 말하지 못했던 천룡과
만남을 시작으로 지금까지 일들을 자식들에게 모두 이야기

했다.

"하여…… 너희들을 볼 때마다 아버지 생각이 간절하게 나더구나. 나는 이렇게 자식들의 효를 받으며 살아가고 있는데, 나는 그것을 돌려줄 아버지를 찾지 못하였다. 그것이 아버지께 죄를 짓는 기분이었기에 너희들에게 나도 모르게 매몰차게 대한 것 같구나. 하지만 이제는 그러지 않을 것이다. 이제 나도 아버지가 옆에 계시다. 그러니 너희들에게도 그동안 못 준 정을 실컷 주려 한다. 물론 수십 년의 세월은 무시못 하겠지만 그래도 최선을 다해 보려 한다. 이런 아비를 용서해 주겠느냐?"

담무광의 말이 끝나자 모두 고개를 숙인 채 울음을 억지로 참고 있었다. 그동안 몰랐던 아버지의 고통을 이제야 알게 된 자식들은 모든 것이 이해되었다.

한때 원망도 많이 했고, 칭찬을 받기 위해 무던히 노력도 해 보았지만, 이도 저도 통하지 않았기에 아버지와는 커다란 벽이 생겨 버린 자식들이었다.

하지만 이제는 아니었다.

자신들의 아버지가 그 벽을 허물기 위해 먼저 손을 내밀었다. 자식들이 그토록 기다리던 순간이었다.

"아버지, 소자들이 잘못했습니다. 그러신 줄도 모르고 원망했습니다. 오히려 소자들이 용서들 빕니다."

첫째가 대표로 얘기하자 둘째와 셋째 역시 아버지 앞에 무릎을 꿇고 용서를 빌었다.

그 모습을 보던 담무광은 왜 자신의 아버지가 그토록 말렸는지 느꼈다.

자식들의 모습에 마음이 미어질 것같이 아팠다.

역시 사람은 뭐든 경험을 해 봐야 알 수 있다는 진리를 새삼 깨닫는 담무광과 자식들이었다.

자식들과 이야기를 마치고 밖으로 나온 담무광의 시야엔 푸르른 창공이 보였다.

평소엔 신경도 안 쓰고 지나갔던 하늘이지만 오늘따라 그 모습이 어찌나 아름다운지 담무광은 자신도 모르게 미소 지었다.

"후후, 세상이 이렇게 아름다운 것인지 미처 몰랐군."

자신이 생각해 봐도 이러한 자신의 변화가 새삼 놀라웠다.

그러한 변화를 준 가장 큰 이유인, 자신의 아버지 천룡을 보기 위해 다시 발길을 옮기는 담무광이었다.

이제 다시는 절대로 아버지와 떨어지지 않겠다고 다짐을 하면서…….

◈

여러 가지 사건과 충격적인 성주의 아버지 해후 사건, 그로 인해 펼쳐진 많은 여담과 잔치, 이 모든 것은 순식간에 지나갔다.

정신없는 며칠이 지나고 난 뒤 무황전 내부 성주 집무실.

담무광은 그동안 밀린 서류를 보며 결재를 하고 있었다.

"후우, 거의 다 끝나 갑니다. 조금만 기다려 주세요. 아버지."

서류 더미에 파묻힌 채로 고개만 내밀고 집무실 한 곳에서 책을 보고 있는 천룡에게 말했다.

그 말에 천룡은 책을 덮고 한숨을 내쉬며 말했다.

"하아…… 무광아……. 내가…… 애냐? 응? 아니…… 꼭 이렇게 네 옆에 붙어 있어야 하냐? 나 어디 안 간다고."

"하하, 에이 아버지도 참. 제가 어디 아버지 가실까 봐 이러나요. 조금이라도 더 보고 싶어서 이러죠."

담무광은 실실 웃으며 말했다.

"그럼 너 일 끝나고 보면 되잖아!"

그 말이 나오기 무섭게 담무광은 시무룩한 표정으로 말했다.

"일이…… 너무 많아서 그래요. 오랜만에 아버지 보는데 이렇게라도 같이 있고 싶은걸 어찌합니까."

그 말에 졌다는 듯이 고개를 절레절레 흔들며 다시 책을 펼쳤다.

그 모습을 본 담무광은 활짝 웃으며 다시 업무에 집중하기 시작했다.

책장을 넘기며 천룡이 투덜거렸다.

"하아, 너 사람들이 철혈의 무제란다. 응? 피도 눈물도 없는 철혈의 무제! 근데 이건 무슨 어리광이 이렇게 심한 거냐? 명성도 있는 놈이 남들 시선도 신경 안 쓰고 말이야. 얼마나 우습게 보겠어?"

"뭐라 하라 그러세요. 그게 뭐 대순가요? 어차피 제가 눈 한번 부라리면 찍소리도 못 할 녀석들인데요, 뭐. 그리고 저는 아버지 앞에선 영원한 애입니다. 그렇게 알고 계세요. 저 앞으로도 계속 쭉 그동안 못한 어리광 다 부릴 겁니다."

집무실에서 계속 서로 투덕거리며 대화를 이어 나갔다.

담무광은 너무 좋았다. 이런 날이 올 거란 것은 상상만 했지 실제로 오다니.

아버지의 잔소리도 좋았고, 아버지의 투덜거림도 좋았다. 그냥 곁에 있다는 자체가 좋았다.

그건 천룡 또한 마찬가지였다.

이러니저러니 해도 천룡 역시 좋으니 이렇게 앉아 있는 것 아니겠는가.

그렇게 서로가 살짝 삐뚤어진 대화로 애정을 확인하는 부자였다.

영양가 없는 대화를 하고 있을 때 무황성 군사가 또 서류를 한 더미 들고 들어왔다.

"성주님, 새로운 보고입니다."

무광의 이마에 핏줄이 솟구쳤다.

담무광은 벌떡 일어나며 군사를 향해 말했다.

"아, 또 뭐! 야이씨! 자꾸 일거리 가져올래? 군사, 너 나 맘에 안 들지? 응? 아주 맘에 안 드니까 일에 치여 죽어 버려라 이거 아냐? 그런 거야?"

참다 참다 폭발한 담무광이었다.

아버지랑 하지 못한 많은 일을 하나하나씩 해 가야 하는데 이놈의 군사 놈이 계속 일을 가져오니 폭발하고 만 것이다.

군사(軍師) 곽건(郭健).

거대한 무황성이 이렇게 큰일 하나 없이 유지될 수 있었던 이유는 바로 이자 때문이었다.

뛰어난 지모와 지략, 그리고 정치를 두루 갖춘 희대의 천재였다.

그리고 엄청난 친화력과 적응력을 지닌 자였다.

그런 그도 요즘은 적응을 못 하고 있었다.

군사는 성주의 진중하고 무거운, 그리고 차가운 성격을 매우 좋아했다.

한 집단의 수장이라면 저래야 한다며 만나는 사람들에게 자랑하기 바빴다.

하지만 요즘은 그런 자신의 주둥이를 시도 때도 없이 때리는 날들이 많아졌다.

바로 성격, 말투, 행동 모두가 돌변한 성주 때문이었다.

지금도 봐라.

갈수록 말투가 가벼워지더니 오늘은 아주 동네 건달패들이나 할 수준의 언행을 마구 내뱉고 있는 것이었다.

지금까지 담무광을 곁에서 보필하면서 요즘처럼 힘든 적이 없었다.

전에는 '그래.' '거기에 두도록.' '무슨 일인가?' 이런 단답형이었다면 요즘은 아주 장편 소설 저리 가라 할 정도로 말이 길어졌다.

성주가 저렇게 입담이 좋았나? 그리고 저렇게 말이 많은 사람이었나? 그보다 저렇게 말이 많은 사람이 어찌 수십 년을 참았지?

머리가 아팠다.

적응하려야 할 수가 없었다.

사람이 저렇게 순식간에 변하는 것은 자기가 아는 한도 내에선 존재하지 않았다.

저건 원래가 저런 성격이었다.

요즘은 성주를 만나러 오는 것이 너무 힘들었다.

차라리 사파랑 싸우는 편이 오히려 더 마음이 편할 것 같았다.

"아, 아닙니다. 제가 어찌 그런⋯⋯."

당황하는 군사의 손에서 서류들을 낚아챈 담무광은 대충 훑어보더니 말했다.

"아! 이런 건 네 선에서 처리해도 되잖아! 이것도! 이것도!"

그렇게 군사와 기 싸움을 하고 있을 때, 조용히 천룡이 문을 열면서 말했다.

"일 봐라. 나 산책하러 간다."

"아, 아버지! 어디 가세요. 같이 가요!"

밖으로 나가는 천룡을 급히 따라나서려는 담무광을 군사는 필사의 힘으로 붙잡았다.

"안 됩니다! 성주님! 이것은 처리해 주고 나가셔야죠!"

그러자 담무광은 정말 살기등등한 얼굴로 군사를 쳐다보며 한 자 한 자 끊어서 말했다.

"야, 이, 거, 안, 놔?"

하지만 군사 역시 만만한 상대는 아니었다.

"안, 됩, 니, 다!"

두 눈을 부릅뜨고 차라리 날 죽이라는 눈빛을 강렬히 보내는 군사였다.

결국, 항복을 한 담무광은 다시 집무실 책상에 앉아야 했다.

남은 서류를 결재하면서 담무광은 이글거리는 눈빛으로 생각했다.

'이대론 안 되겠어. 뭔가 수를 찾아야 해.'

그런 성주를 군사는 불안한 눈빛으로 주시했다.

'불안한데…… 뭔가 사고 칠 것 같은 기분이 드는 건 왜지?'

무황성 인근 야산.

칠흑 같은 어둠을 거두어들이는 커다란 보름달 빛 아래 두 사람이 서로를 마주 보고 서 있었다.

"이날을 오래 기다려 왔습니다. 아버지."

환한 달빛 아래서 달빛에 반짝이는 하얀 이를 드러내고 웃으며 말하는 담무광이었다.

"우리 아들 실력이 얼마나 늘었는지 한번 볼까?"

"하하, 아버지. 기대하셔도 됩니다. 아버지께서 전수해 주신 무극신공(無極神功)을 새로이 제 방식으로 바꾸었거든요. 아마 깜짝 놀라실 겁니다."

종일 격무에 시달리다 드디어 해방된 담무광은 천룡에게 비무를 제안했다.

찌뿌둥한 몸도 풀 겸, 아버지에게 자신의 실력을 자랑도 할 겸으로 말이다.

그 자리엔 첫째인 담선우와 둘째 담선명, 그리고 설향까지 나와 있었다. 자기와 아버지의 대련을 본다면 저 아이들도 뭔가 느끼고 좀 더 높은 곳으로 올라갈 수 있을 것으로 생각하고 오라 한 것이다.

자식들도 할아버지와 비무를 한다고 하기에 모든 일을 뒤로하고 이곳으로 온 것이다.

"조금 멀리 떨어져서 보거라. 가까이 있으면 위험하니까. 이 아비가 전력을 다할 것이거든."

담무광이 전력을 다한다는 소리에 다들 깜짝 놀랐다.

아직 자신들의 아버지인 담무광이 전력을 다하는 모습을 본 적이 없기 때문이었다.

그러나 정작 전력을 다하겠다고 말하고 자세를 잡는 담무광의 얼굴엔 긴장감이 가득했다.

"녀석, 그래 어디 한번 보여 봐라. 이 아비가 봐 주마."

"네! 아버지 그럼 갑니다!"

담무광은 말이 끝나기 무섭게 천룡을 향해 돌진했다.

잔상을 남기며 순식간에 공간을 좁힌 담무광은 팔 전체에 기를 불어넣었다.

기가 주입된 팔은 기이한 소리를 내며 시퍼렇게 변했다.

팔 전체에 강기(罡氣)를 두른 채 거센 바람 소리를 내며 담무광의 지르기가 천룡의 얼굴을 향해 날아가자 잔상을 남기며 피했다.

그 순간 팔이 굽혀지면서 팔꿈치가 천룡이 피하는 방향으로 꺾이기 시작했다.

그것을 고개를 숙이며 가볍게 피하자, 이윽고 시퍼런 강기(罡氣)를 머금은 무릎이 천룡의 안면을 향해 변칙적으로 날아왔다.

이리저리 피하는 천룡을 향해 발의 각도가 기이하게 꺾이며 발등이 머리를 향해 날아왔고, 천룡은 자신의 손 등으로 종아리 부분을 쳐 내며 방향이 틀어지게 했다.

이 모든 것이 단 한 호흡이 지나는 찰나의 시간에 벌어진 공방이었다.

"호오, 이것은 무엇이냐? 나는 이런 걸 가르쳐 준 적이 없는데?"

"하하, 그냥 가벼운 몸 풀기로 만든 무극육연격(無極六連擊)입니다. 가끔 누군가 때리고 싶을 때 쓰려고 만든 기술이죠."

그 모습을 멀리서 지켜보던 무광의 자식들은 눈이 커질 대로 커졌다.

저런 걸 몸 풀기로 어느 누가 만든단 말인가.

심지어 누군가를 때리고 싶을 때 쓰려고 했단다.

장담하건대 저건 맞으면 즉사다.

그것도 한 대도 아니고 여섯 대가 동시에 들어가는 거나 마찬가지인 기술이다.

거기에 시퍼런 강기까지 둘렀다.

앞으로 아버지 말씀을 잘 들어야겠다는 생각이 절로 들었다.

"녀석, 이런 잔기술이나 만들고 있었구나? 참 한가했나 보구나."

할아버지는 그걸 또 잔기술이라며 대수롭지 않게 여기신다.

괴물들이었다.

"자, 아버지도 긴장이 풀리셨을 테니 이제 본격적으로 갑니다!"

"그래! 와라! 하하하! 즐겁구나."

즐거워하는 천룡을 보며 담무광은 육장(六丈) 높이 공중으로 뛰어올랐다.

그리고 팽이 돌듯이 몸이 고속으로 회전하기 시작하자, 순식간에 거대한 회오리가 형성되었다.

만천유성각(滿天流星脚).

거대한 회오리에서 수백 개의 초승달 모양의 강기가 천룡이 있는 연무장에 유성처럼 쏟아지기 시작했다.

"하하, 녀석아, 그 기술은 한 사람을 공격하기엔 비효율적이라고 내가 말하지 않았더냐?"

그 말이 끝나기가 무섭게 연무장 사방으로 퍼지던 강기들이 일순, 마치 조종이라도 되듯이 천룡을 향해 일제히 방향을 바꿨다.

"오오, 이런 변형이?"

콰콰콰콰쾅!

쿠르르르르르르-!

천룡이 있던 곳에 엄청난 폭발과 함께 바위 파편이 사방으로 튀었고 거대한 구덩이가 생겼다.

하지만 천룡은 이미 그곳을 피하고 난 뒤였다. 그때 어느새 천룡의 뒤로 번개같이 이동한 무광이 기습 공격을 가했다.

무극번천장(無極飜天掌).

기의 아지랑이가 구불거리며 하얗게 변한 손바닥이 천룡의 등을 향해 날아갔다. 누가 봐도 이건 타격이 들어갔다고 느껴질 정도의 공격이었다.

그러나 맞혔다고 생각하던 찰나, 천룡의 몸은 연기처럼 흩어지고 있었다.

"칫! 이것도 이미 예상하였습니다!"

무극지뢰진(無極地雷震).

담무광은 이미 연무장 전체에 우레의 기운을 뿌려 놓은 것이었다.

어느 곳을 밟든지 우레의 기운은 그 사람을 공격할 것이다.

우르르르르르릉!

사방에서 뇌우가 뿌려지기 시작했다. 자연의 분노를 보는 듯한 광경이 이곳 연무장에서 펼쳐지고 있었다.

이내 우레의 기운은 천룡을 강타했다.

그러나 타격을 입기는커녕 마치 물이 종이에 흡수되듯 천룡의 몸으로 자연스레 흡수되고 있었다.

"하하, 좋은 기운이다. 그동안 열심히 수련했구나!"

역시 아버지였다. 이런 약한 기술로는 통하지 않았다.

변함없이 강한 아버지였다.

이렇게 원 없이 자신의 모든 힘을 쏟아부어도 되는 유일한 사람이기도 했다.

"이제부터 진짜들이 나오겠구나? 그렇지?"

다 큰 자식의 재롱을 보며 즐거워하는 여느 아버지와 다름없는 표정을 지으며 말하는 천룡이었다.

저 말을 멀리서 지켜보던 무광의 자식들이 듣고는 어이가 없는 표정을 지었다.

지금까지 한 것은 뭐란 말인가? 이미 지형이 변해 있는 야산이 두 사람은 보이지 않는단 말인가?

왜 멀리 떨어져서 구경하라고 했는지 알 수 있었다.

"애들아! 더 멀리 떨어져라. 신경 쓰여서 집중이 안 되니까!"

그 얘기를 들은 자식들은 재빨리 더 뒤로 이동했다.

"걱정하지 마라. 저기는 내가 보호할 테니 신경 쓰지 말고 맘껏 펼쳐 봐라."

"하하, 알겠습니다."

짧은 대화가 끝나자마자 담무광의 몸이 부풀어 오르기 시작했다. 정확하게는 기의 팽창으로 인해 옷이 부풀어 오른 것이지만 다른 사람 눈에는 그렇게 보였을 것이다.

거대한 기에 의해 야산 전체가 흔들리기 시작하며 땅이 갈라지기 시작했다.

무극분신강(無極分身罡).

부풀어 올랐던 몸이 순간 압축되며 인간 형상을 한 푸르스름한 강기 덩어리가 담무광의 몸에서 분리되어 나왔다.

　강기로 자신의 분신을 만든 것이다. 분신은 담무광의 조종에 따라 천룡을 공격하기 시작했다.

　그 뒤를 따라 담무광 역시 공격에 가담하며 누구도 믿지 못할 광경이 펼쳐졌다.

　어느 누가 저걸 믿을까? 강기로 자신의 분신을 만들고 또 그 분신과 협공을 한다고 말한다면 아마 미친놈 취급을 받을 것이다.

　하지만 지금 그 말도 안 되는 상황이 펼쳐지고 있었다.

　둘(?)의 협공에도 불구하고 천룡은 여유롭게 웃으며 방어하고 있었다.

　"하하, 정말 완벽한 분신강이다! 역시 내 아들이다. 하하하."

　전력을 다해 공격을 하는 자신에 비해 한결 여유로운 모습을 보이는 천룡이었다.

　그 모습에 순간 울컥하는 기분이 드는 담무광이었다.

　그토록 노력했지만 정말 다시 보니 답이 안 나올 정도로 강한 아버지였다.

　'보통 무인이었다면 저 분신만 봐도 싸울 의지를 잃었을 텐데…… 그래! 아버지라면 다치시진 않으시겠지.'

　무언가를 결심한 담무광은 근접전을 펼치던 도중에 거리

를 두며 뒤로 물러섰다.

무극분신폭(無極分身爆).

그 순간 천룡을 공격하던 분신이 새하얀 빛을 내뿜으며 거대한 구체로 변하더니 폭발했다.

반경 수십 장의 공간이 일그러지며 파괴됐다.

어마어마한 위력이었다. 저런 위력의 공격을 자신의 아버지에게 시전 하다니…….

그 모습을 지켜보던 무광의 자식들은 눈을 질끈 감아 버렸다.

잠시 변한 아버지를 보며 자신들이 그동안 잘못 알았다고 생각했지만, 지금 보니 역시 자신의 아버지는 피도 눈물도 없는 철혈의 무제가 분명했다.

심지어 지금은 웃으며 말까지 하고 있었다.

"하하하! 어떠합니까? 아들이 펼친 회심의 일격이. 이건 아마 상상도 못 하셨을걸요? 하하하."

그 모습이 기괴하고 무섭기까지 했다.

하지만 폭발 현장에서 들려오는 목소리에 더 경악하고 마는 자식들이었다.

"우와! 이런 수법은 나도 생각 못 했는데? 하하하. 정말 재밌구나."

상처 하나 없는 모습으로 신나게 웃으며 폭발이 일어났던 자리에 서 있는 천룡이었다.

"허…… 이것도 아버지한테 아무런 효과가 없네요. 아……
비장의 수단이었는데…….”

자욱했던 먼지가 바람에 어느 정도 걷히자 드러난 야산의
모습은 가관이었다. 마치 곰보라도 된 것처럼 전체가 비무의
영향으로 생긴 구덩이 천지였다.

"밑천도 다 떨어져 가고…… 마지막으로 제가 얼마 전에
얻은 최후의 심득을 보여 드리지요.”

무극무심권(無極無心拳).

담무광은 눈을 감으며 물아일체(物我一體) 속으로 들어갔다.

순간 지금까지 여유롭던 천룡의 표정이 처음으로 바뀌었
다.

그리고 아무것도 없는 허공을 바라보며 바쁘게 이리저리
피하기 시작했다.

그 모습을 지켜보던 무광의 자식들은 지금 이게 무슨 상황
인지 이해를 못 했다.

아무리 집중을 해 봐도 기의 느낌이 없는데 왜 갑자기 저
러시는지 몰랐다.

그러나 실상은 그게 아니었다.

담무광의 심상(心象)으로 만들어진 보이지 않는 수많은 권
이 천룡을 공격하고 있었다.

흔히들 심검(心劍)의 경지가 최고봉이라고는 하나, 무광이
선보이는 지금의 공격은 그보다 한 단계 더 위에 있는 경지

였다.

경지가 담무광보다 낮은 무인이었다면 자신이 어떤 공격에 당했는지도 모른 채 쓰러졌을 것이다.

기특했다.

혼자서 이 정도의 경지까지 이르다니······.

하지만 언제까지 이러고 있을 수 없었다.

천룡은 잔상을 남기며 담무광의 앞으로 고속 이동하며 손을 뻗었다.

보이지 않는 속도로 담무광의 머리를 공격하는 듯했다.

"장하다. 장해. 자랑스러운 예쁜 내 아들."

그 손은 공격하기 위한 것이 아닌 담무광의 머리를 쓰다듬기 위한 손이었다.

아버지가 자신의 앞으로 이동했을 때, 이미 공격을 멈춘 담무광은 아버지의 따스한 손길을 느끼며 웃을 뿐이었다.

오랜만에 듣는 아버지의 칭찬은 지금까지의 모든 것을 보답 받는 기분이었다.

어쩌면 이 말을 듣고 싶어서 비무를 신청한 것인지도 몰랐다.

부자의 격한 대화는 이렇게 마무리되었다.

한바탕 힘을 쏟아 내고 두 부자는 담무광의 방에서 그동안 못다 한 대화를 나누며 술을 마시고 있었다.

서로가 그리워한 세월이 얼마던가.

둘의 대화는 끝이 없었다.

한참을 서로 술잔을 주거니 받거니 하면서 얘기를 나눴다.

"참! 너 나가고 나서 제자 두 명 더 키웠다."

과거 이야기를 하다가 나온 다른 제자 이야기였다.

"네? 정말입니까? 제게도 사제가 있었습니까? 하하하하. 제게도 사제가 있었군요. 다른 놈들이 사형제랍시고 서로 챙기는 걸 보고 얼마나 부러웠었는데, 이제 그러지 않아도 되겠군요."

"그놈들도 너만큼 유명해졌는지 모르겠다. 혹시 말하면 알려나?"

"그럼요! 누구 제자인데요. 아마 저만큼 유명한 놈들일 겁니다. 유명하지 않아도 애들 시켜서 찾으면 됩니다. 사제들 이름이 뭡니까?"

자신의 사제들의 이름이 궁금한지 담무광은 천룡 가까이 귀를 살짝 들이밀었다.

"한 놈은 무천명이라고 한다."

무천명?

어디서 많이 들어 본 이름이다.

"아, 무천명! 검황(劍皇) 무천명(武天明)! 그놈이 제 사제였군요. 으하하! 어쩐지 강하더라고요. 그것 보세요. 아버지 제자인데 저처럼 별호에 황(皇)을 달고 있어야죠. 하하하…… 하……하."

검황이 자신의 사제란 걸 안 담무광은 너무 기뻐서 목청 크게 웃다가, 무언가 꺼림칙한 것이 생각났는지 웃음소리가 잦아들었다.

"아버지…… 혹시…… 막내 이름이…… 용태성(龍泰盛)입니까?"

설마 하는 마음으로 조심스레 물어보는 담무광이었다.

"어? 어찌 알았냐? 신기도 있냐?"

제발 아니길 바라는 마음으로 물어본 건데 애석하게도 정답이었다.

그 순간 담무광의 얼굴이 똥 씹은 표정으로 변했다.

"왜 그러냐? 태성이를 잘 알고 있느냐? 무슨 일 있는 건 아니지?"

담무광의 일그러진 표정을 보고 막내 제자에게 혹시 큰일이 생긴 건 아닌지 걱정되어 급히 묻는 천룡이었다.

"그, 그 싸가지가…… 제 막내 사……제였군요. 하아, 큰일은요, 아버지. 그놈 너무 팔팔해서 탈이죠."

"놀랐잖냐! 근데 둘이 이미 한판 붙어 본 모양이다? 그놈은 어디서 뭐 하는데?"

막내 사제 정체를 알고 목이 타는지 술잔을 비우고 말했다.

"그놈 구룡방(九龍房) 방주입니다. 별호가 사황(死皇)이죠. 한 판 붙은 건 아니고…… 몇 번 봤죠……. 일단은…… 적입니다."

"오오, 그놈도 역시 별호에 황이 들어갔구나. 하하하하. 다행이다. 다들 잘살고 있구나. 근데 적이라니? 그건 또 무슨 소리냐?"

궁금해하는 천룡에게 현 무림의 정세에 대해 세세하게 이야기를 해 주기 시작했다.

한참을 이야기를 듣던 천룡은 이해할 수 없었다.

무광의 말대로라면 사파는 나쁜 무리인데 왜 막내가 거기에 속해 있는지 이해가 안 됐다.

자신이 아는 용태성은 누구보다 남을 위할 줄 알고 불의를 못 참는 정의로운 아이였기 때문이었다.

만약 무광의 말이 사실이라면 재회하는 날 크게 혼내 주리라 다짐하는 천룡이었다.

"후우, 일단은 잘 알았다. 나중에 사실 여부를 파악해서 혼내도록 하마. 그럼 일단 천명이부터 만나러 가 볼까? 천명이 있다는 그곳이 어디냐?"

"예? 혼자서 가시려고요?"

지금이라도 당장 갈 기세가 천룡에게서 느껴지자 무광이 깜짝 놀라 반문했다.

"어디 있는지 안다며? 모른다면 모를까 안다면 가 봐야지. 그놈도 너처럼 내 소중한 자식이다."

"혼자는 안 됩니다! 저를 놔두고 가시려고요? 절대 안 됩니다!"

"너 엄청 바쁘잖아? 온종일 종이 쪼가리들 보느라 정신도 없으면서……."

"그, 그, 그건! 안 돼요! 암튼 안 돼요. 일단 제가 방법을 찾아 볼 테니 조금만 더 기다려 주세요. 제발! 아버지."

저렇게 간절히 비는 무광을 두고 마음이 약해져 차마 혼자 갈 수 없어진 천룡이었다.

각자 서로의 답답한 마음에 술잔이 왕복하는 시간만 단축되는 부자였다.

☙

-무황대회(武皇大會)를 소집하겠다.

갑작스러운 성주의 선언.

무황성에 중요한 행사나 위기가 닥쳤을 때 선포되는 큰 회의였다.

사급 이상의 모든 간부와 모든 장로가 이 회의를 하러 가기 위해 분주히 움직이고 있었다.

보통 대회를 주최하면 주제를 미리 알려 주어 참석하는 사람들이 준비하게 해 주는 것이 관례였다.

주제를 알아야 그 주제에 맞는 지식과 대비책, 그리고 사전 정보와 다른 단체와의 교섭 등등을 미리 알아보고 회의

때 그것들을 바탕으로 해서 의견을 나누고 조율하고 결정하는 것이다.

하지만 이번 대회는 아무런 주제도 말해 주지 않아 다들 의아해하고 있었다.

무황대회가 열리는 무황전 내 대전으로 사람들이 속속 모여들고 있었다.

"도대체 무슨 일로 이리 급히 소집하는 거지? 소무상 자네는 아는가?"

"저도 잘 모르겠습니다. 대장로님께서도 모르시는 걸 제가 어찌 알겠습니까?"

규율단주와 대장로가 대전을 향하면서 과연 무슨 주제로 이 회의를 주관하셨는지 짐작하려 하였다.

그때 저 멀리 군사의 모습이 보였다.

"아, 대장로님, 오랜만에 뵙습니다. 그동안 별일 없으셨는지요?"

그들을 발견한 군사가 먼저 인사를 건넸다.

"오, 그래. 오래간만에 보는구먼. 자네는 잘 있었는가? 나는…… 요새 별일을 참 많이 겪어서…… 그다지 잘 못 있었네."

대장로가 한숨을 쉬며 말하자 군사 역시 한숨을 쉬며 말했다.

"대장로님도 저랑 같군요. 아니…… 저는 요새 더 합니다.

요즘은 성주님 뵈러 갈 때마다 엄청난 각오를 하고 가야 하니…….”

어두운 군사의 표정을 보니 그 사연이 궁금해진 대장로가 물었다.

“각오라니? 무슨 일이기에 각오까지 하고 가야 한단 말인가?”

그러자 마치 누군가가 그런 질문을 해 주길 바란 듯이, 그동안의 울분을 대장로에게 말하기 시작했다.

“하아…… 말도 마십시오. 예전의 성주님이 아니십니다. 모든 게…… 모든 게 변하셨습니다. 언행부터 시작해서 행동, 업무를 대하는 자세 등등 말하자면 끝도 없습니다. 이건 완전 다른 사람입니다. 갈 때마다 진심으로 이분이 정말 성주님 맞는지 아님, 혹시 다른 사람인지 조사를 해 봐야 하나? 생각할 정도로 말입니다.”

잠시 숨을 돌리더니 계속 말했다.

“요즘은 일을 안 하시려고 합니다. 결재 서류를 들고 가면 얼마나 짜증 내시는지 압니까? 하아, 심지어 달래고 달래서 일을 하기 시작해도 마음은 이미 다른 곳에 가 계시니…….
요즘은 어디 누구라도 좋으니 좀 쳐들어와 줬으면 좋겠습니다. 그거 막는 것이 차라리 더 속 편하겠습니다.”

“허허, 그 정도란 말인가? 이거야 원. 어찌해야 할지 모르겠구먼. 그러면 이번 대회는 왜 열었는지 짐작 가는 것이 있는가?"

혹시나 군사는 알까 싶어 물어본 건데 군사의 입에서 나온 말은 충격 그 자체였다.

"이유요? 이유야 뻔하지 않습니까. 일하기 싫다고 저리 대놓고 행동하시는 성주께서 선택하실 건 한 가지뿐이지요. 성주직을 포기하는 것 말입니다."

그동안 들은 얘기 중에 가장 큰 충격이었다.

무황성의 성주직 포기라니…….

말도 안 되는 소리다.

무황성이 이토록 강대한 이유는 집단의 강함도 있지만 가장 큰 이유는 바로 무황 담무광의 존재가 있기 때문이다.

그를 중심으로 똘똘 뭉친 집단이 바로 이곳이기 때문이다.

그런데 그런 그가 성주직에서 물러난다?

그런 일은 있어서는 안 된다.

"아, 아닐 걸세……. 그, 그럴 리가 없네. 그런 중요한 사안을 어찌 미리 통보도 안 하고 회의를 주관하시겠나. 자네 착각일세."

대장로가 당황하여 말하자 군사는 가던 길을 멈추고 대장로를 바라보며 말했다.

"그러한 사안이기 때문에 말을 안 하시고 이리 소집하시는 거지요. 그걸 미리 말하면 어찌 되겠습니까? 무황성 무사들의 성주님에 대한 충성심을 잘 아시잖습니까. 아마 난리가 날 것이고 회의는 진행조차 되지 않겠지요. 자신을 말리는 사람들은 하루가 멀다 않고 찾아와 귀찮게 할 게 뻔하고요. 그러니 이렇게 속전속결로 처리하시는 것이지요."

군사의 입에 계속 충격적인 이야기들이 흘러나왔다. 대장로뿐 아니라 옆에 있던 규율단주 역시 턱이 빠진 채로 경악하고 있었다.

"그, 그리 예상을 하면서…… 군사는 어찌 이리 태연한가? 혹 그것을 막을 방도라도 있는 것인가?"

진정되지 않는 마음을 다스리며 군사의 태연한 모습에 혹시나 하고 희망을 걸어 보는 대장로에게 희망을 갈기갈기 찢어발기는 대답이 돌아왔다.

"막아요? 누구를요? 에이…… 못 막습니다. 그냥 하자는 대로 해야죠. 지금 성주님 상태로 보아 그거 막는다고 난리치면 아마 여기 다 때려 부술걸요? 무황성이 내 앞길을 막는다면 내가 없애 버리겠다아~하고요. 제가 말씀드렸지 않았습니까. 지금 성주님 상태 별로 안 좋다고요."

농담까지 곁들이며 대답하는 군사였지만 듣는 처지에선 농담이 아니라 왠지 현실처럼 느껴졌다.

확실히 최근 행동들을 보면 정말 그럴 수도 있겠다는 생각이 들어 식은땀이 나는 대장로였다.

군사의 말을 듣고는 대전을 향하는 발걸음이 무거워지는 대장로였다.

"성주님 드십니다!"

대전에 모인 수많은 사람 귀에 성주의 입장을 알리는 소리가 들려왔다.

금빛 용이 자수된 붉은색 용포를 걸치고 위엄 있게 등장하는 성주를 보며 일제히 부복하고 외쳤다.

"무림수호! 성주님을 뵈옵니다."

부복한 사람들을 지나 옥좌에 앉은 담무광은 말했다.

"모두 일어나시오."

성주가 자리에 앉자 사람들은 일어나 양옆으로 나란히 서서 기립했다.

"오늘 이렇게 대회를 연 것은 아주 중요한 문제를 거론하기 위함이오. 다들 알다시피 나는 오랫동안 이 무황성을 이끌었소. 그러나 이제는 지쳤소. 하여 현 후계 자리에 있는 소성주인 담선우(潭宣優)에게 이 자리를 넘기려 하오."

다들 자리를 잡자 담무광은 준비했던 말을 하기 시작했다.

계속 말을 이어 가려는 찰나 누군가 반대의 목소리를 내기 시작했다.

"아니 됩니다! 성주님 부디 재고하여 주십시오. 절대 아니 됩니다."

그 한 사람을 시작으로 대전에 서 있는 모든 사람이 엎드려 반대의 목소리를 내기 시작했다.

"아니, 그러니까 내 얘기를 좀 들어 보고……."

담무광이 사람들에게 설명하려고 말을 하였지만 대전 전체를 장악한 반대의 목소리에 힘없이 묻혔다.

"소신들이 제대로 보필하지 못하여 성주님께서 그런 결정을 내리신 것 같아 죄스럽습니다. 앞으로 더욱더 충심으로 모시겠습니다. 그러니 부디 재고하여 주십시오."

"소신들의 잘못입니다. 부디 소신들을 꾸짖고 벌하여 주시옵소서. 모든 걸 달게 받겠사옵니다. 그러니 성심을 다시 잡아 주시옵소서."

저마다 자신들의 의견을 피력하며 반대하느라 정작 성주의 안면이 일그러지고 있는 것은 발견하지 못하고 있었다.

일그러진 이마에 힘줄이 튀어나올 때쯤 담무광이 책상을 내려치며 내력을 담아 말했다.

쾅!

"그만들 하라! 이미 나의 마음은 정했다. 그러니 더는 왈가왈부하지 말고 새로운 성주 즉위식을 준비하라!"

웅웅웅.

대전 전체에 내력이 실린 담무광의 목소리가 울려 퍼지며 진동하였다.

하지만 이곳에 모인 사람들의 경지를 압도하기엔 부족했다.

이곳엔 무황성의 정예 중에서 정예들만 모여 있기 때문이었다.

잠시 반대의 목소리가 끊기는가 싶더니 이내 다시 시작되었다. 이번에 무황성의 주축들이라 할 수 있는 각 단의 단주들이 나섰다.

단주들은 앞으로 나서서 오체투지를 하고 눈물을 흘리며 반대하였다.

'모든 사람이 이리 반대하니 희망이 있다. 나까지 가세하면 성주도 차마 강행하지 못하시겠지.'

흐름이 자기 쪽으로 왔다고 여긴 대장로가 자신마저 오체투지를 하며 가세하면 성주의 마음이 돌아설 것이라 믿었다.

회심의 한 수라 여긴 것을 실행하기 위해 몸을 움직이려는 찰나, 성주가 품 안에 손을 넣는 모습이 보였다.

"모두 무황령(武皇聆)을 받들라!"

무황령(武皇聆).

성주를 상징하는 신패(信牌)이기도 하지만 이 패를 내보이며 내리는 명령은 절대적이었다.

무황성에 소속된 모든 사람은 이 명령을 거부해선 안 된다.

그것이 무황성 제일율법(第一律法)이었다.

반론이나 그 어떤 의견도 필요 없다.

무조건 명령대로 수행해야 한다.

'아뿔싸! 무황령을 잊고 있었구나. 결국, 성주님을 이리 보내 드려야 하는구나.'

그렇게 생각하며 부복하는 대장로를 시작으로 모인 사람 전체가 그 자리에서 부복하며 외쳤다.

"천하무적(天下無敵)! 절대무황(絶對武皇)! 무황령을 뵙습니다!"

"무황령의 권위로 모든 무황성의 가신들에게 명한다. 이 시간부터 무황성의 성주는 담선우(潭宣優)로 새로이 임명하노니, 모든 가신은 새로운 성주에게 절대복종하고 협력하여 더욱더 강한 무황성을 만들라!"

"존명(尊命)!"

모두가 큰 소리로 복창하며 고개를 숙이자 담무광은 자신의 손에 들려 있는 무황령을 옆에서 같이 부복하고 있던 자신의 첫째 아들 담선우 손에 쥐어 주면서 다정하게 말했다.

"이제 네가 이 무황성의 주인이다. 부디 선정을 펼치고 모두를 포용하여 더 강한 무황성을 만들거라."

고개를 들어 담무광을 보니 지금까지 한 번도 본 적 없었던 자애로운 아버지의 표정이 보였다.

이미 여기 오기 전에 아버지에게 모든 상황에 대해 듣고 설득을 당해 이 자리에 왔지만, 막상 아버지가 물러나신다고 모두에게 선포하자 눈물이 나왔다.

자신도 모르게 흘러나오는 눈물을 닦아 주며 말하는 아버지였다.

"성주, 이제는 그런 약한 모습을 보이면 안 되시네. 항상 굳건한 마음으로 그 어떤 것에도 지지 마시게."

자기 아들이기 전에 한 단체의 수장이 되었으니 반 존대를 사용하며 존중해 주는 담무광이었다.

"옙! 아버지. 실망하시지 않도록 열심히 하겠습니다!"

마음을 다잡고 진중한 표정으로 우렁차게 대답하는 아들을 보며, 어느 정도 마음이 놓이는지 자리에서 일어나 다른 가신들을 보는 담무광이었다.

하나같이 입술을 깨물며 울음을 참는 모습들이었다. 그 모습을 보고 있으니 마음이 편치 않아 가신들에게 아까 하지 못했던 말을 마저 하기 시작했다.

"내 그대들의 마음을 잘 알고 있소. 그러나 진심으로 나를 위한다면 인제 그만 나를 좀 놔주오. 오랜 세월을 열심히 일하지 않았소. 그 보상이라 생각하고 인제 그만 보내 주시오."

담무광의 말이 이어지자 여기저기서 참았던 눈물을 터트리며 울기 시작했다.

"어허, 울긴 왜 우시오? 내가 어디 죽으러 가오? 그냥 뒷전으로 물러나 여생을 보내겠다는 것일 뿐이오. 그만들 하시오. 오늘은 새로운 성주가 탄생하는 기쁜 날이지 않소. 자, 우리 다 같이 새로운 성주를 축하해 줍시다."

"존명! 권왕 담선우의 신임 성주 취임을 경축드리옵니다!"

"경축드리옵니다!"

그제야 사람들은 신임 성주를 인정하는 분위기로 바뀌며 진심으로 축하하기 시작했다.

이렇게 무황성의 주인이 새로이 바뀌는 역사적인 날이 지나가고 있었다.

제四장

무황성의 주인이 바뀌었다!

그 주인은 바로 권왕(拳王) 담선우(潭宣優)다!

이 소식은 전 무림에 빠르게 퍼져 나갔다.

많은 이들이 믿지 않았다.

강호 무림에서 무황이라는 존재는 단순한 삼황의 의미가 아니었다.

현 무림을 위기에서 구하고, 지금 평화의 시기를 구축해 준 모두가 인정하는 영웅이며 진정한 천하제일인이었다.

모든 이들의 존경을 한 몸에 받는 그가 자리에서 물러났다는 소식은 강호 사람들에게 충격적인 소식이었다.

이 소식은 저 멀리 세외무림까지 퍼져 나갔다.

대막 부근에 있는 작은 도시의 어느 한 장원.

"무황이 성주직에서 물러났다고? 그게 사실이냐?"

"네! 확실한 정보입니다! 지금 온 중원이 그 소식으로 인해 난리가 났습니다."

빛 하나 들어오지 않는 어두운 방 안에서 두 인영이 이 일에 관해 얘기하고 있었다.

"사실이라……. 그 괴물이 물러났다고? 허허. 그래. 혹시 그의 몸에 무슨 문제가 있어서 물러난 듯 보이나?"

"그건 정확히 파악하지 못하였습니다. 다만 이상한 소문이 돌고 있긴 합니다."

"이상한 소문? 말해 보아라."

호피 가죽으로 만들어진 좌식 의자에 기대어 보고를 듣던 의문의 남자는 이상한 소문이라는 소리에 부하를 재촉했다.

"최근에 무황의 성격이 완전히 변했다는 소문입니다. 마치 다른 사람을 보는 것 같을 정도로 변했다고 합니다."

"성격이 변해? 어떻게 변했는데?"

"말이 많아지고 감정의 기복이 심하게 변했다고 합니다. 어떨 때는 어린아이 같은 모습을 보일 때도 있다고……. 심지어 누군가에게 재롱을 떠는 모습도 보았다고 합니다."

열심히 보고하고 있을 때 의문의 남자가 크게 웃으며 말했다.

"푸하하하하! 그거 완전 노망났을 때 모습 아니더냐. 크크크큭. 재밌구나. 무황이 노망이라고? 하긴 크큭 노망날 때도 됐지."

한참을 웃더니 자신의 앞에 놓인 술잔을 비우고 말했다.

"크으. 오늘따라 술맛도 좋구나! 이런 재미난 소식이라니 크큭. 그 소문이 사실이라면 일리가 있다. 더 큰 실수를 하기 전에 성주를 바꾼 것이겠지. 그러지 않고서야 이리 급하게 성주를 바꿀 리가 없다."

여러 사람의 입을 통해 이 먼 곳까지 오면서 정보는 많이 변질되어 있었다. 그 정보에 다른 사람의 생각이 들어가자 내용은 완전 다르게 변해 버렸다.

하지만 그걸 알지 못하는 두 사람은 마치 당연한 사실이 된 것처럼 열심히 대화에 집중하고 있었다.

"하오나 그는 무황입니다. 절대자인 그가 정말 노망이겠습니까?"

부하가 의문을 표하자 남자는 술잔에 술을 채우며 말했다.

"절대자는 사람이 아니더냐? 아무리 강해도 세월은 이기지 못한다. 세월을 이길 수 있는 분은 오직 그분뿐이다."

채운 술잔을 입으로 가져가며 경의에 가득한 표정으로 자신의 주군을 상상했다.

한참 대화를 나누고 있을 때 또 다른 부하가 들어왔다.

"무슨 일이냐?"

"검황으로 보이는 자가 이곳으로 이동하고 있다고 합니다.

어찌할까요?"

"검황? 하하 오늘은 무슨 날인가? 걱정할 것 없다. 그의 방랑벽은 유명한 사실이니…… 아마 또 여기저기 돌아다니는 것이겠지. 그래도 혹시 모르니 아래 것들을 잘 단속하라. 아직은 때가 아니니 우리의 존재가 들켜선 아니 된다."

"존명!"

검황의 소식을 가져온 부하가 나가자 옆에 있던 다른 부하가 넌지시 말했다.

"만약을 대비해야 하지 않겠습니까?"

"대비? 무엇을 어찌 대비한단 말이냐? 검황의 무력이면 여기는 전멸이다. 괜히 타초경사(打草驚蛇)의 우를 범할 필요는 없다. 하나 그렇게 조심스럽게 사는 것도 머지않았다. 크크크. 곧 본교(本教)가 중원 진출을 할 것이니까. 대계(大計)가 멀지 않았으니 조금만 더 참아 보자."

"하면 본교에는 어찌 보고를 올릴까요?"

"네가 접한 소식에 내가 말한 내용을 곁들이면 되겠지."

"네. 알겠습니다. 그럼 저는 이만 물러가겠습니다."

나가 보라는 손짓을 한 후 생각에 잠겼다.

'멀지 않았다. 지금 실컷 웃고 떠들어라. 크크크크크.'

그리고 그들이 교라 부르는 곳으로 정보를 담은 전서구 한 마리가 힘차게 날갯짓하며 날아갔다.

-무황 담무광 노망으로 인해 성주직에서 물러남. 권왕 담선우가 새로운 무황성주로 즉위함.

　잘못된 정보가 훗날 어떠한 변수가 될지는 아무도 모를 일이었다.

　　　　　　　　　　　　♨

　"여기 소면과 만두 좀 내주게."
　객잔에 들어온 무천명은 허기를 달래려 식사를 주문하며 앉았다.
　점소이가 밝게 웃으며 주문을 받고 말했다.
　"중원에서 오셨습니까?"
　"허허. 그렇다네. 무슨 볼일이라도 있는가?"
　"역시 중원분이셨군요! 그럼 그 소식이 참말입니까? 무황이 자리에서 물러났다고 하던데요?"
　점소이의 말에 무천명은 깜짝 놀라 자리에서 벌떡 일어났다.
　"그, 그게 무슨 말인가? 무황께서 물러나시다니? 그게 사실인가?"
　무천명이 화들짝 놀라며 오히려 반문하자 점소이는 당황했다.

"모, 모르고 계셨습니까? 이곳에 오시는 손님분들 대부분이 하는 대화가 그 얘기뿐입니다. 그래서 중원분이시라기에 알고 계신 줄 알고…….."

"오는 사람마다 그 얘기를? 아니…… 무황께 무슨 일이 생기셨길래."

"저, 소문에는 노망이 나셨다는 얘기도 있고, 무슨 아버지를 찾았다는 얘기도 있고…….."

"되었네. 내가 직접 알아봐야겠네. 주문한 소면은 취소하고 만두만 빨리 포장해 주게."

점소이의 말을 끊고 나갈 준비를 하는 무천명이었다.

'이게 무슨 일인가? 무황께 무슨 변고라도 생긴 것인가? 어서 빨리 가 봐야겠구나.'

무천명은 만두가 나오자마자 객잔을 빠져나와 중원으로 돌아가기 시작했다. 심각한 표정으로 길을 재촉하면서 생각에 빠진 그였다.

'비록 사부님을 찾기 위해 세상을 떠돌고 있지만, 그러는 중에 미심쩍은 일을 겪은 것이 한두 번이 아니다. 내가 그동안 너무 안일하게 생각했구나. 지금 다시 생각해 보니 이건 필시 안 좋은 징조다. 강호에 암운이 드리우고 있는 거야!'

그렇다.

무천명은 그저 사부만 찾으러 돌아다닌 것이 아니었다. 많은 곳을 여행하는 그는 남들이 보지 못한 일들을 심심치 않게 경험했던 것이었다.

그때는 대수롭지 않게 여기며 지났지만 지금 그 일들을 연달아 생각하니 하나같이 연관성이 있었다.

빠르게 달리면서 지금까지 모든 기억을 끄집어내 정리를 하기 시작했다.

'한약재를 수송하던 상단들의 습격, 약왕문(藥王門)의 신단(神團) 제조법 분실 그리고 곳곳에서 벌어진 대장장이들의 실종…… 여기저기에서 간간이 일어나던 생철(生鐵)의 품귀현상. 지금 생각해 보니 모든 것이 연관되는구나. 대장장이와 철! 약재와 신단 제조법!'

오랜 세월 동안 나누어서 진행된 사건들이었다. 언제든 일어날 수 있는 사건들이기에 개별적으로 보면 잠시 관심을 끌고 끝날 만한 사건들이었다.

더욱이 전국에서 수십 해에 걸쳐 조금씩 진행되었기에 각기 다른 사건으로 치부하기 쉬웠다.

'아니다. 내가 너무 과민 반응하는 것인지도…… 하지만 이게 누군가의 계략이라면…… 반드시 중원에 좋지 않은 일이다. 일단 집에 가서 다시 정리하고 무황을 뵈러 가야겠구나. 별일이 없으시다면 다행이지만…… 만약 그것이 아니라면…… 미래를 대비해야 한다.'

복잡해진 머리를 흔들며 심란한 마음과 함께 달리는 속도를 올리는 무천명이었다.

"흐음, 이 노인네가 무슨 꿍꿍이일까? 이런 일을 이리 쉽게 저지를 노인네가 아닌데……."

자신의 집무실에서 귀계신옹(鬼計神翁)이 가져온 따끈따끈하다 못해 뜨거운 소식을 듣고는 턱을 괴고 사실 여부를 파악하려 하는 붉은 머리의 사내.

바로 사황(死皇) 용태성(龍泰盛)이었다.

"신옹께선 어찌 생각하시오? 이 소식을 이대로 믿어야 하오?"

바로 앞에서 차향을 음미하던 귀계신옹이 들고 있던 차를 마시며 대답했다.

"아마 사실일 겁니다. 무황성에 잠입시킨 세작에게서 나온 정보이니 말입니다."

"잠입은 개뿔…… 구룡방이 인원을 충원하기 위해 입방시킬 때는 사돈의 팔촌까지 조사해서 철저하게 받는 것에 비해 무황성은 그냥 사람이면 다 받아 주지 않소? 그거 보니까 개나 소나 다 받아 주더구먼……. 그런데 그걸 믿으라고 말씀하시는 거요? 그 당당함이 더 열 받긴 하지만……."

무황성은 언제나 당당했다.

세작이든 적이든 그 어떤 것도 다 받아들이는 곳이었다.

그만큼 자신들의 저력을 믿기 때문이었다.

용태성이 말하는 부분은 바로 이것이었다.

같은 여러 집단의 모임인 자신들에게 부족한 부분이기도 했다. 그래서 항상 그 부분을 부러워하던 용태성이었다.

용태성이 발끈하자 귀계신옹은 미소를 머금은 채 말했다.

"하하, 방주께서도 이럴 때 보면 애 같을 때가 있으십니다. 하지만 무황성 곳곳에 대문짝만하게 방을 붙여 놨는데 사실이 아닐 리가 없지 않습니까. 굳이 세작이 아니어도 누구나 다 아는 사실이기도 하지요."

"그러니까 그 노인네의 의도가 뭐냐 말이오. 그게 궁금해 미칠 지경이오."

방주가 흥분하기 시작하자 귀계신옹은 놀리는 것을 그만두고 자기 생각을 말해 주기 시작했다.

"일단 소신이 생각하기에 건강상의 이유나 뭐 그런 것은 아닌 것 같습니다. 들어오는 정보를 보아 병 때문에 그만두었다기엔 너무 팔팔하기 때문이지요. 오히려 전보다 더 기운차다고 다들 그러더군요. 그렇다면 다른 방향으로 생각을 해봐야겠지요. 바로 소문입니다."

"소문? 아니, 여기저기서 떠들기 좋아하는 호사가(好事家)들이 말하는 걸 지금 정보로 쓰겠다는 뜻이오?"

"물론 과장하고 없는 사실을 곁들여서 여기저기 퍼트리기 때문에 신빙성은 크지 않지요. 그러나 그 소문들에서 맥을 제대로 짚는다면 그 어떠한 정보보다 확실한 내용물이 나오지요.”

귀계신옹의 말에 용태성은 호기심이 일었다.

소문에서 진실을 찾아낸다? 발상의 전환이었다.

“소신이 오기 전에 저잣거리에서 떠도는 소문들을 모두 모아 정리를 해 보았습니다. 그랬더니 한 가지 공통된 단어가 보이더군요.”

“그, 그게 무엇이오?”

“바로 아버지라는 단어입니다. 무황이 아버지를 찾았다. 그동안 못다 한 효를 하기 위해 과감하게 성주직을 버렸다. 뭐 이런 내용입니다. 뭐 아버지라는 사람이 약관(弱冠)의 나이로 보인다는 쓸데없는 내용을 빼면 대충 이런 내용이 나오지요. 여기서 그동안 세작이 보낸 정보들을 대입하면 재미난 결과가 나옵니다. 지난 정보들에 나오는 내용 중에 성주가 아버지를 그리워한다는 내용이 있습니다.”

그 순간 용태성은 사부가 생각났다.

자신이 그토록 그리워하고 보고 싶어 하는 사부.

사부가 생각나자 갑자기 무황의 저 결정이 이해되는 용태성이었다. 자신은 그리 오래 헤어져 있지 않았음에도 불구하고 이리 그리운데 무황은 얼마나 그리움에 한이 맺혔을까? 라는 생각이 들었다.

아마 자신도 그렇게 오랜 세월을 떨어져 있었다면 방주고 나발이고 때려치우고 사부를 모시며 여생을 보냈을 것 같았다.

"평……생의 한이었던…… 아버지를 만났고, 그동안 못다
한 효를 행하기 위해…… 성주직을 버렸다……고 결론지어
도 되겠소?"

"바로 그것입니다. 방주님께서 이리 바로 이해를 하시다
니 소신 정말 감격스럽습니다. 역시 소신이 모시는 주군이십
니다."

방주의 통찰력에 놀라는 귀계신옹이었지만, 정작 용태성
이 저리 생각할 수 있었던 것은 바로 동질감이었다.

사부가 너무 보고 싶었다. 갑자기 슬픔이 몰려오는 용태성
이었다.

"후우, 좀 피곤하군요. 잠시 쉬어야겠습니다."

심경의 변화를 눈치챈 귀계신옹은 방주께서 또 그분을 생
각하시는 것을 알고 조용히 인사하고 물러났다.

'무황, 당신의 결정을 축하하는 바요. 부디 행복하게 지내
시오.'

조용히 방 안에서 무황의 결정을 축하하며 사부를 그리워
하는 용태성이었다.

⊱

싱그러운 햇살 아래 산들산들 봄바람을 맞으며 두 사람이

정답게 산길을 걷고 있었다.

그중 한 명은 무언가를 골똘히 생각하며 걷고 있었다.

"무엇을 그리 심각하게 생각하는 거냐? 벌써 무황성이 걱정되냐?"

말을 꺼내는 사람은 바로 천룡이었다.

"아! 아닙니다. 아버지. 그저 정할 이름이 있어서요."

그 옆에 전 무림의 화제였던 담무광이 대답했다.

그 둘은 무황성을 나와 둘째인 무천명이 있는 호남(湖南) 천검문(天劍門)으로 이동하고 있었다.

담무광이 무황성을 잠시 떠나겠다고 하자 당연히 무황성은 난리가 났다.

차기 성주의 자리가 제대로 잡히지 않은 상태에서 무광이 자리를 비우면 자칫 권력 다툼이 일어날 수도 있었다.

많은 사람이 그 점을 염려하며 결사반대를 했다.

하지만 성격이 바뀐 후로 늘어난 말발과 반협박으로 모두를 제압하고 이렇게 천룡과 여행길에 오른 것이다.

-모두 나 없는 동안 신임 성주를 잘 보필하고, 성주는 말 안 듣는 놈들이 있으면 여기 책자를 줄 테니 적어 두시게. 나중에 와서 책자에 적힌 놈들은 나랑 일대일 대면해야 할 것이야. 물론 그 대면은 둘 중 누구 하나 병신이 돼야 끝나는 거고. 알았지?

무광의 살기 어린 협박에 다들 움츠러들며 아무 소리도 못했다.

담선우에겐 백지 책자를 건네주며 맘에 안 드는 놈들 이름을 적어 놓으라고 말을 한 뒤, 어깨를 두드려 주며 성을 잘 부탁한다고 말을 하며 빠져나왔다.

그렇게 길을 떠난 후로 담무광은 계속 고민하고 있었다.

무광이 인상까지 찡그리며 심각하게 고민을 하자 천룡은 걱정스러운 얼굴을 하면서 물었다.

"무슨 이름? 혹시 며느리가 애 가졌냐?"

"예에? 아버지도 참, 제 나이가 몇인데요. 하하. 그건 아니고요. 저…… 그…….

화들짝 놀라며 부정을 하고는 무언가 할 말을 머뭇거렸다.

"그럼 뭔데? 뭔데 그리 뜸을 들여?"

"그게…… 사제들도 있으니 그럴듯한 이름을 가진 문파 이름이라도 하나 있어야 할 것 아닙니까? 다들 나는 어디 어디에 누구요, 이러지 않습니까. 그래서 우리도 그럴듯한 이름이 있어야 할 것 같아서 고민하고 있었습니다."

헛웃음이 나왔다.

어렸을 때는 안 그러더니 나이 먹고 오히려 철이 없어진 담무광이었다.

"그게…… 그렇게 중요하냐?"

"그럼요! 중요하죠. 다른 놈들이 소속 얘기할 때 얼마나 부러웠는데요. 이제 저도 그렇게 얘기하고 다녀 봐야죠."

"하아…… 너는 무황성이 있잖아. 나는 무황성의 담무광이다! 하고 다니면 될 것이 아니야?"

천룡이 한숨을 쉬며 말하자 담무광은 말도 안 되는 소리라는 표정으로 천룡을 쳐다보았다.

"아버지! 그건 아니죠! 그럼 아버지가 주인공이 아닌데요. 전 그런 거 용납 못 합니다. 무조건 아버지가 주인인 그럴듯한 문파 하나 만들 겁니다!"

왠지 점점 효도의 방향이 이상하게 가는 담무광이었다.

"그래그래. 너 하고 싶은 대로 해라."

결국, 마지못해 허락하는 천룡이었다.

더는 말려 봐야 듣지도 않을 게 뻔했다.

"하하하하! 그렇죠? 아버지가 생각해도 역시 소속감이 있어야겠죠? 아마 사제들도 저와 같은 생각을 하고 있을 겁니다!"

기뻐하며 앞서가는 담무광을 보고는 고개를 절레절레 흔들며 생각했다.

'후우, 둘째와 셋째가 저놈을 말려야 할 텐데……. 설마…… 나머지 둘 다 저렇게 변해 있진 않겠지?'

어렸을 때 모습과 지금의 모습에서 괴리감을 느끼는 천룡이었다.

"너무 걱정하지 마시고 저만 굳게 믿으세요!"

가슴을 탕탕 치며 호기롭게 말하는 담무광을 보니 왠지 고맙기도 했다.

어쩌면 지금 저 철없는 모습도 자신 앞에서만 보여 준다는 생각이 들었다. 무광의 따뜻한 마음이 느껴졌다.

흐뭇한 얼굴로 담무광을 바라보며 말했다.

"그래도 내 생각해 주는 건 너뿐이구나. 고맙다."

뜬금없는 천룡의 감사에 무광은 잠시 주춤하며 쑥스러운 듯 고개를 돌렸다.

"제, 제가 더 고맙죠. 이렇게 제게 와 주신 걸 항상 감사하게 생각하고 있습니다."

또다시 서로의 마음을 확인한 부자는 마주 보며 환하게 웃었다.

"그래그래. 근데 이름은 어떤 거로 지으려고?"

말을 하고 보니 무광이 자신을 위해 지을 문파의 이름이 궁금해졌다.

"아…… 이름을 짓는다는 게 이렇게 어려운 줄 몰랐네요. 일단 생각해 둔 이름이라도 말해 드릴까요?"

천룡이 고개를 끄덕였다.

"일단 아버지 이름을 따서 천룡문, 천룡장, 천룡파……."

죄다 천룡이 기본으로 들어가 있었다.

남사스럽게 저리 이름을 지을 생각을 한단 말인가? 역시 말려야겠다는 생각에 무광을 부르려는 찰나 무광이 소리쳤다.

"어? 아버지! 저기 양양성(襄阳城)이 보입니다! 하하, 다 와 가네요. 일단 객잔부터 가서 여독을 풀고 다시 생각해 봐야 겠어요."

"오, 저기 성안에 천명이가 사는 것이냐?"

"아니요. 저 성안에 사는 것은 아니고요. 근처에 있죠. 보통 거대 무림 세가들은 저런 성벽 안에 살지 않아요. 안에 있으면 관이 저들을 예의 주시하기 때문에 눈치 보이고, 또 자주 마찰을 빚기도 하고, 그리고 자존심 강한 무림인들은 저런 성벽 안에 있으면 왠지 저 성안의 소속이라는 기분이어서 주로 성 밖에 자신들만의 영역을 만들고 생활하죠. 저희 무황성도 그런 식으로 커진 것이고요."

담무광은 걸어가며 무림에 관해 이것저것을 이야기해 주었다.

"그래도 천명이 그놈은 발이 넓어서 양양 성주랑도 친한 듯하더군요. 그 주변 민심도 그놈을 따르고요."

자신의 제자가 잘하고 있는 소리에 마음이 편해지는 천룡이었다.

"그래! 어서 가서 천명이를 만나 보자! 빨리 보고 싶다!"

"에이. 아버지 지금은 너무 늦었어요. 보세요. 해가 지고 있잖아요. 오늘은 제가 정말 좋은 곳으로 모실게요. 하루 푹 쉬고 내일 일찍 천명이가 있는 곳으로 가죠."

그 말을 듣고 보니 벌써 하늘에 노을이 짙게 깔리고 있었다.

이 시간에 가는 것도 민폐일 것 같다는 생각이 들었다. 일단 무광이 말대로 해야겠다고 생각하는 천룡이었다.

◈

호남에는 세 가지 명물이 있다.

하나는 동정호(洞庭湖)다.

네 개의 작은 강물들이 모여드는 대해같이 넓은 호수였다.

그 동정호의 악양루에 올라서서 밖을 바라보면 감탄이 절로 흘러나오는 아름다운 풍경이 펼쳐진다.

수많은 시인과 화가들이 이곳을 찾았고, 그 사람들의 시와 그림으로 인해 이곳이 유명해져 명물이 된 것이다.

두 번째는 장가계(張家界)였다.

사람이 태어나 장가계에 가 보지 않았다면 백 세가 되어도 어찌 늙었다고 할 수 있겠는가(人生不到張家界, 百歲豈能稱老翁)라는 말이 있을 정도로 수려한 풍경과 기암절벽의 조화 속에서 있으면 마치 내가 신선이 된 듯한 기분이 드는 곳이었다.

마지막으로 유명한 것은 바로 명월각(明月閣)이었다.

명월각은 기루였다.

다들 기루가 왜 유명할까 생각하겠지만, 명월각은 익히 알고 있는 그런 기루와는 다른 기루였다.

오히려 기루라기보단 고급 객잔에 더 가까운 곳이었다. 기루라 불리는 이유는 춤과 술을 따르는 여인들이 있기에 그리 불리는 것뿐이었다.

양양성에 들어서면 성내 어디서든 보이는 높이의 명월각이 우뚝 서 있다.

그 건물의 화려함은 어느 명승지에 뒤지지 않을 정도로 아름다움을 자랑한다.

건물 주변엔 거대한 호수가 자리하고 있어 마치 호수 한가운데 건물이 떠 있는 것 같은 착각을 불러온다. 호수의 한가운데에 건물이 있기에 저곳을 가기 위해선 호수를 가로지르는 다리를 건너야 했다.

굳이 저곳을 가지 않더라도 그 건물을 보는 것으로 만족하고 가는 사람이 있을 정도로 양양성하면 명월각을 먼저 떠올릴 정도로 유명한 곳이었다.

하지만 그 유명세만큼 가격 또한 일반 서민들은 꿈도 꾸지 못할 정도로 비싼 곳이었다.

한 끼 식사하기 위해선 최소 금자 한 냥이 필요했고, 숙박하려면 금자 다섯 냥이 필요했다. 이것도 일반실을 기준으로 한 것이다.

상층으로 올라갈수록 가격은 배로 뛰기 시작하는데 최상층의 가격은 무려 하루 숙박비가 금자 오백 냥이었다.

또한, 돈이 있다고 해서 아무나 최상층을 이용할 수 있는 것도 아니었다.

명월각주가 허락한 자에게만 방이 내어지는 그야말로 특별한 객실이었다.

밤이 되면 건물은 더욱더 화려해진다. 수많은 홍등이 건물을 밝게 비추고 명월각을 둘러싸고 있는 인공 호수에 그 불빛들이 반사되어 아름다운 야경까지 선사한다.

"아버지, 여기가 양양성에 오면 꼭 구경하고 가야 한다는 명월각이라는 곳입니다. 어때요, 아름답지 않습니까?"

"오오, 어찌 저런 건물을? 정말 아름답구나."

"하하, 좋아하실 줄 알았습니다. 오늘은 저기서 하루 묵었다 가죠."

건물의 풍경을 보며 놀라고 있는 천룡의 팔을 잡고 명월각 안으로 향하는 다리로 올라서려는 찰나였다.

"두 분이십니까? 혹 예약은 하셨습니까?"

다리 앞에 명월(明月)이라 새겨진 무복을 입은 한 무사가 천룡과 무광에게로 다가와 물었다.

"그러네. 예약은 안 했네만 무슨 일인가?"

"아, 저는 명월각 수문위사입니다. 다름이 아니고 오늘은 객실이 만실이어서 예약을 하지 않으셨다면 죄송하지만 다른 곳으로 가 보셔야 할 것 같습니다. 정말 죄송합니다."

무사는 천룡과 무광에게 직각으로 인사를 하며 말했다.

"아, 그러시구나. 그렇다면 어쩔 수 없지요. 방이 없는 것인데 사과하실 필요까진 없습니다. 일어나시지요."

천룡이 사과하는 무사를 일으켜 세워 주며 말했다.

"감사합니다. 대인."

그러자 그 옆에서 무광이 시큰둥한 표정으로 말했다.

"최상층도 차 있는가?"

최상층은 아무나 들어갈 수 없다는 것을 알기에 무광은 그것을 물은 것이다.

"하하, 죄송합니다. 최상층은 제가 답할 수 있는 부분이 아니어서……."

난감한 듯 말하는 무사를 보니 최상층은 비어 있는 것이 확실했다.

"보아하니 최상층은 비어 있나 보군. 어차피 오늘 최상층에서 묵으려고 온 것이니 안내하게."

"아…… 저…… 그, 그게…… 자, 잠시만 기다려 주십시오."

무사가 어찌 대응해야 할지를 몰라 당황하며 다리 옆에 있는 붉은 실을 당겼다.

잠시 후 턱수염이 짙게 난 비단옷을 입은 남자가 다리를 건너 다가왔다.

"무슨 일인가?"

"총관님! 여기 이분들이 최상층을 요구하십니다."

턱수염의 남자는 바로 명월각 총관이었다.

"최상층을?"

무사의 답을 듣고는 옆에 서 있는 두 사람을 위아래로 훑어보는 총관이었다.

"최상층은 아무나 들어갈 수 없소! 그러니 포기하고 다른 곳을 알아보시오!"

총관은 살짝 언성을 높여 말했다. 가끔 이런 자들이 있었다. 호기롭게 최상층을 요구하며 들어오려는 자들…….

허장성세(虛張聲勢)에 일단 지르고 보는 무리가 있기에 이렇게 단호하게 대처를 하는 것이었다.

그러나 자신들을 훑어보는 모습과 잡상인 내쫓듯이 말하는 총관이 좋게 보일 리 없는 무광이었다.

더욱이 자신이 아닌 아버지의 모습을 보고 저리 말하는 것 같아 더욱더 화가 나기 시작했다.

그런 기운을 감지한 천룡이 전음을 보냈다.

-소란 피우지 말거라. 조용히 그냥 가자.

아버지의 전음을 듣고 잠시 숨을 고르며 마음을 다스리고는 총관을 차가운 눈빛으로 내려다보며 말했다.

"공산명월(空山明月-적적(寂寂)한 산에 비치는 밝은 달)이라고 너희 각주에게 전해라. 그리 오래 기다리진 않겠다. 일다경(一茶頃)이 지나면 그냥 가겠다. 기분이 좋지 않아 여기서 머물고 싶은 생각이 없어지고 있으니까."

순간 상대의 기도를 느낀 총관은 이건 뭔가 잘못되었다는

것을 느꼈다. 수많은 사람을 상대하면서 얻은 촉 같은 것이
었다.

"자, 잠시만 기다려 주십시오! 제가 지금 당장 가서 전하고
오겠습니다!"

고개를 숙여 사과의 뜻을 전하며 빠른 속도로 명월각을 향
해 달려가는 총관이었다.

차 한 잔을 마실 정도의 시간이 흐르자 무광은 천룡에게
다른 곳으로 가자며 미련 없이 돌아서려 하였다.

그때 떠나려는 그 둘 사이로 한 여인이 경공을 사용해 사
뿐히 내려앉으며 무광을 향해 절을 올렸다.

"소녀 명월각주 손교연. 무황 어르신을 뵈옵니다. 기다리
게 하여서 송구합니다. 소녀를 용서해 주세요."

칠흑같이 어두운 머리카락이 동그란 얼굴과 잡티 하나 없
는 하얀 피부와 대조를 이루며, 얼굴에서 광채가 나오는 듯
한 착각을 불러오는 절세미인의 정체는 바로 명월각의 주인
인 손교연이었다.

그 옆에 동행을 한 총관은 눈이 크게 떠지다 못해 찢어질
듯이 확장되었다.

바로 각주의 말 때문이었다. 자신이 조금 전 내쫓으려고
했던 이가 무림의 전설인 무황이었다.

무황.

그 단어는 그곳에 있는 모든 무사들에게도 충격이었다.

"허허, 그래. 잘 있었느냐? 십 년 만에 보는 것 같구나?"

"네. 어르신께서 그동안 소녀를 찾지 않으신 것만 빼면 나름 잘 지내고 있었습니다."

왜 이제야 자신을 찾아왔느냐는 질타가 섞인 대답이었다.

"하하, 미안하구나. 이제라도 이렇게 찾아왔지 않느냐. 오래간만에 보는데 이렇게 계속 세워 둘 셈이냐?"

"아…… 소녀를 따라오셔요. 최상층을 깨끗이 청소해 두라 일러두었습니다. 소녀가 모시겠습니다."

"그래. 가자꾸나. 아버지, 가시지요."

무광의 대답에 손교연은 순간 깜짝 놀랐다.

옆에 젊은 사람이 있기에 수행 무사로 알았는데, 담무광의 입에서 나온 소리는 생각지도 못한 단어였다.

"그래. 어서 가자꾸나. 소저, 잘 부탁하오."

"네? 네…… 네……. 아, 알겠사옵니다."

그렇게 당황하는 손교연을 따라 최상층으로 올라갔다.

그곳에 도착하니 이미 상이 차려지고 있었다.

"허기지실 테니, 일단 요기를 하시고 목욕하셔요. 목욕물은 따로 준비하라 일러두었습니다."

"그래. 고맙구나. 아버지, 저기에 앉으시지요. 여기 음식이 또 기가 막히게 맛있습니다."

상석으로 자신의 아버지를 안내하는 무광이었다. 그 모습을 지켜보던 손교연은 지금 이 상황이 무슨 상황인가 정신이 없었다.

그러고 보니 무황의 언변 또한 다른 사람인 것처럼 부드럽게 변해 있었다.

천룡을 상석에 앉히고 자리에 앉으며 손교연을 쳐다보았다.

얼이 빠져 있는 모습으로 서 있자 무광이 말했다.

"무엇을 그리 생각하느냐? 이리 와 앉아라."

담무광의 말에 정신을 차린 손교연은 재빨리 자리를 잡고 앉았다. 그러고는 도기로 빚어진 학(鶴)모양의 술 주전자를 들어 담무광에게 따르려 하였다.

"어허, 아버지가 계시는데, 어찌 나에게 먼저 술을 따르느냐? 저기 저분이 바로 내가 그토록 애타게 찾아다니던 아버지시다. 인사드리거라."

자신에게 술을 따르려 하자 담무광이 진중한 목소리로 말했다.

"아? 네…… 소녀 다시 인사드리옵니다."

천룡을 향해 곱게 절을 올리는 손교연이었다.

"하하, 아버지 어떻습니까? 정말 예쁘지 않습니까? 제 딸과 같이 천중삼화 중 한 명이기도 하지요. 술 주전자 이리 주거라."

자신의 소개를 하는 듯하더니, 자신의 손에 들려 있던 술 주전자를 뺏어 갔다.

그러더니 정말 정성스럽게 상석에 앉아 있는 천룡에게 따르는 무광을 보니 적응이 되지 않았다.

자신의 눈앞의 남자는 무황이었다.

당금 강호에서 누구도 이견을 보이지 않는 진정한 천하제일인이자 강호 최고 배분 중 한 명이었다.

그런 그가 누군가에게 저리 저자세로 대하는 것을 보니 무엇을 어찌해야 할지 감이 잡히지 않았다.

그렇게 멍하니 있는 교연은 신경도 안 쓰고 아버지에게 교연과의 만남을 이야기하는 담무광이었다.

"이 아이의 어미를 제가 구해 주고, 여기 명월각을 지을 수 있게 도와주었죠. 그리고 자주 왕래를 하다가 발길을 끊은 것이 이 아이 어미가 죽고 난 후였죠. 가끔 이 아이가 잘 있나 한 번씩 온 것이 다였죠. 그게 벌써 십 년 전이네요. 아까 보셨죠? 십 년 만에 보는데도 왜 이제야 자기를 찾았냐고 잔소리하는 거? 와, 십 년 만에 보는데 저 정도입니다. 아버지. 그런데 저는 어떨까요? 네?"

은근슬쩍 아버지에게 교연이 했던 소리를 빗대어 공격하는 무광이었다.

"하아, 그만 좀 해라. 언제까지 그 소리 할래? 응? 지겹지도 않냐?"

"그냥 아들이 그 정도로 서운했다는 거죠, 헤헤. 에이, 울아버지 또 발끈하신다."

머리를 긁적이며 아이처럼 헤헤거리며 웃는 담무광이었다.

교연의 눈에는 자신이 알던 사람이 아니라, 다른 사람이 앉아 있는 듯했다.

내막을 모르니 답답한 교연이었다.

"자주 왕래하였다면서 왜 아까 사람들은 널 모르는 거냐? 응? 몰래몰래 왔다 갔냐?"

"어? 어찌 아셨어요? 당연히 몰래 왔다 갔죠. 괜히 이상한 소문 퍼지면 저 마누라한테 죽습니다."

겁먹은 듯한 표정을 장난스럽게 지으며 말하는 무광이었다.

"네가? 참 잘도 그러겠다. 그나저나 너무 우리만 대화하는구나. 미안하오. 이리 신세를 지게 돼서……."

천룡이 자신을 바라보며 말하자, 교연은 화들짝 놀라며 손사래를 치었다.

"아, 아닙니다. 그리고 말씀 낮추셔요. 소녀 부담스럽습니다."

"그래요. 아버지. 손녀뻘입니다. 말씀 낮추세요."

무광까지 가세했다.

난감해하는 천룡이 더듬거리며 말을 낮췄다.

"그, 그래……. 알았다."

그런 천룡을 보고는 무광이 환하게 웃으며 교연에게 말했다.

"어때? 네가 보기에도 우리 아버지 정말 순수하시지 않냐? 하하하! 아, 너무 기분 좋다! 그래. 교연이 넌 요새 별일 없느냐?"

"네? 아, 네. 이곳은 천검문의 영역이라 소란을 피우거나 그러는 사람은 딱히 없습니다."

천검문의 얘기가 나왔다. 천룡의 두 눈이 반짝이었다.

"천검문이 그리 대단한 문파인가?"

천룡이 묻자 교연은 무광을 보며 말해도 되냐는 무언의 표시를 하였다.

무광이 고개를 끄덕이자 교연은 말했다.

"네. 천검문이 이곳에 자리를 잡은 후로 치안이 전 중원에서 가장 좋은 도시가 되었습니다. 워낙에 광명정대한 문파라 억울한 사람들도 솔선수범해서 도와주고요. 덕분에 저희도 안심하고 이렇게 장사를 하고 있습니다. 무황성 다음가는 무림 세력이기도 하고요. 그곳엔 무림 삼황 중에 한 분이신 검황께서 계신 곳이니, 이곳에서 소란을 피우는 겁 없는 사람이 없는 것이지요."

나오는 말마다 천검문과 자신의 제자 칭찬이었다.

흐뭇한 기분에 연거푸 술잔을 들이켜는 천룡이었다.

술맛이 정말 꿀맛이었다.

그렇게 즐거워하는 천룡을 보며 담무광이 말했다.

"아버지, 그렇게 좋으십니까? 하하, 하긴 우리 사제 됨됨이가 뛰어나지요."

또다시 폭탄 발언이 터져 나왔다.

교연은 오늘 정말 많은 충격적인 사실을 듣고 있었다.

강아지 같은 동그란 눈망울을 크게 뜨고 놀라서 무광에게 묻는 교연이었다.

"네에? 사제요? 설마? 검황 어르신이 무황 어르신의 사제란 말씀이신가요?"

"오, 그래. 놀랐지? 사실 나도 그 말 듣고 엄청나게 놀랐다. 하하하하하하! 울 아버지 정말 엄청나시지 않냐? 아들은 무황이고, 제자는 검황이다. 하하하하. 사실 여기 온 것도 그동안 못 본 사제를 보기 위함이다."

천룡에 대한 자랑거리만 나오면 팔불출로 변하는 무광이었다. 그 와중에 사황에 대한 얘기는 쏙 빼놓는 무광이었다.

"와! 정말 대단하신 것 같아요! 세상 어느 누가 이렇게 멋진 아들과 제자를 두었겠어요!"

어느 정도 방 안의 분위기에 적응이 된 교연이 천룡을 초롱초롱한 눈빛으로 바라보며 말했다.

"그런데 어찌 불러 드려야 할지?"

솔직히 말하면 너무 젊어 보이는 모습 때문에, 어찌 칭해야 할지 감이 안 오는 교연이었다.

어르신이라고 하기엔 너무 젊어 보이는 게 문제였던 것이었다.

"그, 그냥, 천룡…… 공자……라고 불러 줘……."

천룡이 쑥스럽게 얼굴을 붉히며 말했다.

그 모습에 장난기가 동한 무광이 천룡의 얼굴에 자신의 얼굴을 가까이 들이대고는 실실 웃으며 말했다.

"공자요? 흐흐, 왜요? 아버지? 교연이가 맘에 듭니까? 하긴 교연이만 한 여자가 또 없죠. 가만있어 보자……. 그럼 이제 교연이가 아니라 어머니라고 불러야 하나?"

입꼬리를 실룩거리며 능글능글한 그 모습이 얼마나 얄미운지 이마에 힘줄이 솟은 천룡은 무광의 뒤통수를 후려쳤다.

빠악!

어떠한 공격도 무의식적으로 펼쳐지는 호신강기에 의해 차단되어 어지간한 공격은 고통도 느끼지 않는 담무광의 입에서 비명이 새어 나왔다.

"악! 으으으윽. 아버지! 아프잖아요!"

"아프라고 때렸다! 인마! 이게 점점 성격 이상해지네?"

뒤통수를 문지르며 정말 아픈 듯이 얼굴을 찡그리고 말하는 무광이었다.

"아버지도 성격이 거칠어지셨어요! 전엔 안 이러셨는데! 밖에 나오더니 점점 세상에 물들어 가시는 겁니까?"

"야, 인마! 그럼 언제까지 오래간만에 자식 만났다고 오냐오냐하냐? 그러는 넌 어렸을 때 성격이랑 지금 성격이랑 왜 이리 천지 차이냐?"

"에이, 제 나이가 지금 몇인데요. 아직도 어릴 적 성격이 남아 있을 리 없죠! 히히. 그래도 좋네요. 맞아도 좋아요."

그 모습에 천룡이 어이없는 모습으로 무광을 보았다. 변태가 되어 가는 거 같은 자기 아들을 보며 한숨을 쉬었다.

그러나 천룡의 어이없음과는 별개로 담무광이 뒤통수를 맞는 모습을 보고는 경악하는 교연이 있었다.

그 누가 이런 장면을 보겠는가?

천하의 무황의 뒤통수를 때릴 사람이 세상천지에 있던가?

오늘 자신이 평생 볼 진귀한 장면을 다 보고 있다고 생각하는 교연이었다.

교연 또한 확 바뀐 담무광의 성격에 적응 못 하긴 마찬가지였다. 저 사람이 저리 장난을 치고 능글거리고 실실거리며 웃고, 어리광을 부리는 모습을 누가 상상이나 한단 말인가?

그의 모습에서 절대자의 모습은 눈을 씻고 찾으려도 찾을 수가 없었다.

"그러니까 왜 공자라는 말을 해요. 안 어울리게. 다른 말 없어요?"

"공자는 좀 이상한가? 하긴…… 저렇게 늙은 놈을 아들로 두고 있는데 공자는 좀 그렇지?"

자신이 생각해도 좀 이상했는지 은근슬쩍 무광을 말로 공격하며 고민하는 천룡이었다.

"늙었다니요! 우 씨! 환골탈태(換骨奪胎)와 반로환동(返老還童)을 하든지 해야지!"

옆에서 투덜거리는 무광은 무시하고 오늘 잠깐 동안에 너무 많은 일을 겪어서 피곤한지 눈 아래가 까매지는 교연을 바라보며 말했다.

"전에 들은 말인데 대가(大家)는 어떠냐? 이 정도면 괜찮은 것 같은데?"

그 말에 교연은 이거다! 라는 눈빛으로 잽싸게 말했다.

"네! 대가. 앞으로 그리 부르겠습니다. 앞으로 소녀를 찾으실 일이 있으면, 밖의 사람들에게 대가가 왔다고 전달해 주시면 소녀가 달려 나가겠습니다."

그렇게 호칭 문제도 정리되고 서로 투덕거리는 두 부자를 뒤로하고 밖으로 나오는 교연이었다.

'하아, 이 사실…… 말해도 아무도 안 믿겠지? 일단은…… 나 혼자만의 비밀로 간직하고 있어야겠구나……. 피곤하다…… 어서 가서 쉬어야겠어…….'

너무도 많은 심력(心力)을 소비했는지 비틀거리며 자신의 방으로 가는 교연이었다.

호남 양양성 인근에 있는 상담현(湘潭县) 안에 중원제일검문

(中原第一劍門)인 천검문(天劍門)이 있다.

천검문으로 인해 이곳 상담현은 중원에서 제일가는 살기 좋은 동네가 되었다.

그 어떤 범죄로 용납하지 못하는 천검문의 문규에 의해 범죄를 저지르는 자는 곧바로 나서서 처분하기 때문이었다.

그 덕분에 이곳은 많은 사람이 이주하여 크게 번성하고 있었다. 또 안전을 제일로 여기는 전장이나 표국들 또한 이곳에 많이 자리 잡았다.

"와, 여긴 정말 활기차구나? 모두 걱정 근심 없는 표정으로 돌아다니는구나. 하하, 정말 분위기 좋다."

아침 일찍 길을 나선 천룡이었다.

"그러게요. 무황성도 나름 사람들이 잘살고 있다고 여겼는데 여길 보니 반성하게 되네요."

"거긴 여기보다 몇 배는 더 크니 그런 것 아니겠냐? 그나저나 천검문은 아직 멀었냐?"

주위를 두리번거리며 걸으면서, 천검문은 어디쯤 있는지 찾으며 묻는 천룡이었다.

"조금만 더 가면 돼요. 아버지 너무 긴장하지 마세요. 지금 많이 긴장하셨어요."

"내가? 그래 보여? 하아……."

오는 내내 계속 긴장하는 모습을 하는 천룡이었다.

둘째 같은 경우는 자신이 거짓말을 해서 내보냈기에 혹시나 자신을 원망하고 있진 않을까 싶어서 더 긴장하는 것이었다.

"아, 저기 보이네요. 저기 저 거대한 담벼락이 이어져 있는 곳이 바로 천검문입니다."

무광이 가리키는 곳을 보니 담이라기엔 너무 높고 웅장한 벽이 쭉 이어져 있었다.

그 벽을 따라가니 이 층 전각으로 만들어진 거대한 문이 보였다.

천검문(天劍門).

문 앞 현판에 금색 글씨로 크게 적혀 있는 이름이 보였다.

'저곳이구나. 천명이가 있는 곳…… 하아, 왜 거짓말하였냐고 물으면 뭐라 답하지?'

무천명의 성격상 절대 그럴 리는 없겠지만 괜스레 걱정되는 천룡이었다.

생각에 잠긴 천룡을 대신하여 무광이 정문을 지키는 위사에게 다가가 말을 걸었다.

"이보게. 들어가서 문주에게 전하시게. 담무광이 왔다고."

조용히 다가와 자신에게 말하는 사람을 보며 눈을 끔벅이던 위사는 담무광이 누구지? 라는 생각을 하기 시작했다.

그러다가 생각이 났다.

"헉! 자, 잠시만 기다리십시오! 지, 지, 지금 다, 당장 기별하겠습니다!"

생각이 났는지 허둥지둥하며 안으로 뛰어가는 위사였다.

안으로 뛰어 들어간 위사는 곧바로 문주전으로 향했다.

"무, 무, 문주님! 급보입니다!"

야단법석을 하고 들어오는 위사를 보며, 마침 회의 중이었던 천검문주 일섬검제(一閃劍帝) 무유성(武有惺)은 인상을 찌푸리며 말했다.

"무슨 소란인가? 급보라고?"

"무, 무, 무황께서 오, 오셨습니다! 지, 지……금 정문 앞에……."

그 소리에 벌떡 자리에서 일어나 문을 박차고 나가는 무유성이었다.

자신이 펼칠 수 있는 최상의 경공을 펼치며, 정문을 향해 날아간 무유성은 저 멀리 담무광의 모습을 보자 더욱더 서둘렀다.

담무광의 앞에 도착하자, 포권을 하며 무황을 맞이하는 무유성이었다.

"천검문주 무유성! 무황을 뵈옵니다!"

"허허, 오랜만일세. 그동안 잘 지내셨는가? 이리 갑자기 찾아와서 미안하네."

담무광이 말하자 무유성은 손사래를 치며 말했다.

"하하! 그 무슨 말씀이십니까? 언제든지 찾아오셔도 저희는 환영입니다. 이러지 마시고 어서 안으로 들어가십시오."

"허허, 그러세. 자, 안으로 들어가시지요."

그러면서 자신의 옆에 있는 천룡에게 먼저 들어가라는 시늉을 하였다.

그 모습에 무유성은 고개를 갸웃거렸다.

'저 청년은 무엇이기에 무황께서 저리 대하는 것인가? 일단 들어가 보면 알겠지.'

접객실로 안내한 후 자리를 잡고 이야기를 시작했다.

"무슨 일로 이리 찾아오셨습니까?"

"아, 자네 아버지를 좀 보려고 왔지. 집에 계시는가?"

역시 아버지를 찾아온 것이다.

"아……! 아버님께선 지금…… 안 계십니다. 한 번 나가시면 언제 들어오실지 기약이 없기에…… 죄송합니다."

무유성은 정말 송구하다는 듯이 표정을 지으며 말했다.

"그렇군. 혹시나 했는데…… 이러면 좀 곤란해지는데? 어쩐다……."

무광이 난감한 듯이 말하자 무유성이 물었다.

"중요한 건입니까? 저에게 말씀해 주시면 아버님이 돌아오시자마자 전해 드리겠습니다."

그러자 무광은 고개를 가로저으며 말했다.

"아주 중요한 건일세! 이것은 직접 대면하고 말해야 하네. 일단은 기다려야겠군."

천하의 무황이 저리 진지하게 중요한 건이라고 말하며 직접 전해야 한다고 하니 더욱더 궁금증이 일었다.

"하오면 여기서 머무십시오. 귀빈실을 지금 청소해 두라 하겠습니다. 그런데 옆에 분은 누구신지 제게 소개 좀 해 주시겠습니까?"

아까부터 궁금했던 저 청년의 정체를 알고 싶어 무광에게 소개를 부탁하는 무유성이었다. 하지만 돌아온 대답은 아직은 아니라는 대답이었다.

사실 여기 접객당으로 오면서 무광은 천룡에게 무천명을 만나기 전까지는 아무 말도 하지 말고 계시라고 말했다.

왜 그러냐고 묻는 천룡에게 미리 알면 재미없지 않냐고, 나중에 놀라게 해 주려면 지금은 정체를 숨겨야 한다고.

못마땅한 표정을 팍팍 풍기는 천룡의 정체가 점점 더 궁금해지는 무유성이었다.

-아버지 일단 기다려 보죠. 아, 기다리는 동안 저기 동정호랑 장가계 구경 가시죠.

말을 하면 당연히 아버지라는 소리가 튀어나올 테니 전음으로 몰래 말하는 무광이었다.

-동정호? 거기 가 보고 싶었는데, 근데 장가계는 뭐 하는 곳이냐?

-일단 가 보세요. 엄청 풍광이 죽입니다.

-그래. 가 보자.

서로를 바라보며 웃는 두 사람을 보며 더욱 모르겠다는 무유성이었다.

　　　　　　　　　　　⤜

이른 아침부터 천검문이 분주했다.

무황이 나갔다 오겠다고 한 것이다.

"아니, 바로 가시는 겁니까? 여기서 기다리시지 않고요."

"하하, 아닐세. 어디 가는 것이 아니고 여기까지 온 김에 저기 동정호나 구경하려고 그러네."

혹여나 자신이 실수하여 그러는 것은 아닌지 걱정하는 표정으로 말을 하는 무유성을 달래 주는 담무광이었다.

"아, 그러시군요. 하긴 동정호는 누구나 가 보고 싶어 하는 곳이죠. 다녀오십시오."

그렇게 말을 하면서 옆의 총관에게 무언가의 손짓을 하는 무유성이었다. 그러자 총관이 잽싸게 품 안에서 비단 주머니를 하나 꺼내어 무유성에게 건넸다.

"이건 얼마 되지 않습니다만, 여행하는 데 보태시길 바랍니다."

"아닐세, 이 사람아. 이러지 않아도 되네."

무유성이 건넨 것은 은자가 가득 들어 있는 주머니였다.

"하하, 아닙니다. 저희 천검문의 귀빈이신데 당연한 일입니다. 부담 느끼지 마시고 저의 성의니 꼭 받아 주십시오."

그러면서 담무광의 손에 강제로 쥐여 주는 무유성이었다.

담무광이 어색하게 웃으며 주머니를 품 안에 넣으며 말했다.

"하하, 고맙네. 내 자네 성의를 보아서 이 돈으로 맛있는 것도 많이 먹고 구경도 즐겁게 하다 옴세."

"네! 그러셔야지요. 천천히 즐기다 오십시오. 아버님이 돌아오시면 어디 못 가게 제가 꼭 붙들고 있겠습니다."

"고맙네. 그럼 자네만 믿고 내 다녀오겠네."

그렇게 서로 인사를 하고 천룡을 데리고 천검문을 나서는 담무광이었다.

"이보게, 총관! 지금 즉시 아버님의 행방을 수소문하시게."

"네! 알겠습니다. 그나저나 저 두 분은 호위를 안 붙여도 괜찮으시겠습니까?"

보통 귀빈이 오면 어디 갈 때마다 호위를 붙여 주는 천검문이었기에 총관은 이렇게 물어본 것이다.

"하하, 자네 농담이지? 저분을 세상 누가 호위를 한단 말인가? 저분 혼자 무력이 곧 일인 세력일세."

그렇게 말하고 담무광이 사라진 길을 바라보며 생각에 잠겼다.

'무슨 일일까? 저분이 직접 이곳으로 아버님을 찾아오신 연유가……. 모를 일이구나.'

궁금증은 자신의 아버지가 돌아와야 풀릴 듯하여 답답한

무유성이었다.

❦

동정호(洞庭湖).

바다같이 넓게 펼쳐진 거대한 호수로 그 아름다운 풍광에
많은 사람이 찾는 명승지였다.

중원 사람들이면 누구나 한 번쯤은 이곳을 와 보는 것이
소원일 정도로 그 압도적인 넓이와 경관은 감탄을 자아낼 정
도였다.

끝도 없이 펼쳐진 수평선을 바라보며 마시는 술 한 잔을
위해 천 리 길도 마다하지 않는 사람들이 있을 정도였다.

그중 악양루(岳陽樓)에서 바라보는 절경은 최고였다.

당대의 유명한 시인들이 이곳에서 지은 시는 중원 최고
의 시가 되었고, 그 덕에 많은 사람이 더욱더 찾는 명소가
되었다.

그 악양루를 올라가기 위해 걸음을 옮기는 천룡과 무광이
있었다.

"아버지, 어떠합니까? 정말 넓지 않습니까?"

"그렇구나! 세상에 이렇게 넓은 호수라니……. 호수가 이
렇게 넓은데 바다는 도대체 얼마나 넓다는 거냐?"

천룡이 눈을 동그랗게 뜨고 넓게 펼쳐진 푸른 물길을 바라

보며 말했다.

"에이, 아버지, 바다에 비하면 여기 호수는 그냥 물웅덩이입니다. 나중에 바다도 제가 모시고 가겠습니다. 하하. 저기 악양루라는 곳이 있는데 그곳에서 술을 마시면 신선놀음이 따로 없다고 합니다."

"오, 그래? 하하하하! 아들 덕분에 내 눈과 입이 호강한다. 하하하."

어린아이처럼 들떠서 신나 하는 천룡이었다. 그러한 천룡을 바라보며 애정이 가득 담긴 눈빛을 하는 무광이었다.

역시 모시고 오길 잘했다는 생각에 자신을 칭찬하고 싶은 무광이었다.

그렇게 도란도란 얘기를 나누며 악양루 입구에 다다르자 비단으로 만들어진 적의(赤衣)를 입은 남자들이 길을 막았다.

한 손에는 검이 들려 있었다.

"오늘 이곳은 출입금지입니다. 내일 다시 오시오."

무사들은 정중하였지만, 단호하였다.

"출입금지? 아니, 이곳은 모두가 이용할 수 있는 곳이거늘…… 어찌 이리 막는단 말인가?"

담무광이 어이없어하며 묻자 남자가 답했다.

"죄송하지만 오늘은 저곳에 높으신 분이 행차하셨으니 내일 다시 오시오."

높으신 분이라고 하면 대부분 관리라 생각하고 다음을 기약하고 돌아갔다. 하지만 담무광은 그러지 않았다.

악양루까지 감각을 확장하여 그곳에 누가 있는지를 가늠하기 시작했다.

그렇게 가늠을 하고 있는데, 어디선가 많이 느껴 본 기가 느껴졌다. 그 순간 담무광의 얼굴이 팍하고 찡그려졌다.

고민이 되었다.

그냥 가고 싶은데 그냥 가자니 아버지가 자꾸 마음에 걸렸다.

그렇다고 저 위에 있는 놈을 지금 만나고 싶진 않았다.

"그냥 가자. 오늘만 날이더냐? 내일 다시 오면 되지."

인상을 쓰며 서 있는 담무광이 사고라고 칠까 싶어 잽싸게 내려가자고 말을 하는 천룡이었다.

그러한 천룡을 보며 다시 생각해 보니, 역시 자신은 아버지가 좋아하는 모습을 보고 싶었다.

일단은 저 위에 있는 놈이랑 대화를 먼저 해야 할 것 같았다.

─아버지, 잠시만 저기 나무 아래서 쉬고 계십시오. 제가 올라가서 양해를 구해 보고 오겠습니다.

그렇게 전음을 보내고는 악양루 쪽으로 몸을 날리는 담무광이었다.

그 모습을 보며 적의를 입은 무사와 천룡은 당황하였다.

"저, 저, 어쩌나…… 설마…… 사고 치진 않겠지?"

쫓아가야 하나 고민하는 천룡이었다.

하지만 굳이 앞장서서 말리지는 않는 천룡이었다.

무광이 누구한테 당할 리도 없고, 무엇보다 저곳의 풍경이 궁금한 천룡이었기 때문이었다.

그 시각 악양루 하늘에서 무광이 무복을 펄럭이며 천천히 하강하면서 악양루 앞의 인물에게 말을 걸었다.

"자네를 여기서 보다니…… 세상은 그리 넓은 것이 아닌 것 같군."

어디선가 들리는 말소리에 악양루 주변에 있는 남자들이 일제히 발검(拔劍)하고 경계를 하기 시작했다.

그러자 악양루 안에 있는 머리는 붉은빛이고 칼날 같은 눈썹과 매를 연상케 하는 눈, 그리고 각진 얼굴에 난 칼자국이 난 남자가 밖으로 나오며 손짓을 하였다.

"검을 거두거라. 내 손님이니……."

그러고는 무광을 향해 포권을 하며 인사를 하였다.

"소생, 용태성. 천하제일인이신 무황을 뵙니다."

인사는 정중하게 하고 있지만, 표정은 능글거리는 웃음을 보이는 용태성이었다.

왠지 비꼬는 듯이 말하는 것 같아 무광의 이마엔 힘줄이 솟았다.

"하하, 그래. 이리 반겨 주니 고맙구나. 애송이. 그동안 실력이 좀 늘었나 보다? 내 앞에서 이리 당당한 것을 보니?"

둘의 대화에 무사들은 검을 집어넣기는커녕 더욱더 경계하기 시작했다.

상대가 무황이면 자신들에겐 위험인물이었기 때문이었다.

그 모습을 보며 무광이 말했다.

"참으로 충성스러운 수하들이군그래?"

그 말에 용태성이 부채를 펼쳐 들고 얼굴을 가리며 말했다.

"하하, 제 수하들이 좀 용맹해야지요. 천하의 무황을 앞에 두고도 저리 당당합니다. 하하하. 그런데 무황께서 여기는 어떤 일이십니까? 아! 맞다! 아버님을 찾으신 것 축하드립니다."

그 말에 무광의 얼굴 근육이 꿈틀거렸다.

아까부터 계속 비꼬는 것처럼 들렸기 때문이었다.

"비꼬는 것이냐?"

자신의 사제라는 것을 알고는 있지만, 왠지 맘에 들지 않는 무광이었다. 나중에 아버지랑 만나고 나서 따로 둘만의 시간을 가져야겠다고 다짐을 하는 무광이었다.

"이런이런. 그렇게 들리셨나 보군요. 소생이 참 말주변이 없습니다. 아, 참! 악양루를 구경하러 오셨나 보군요? 저는 구경 다 하였으니 자리를 비켜 드리지요."

얼굴을 가렸던 부채를 접으며 떠나려 하는 용태성을 붙잡는 무광이었다.

"어딜 가느냐! 못 간다!"

좋게 말해야겠다고 다짐을 했지만, 입에서 나온 말투는 강압적으로 나왔다.

그 말투에 용태성은 내려가려던 몸을 돌려 무황을 정면으로 바라보고는 투기(鬪氣)를 일으키며 말했다.

"세상천지에 저에게 이래라저래라 명할 사람은 없습니다. 아무리 무황이라 하셔도 그 말투는 조심하셔야 할 것 같습니다."

전투태세를 갖추며 눈빛이 강렬해지기 시작하는 용태성이었다.

사방에 용태성의 투기가 퍼지며 진동이 일어나기 시작했다.

악양루의 지붕에서 기와들이 덜컹거리기 시작하자 무광이 급히 말렸다.

"관둬라. 너랑 싸우려 한 것이 아니다. 투기를 거둬라. 이러다가 아버지께서 구경도 하시기 전에 이곳이 무너지겠다."

그 말에 용태성은 투기를 거두며 눈빛을 반짝였다.

"호오, 아버지를 모시고 여행을 오신 것이군요. 하하. 이것 참 소생이 큰 실수를 할 뻔했군요. 사과드립니다. 그런데 싸울 것도 아니면서 왜 저를 붙잡는 것입니까? 이해를 할 수 없군요?"

고개를 갸웃거리며 묻는 용태성에게 무광은 하늘을 한 번 보고는 한숨을 쉬고 말했다.

"아버지께서…… 널…… 보고…… 싶어 하신다……."

무황의 아버지가 자신을 보고 싶어 하신다?

더욱더 이해되지 않는 용태성이었다.

자신을 왜 보고 싶어 할까?

물론 자신이 유명인이긴 하지만 저 아버지라는 사람의 자식은 무려 무황이었다. 딱히 자신을 보고 싶어 할 이유가 없었다.

"그것참 모를 일이군요? 정파의 정신적 지주이신 무황의 아버지께서 사파의 지존인 저를 보고 싶어 하신다고요? 하하하, 이거 제가 어찌 이해해야 합니까?"

"그냥 보면 안다. 그러니 좀 만나고 가라."

이유도 설명해 주지 않고 무작정 만나 보라니 기가 막혔다.

"딱히 큰 이유가 없는 듯하시니, 나중에 기회가 되면 뵙기로 하지요. 서로 이렇게 오래 같이 있을 사이도 아니고 말입니다."

거절의 의사를 밝히고 다시 발길을 돌리려고 하자 무광이 지나가는 말투로 말했다.

"나는 분명히 말했다. 만나 보고 가라고…… 뭐…… 말했는데, 저놈이 무시하고 간 것이니 내 잘못은 아니겠지."

혼잣말로 중얼거리고 있지만, 용태성의 경지에 그 말이 들리지 않을 리 없었다.

왠지 꺼림칙한 기분이 들기 시작했다.

이대로 가면 안 될 것 같은 그런 기분.

자꾸 마지막에 무광이 한 말이 걸린 태성은 결국 항복을 했다.

"하아, 정말 이길 수가 없군요. 이대로 가면 궁금증에 돌아 버리겠군요. 가시죠."

용태성이 아버지를 만나 보겠다고 하자 무광은 왠지 심사가 뒤틀렸다.

"쳇, 그냥 갈 것이지……."

또다시 혼잣말에 용태성의 이마에 힘줄이 솟았다.

가랬다가 말랬다가 정말 무광의 아버지를 만나고 나서 별일이 아니면 한 판 붙어야겠다고 생각하는 용태성이었다.

"아니다. 어차피 여기로 모시고 오려 했으니 내가 직접 모셔 오마. 잠시만 기다리고 있어라."

그렇게 말을 하고 경공을 써서 아래로 내려가는 무광을 보며 혀를 끌끌 차는 용태성이었다.

"저 봐. 저 봐. 나이 들면 애가 된다는 게 다 사실이야. 오래간만에 보니 사람이 저렇게 변해 있네. 전이었으면 먼저 공격부터 하고 봤을 텐데?"

그렇게 중얼거리고는 부하들에게 명했다.

"그래도 중요한 손님이니 술상을 다시 차려라. 비록 적이지만 대접은 제대로 해 줘야 하지 않겠느냐?"

그렇게 명하고는 다시 악양루 안으로 들어가는 태성이었다.

악양루 아래로 내려온 무광은 천룡에게 말했다.

"아버지! 양해를 구했습니다. 다만…… 그…… 올라가셔서 놀라진 마십시오."

"오, 그래? 응? 왜? 그 정도로 경치가 끝내주더냐?"

무광의 말을 완전 다르게 해석하는 천룡이었다.

"올라가 보시면 압니다."

무광의 표정을 보니 경치가 좋아서 놀란 것 같진 않은 것 같았다. 고개를 갸웃거리며 무광의 뒤를 따라가는 천룡이었다.

무광을 따라 악양루 전각에 다다르니 수많은 무사들이 매서운 기세로 마치 한 자루 칼처럼 경계를 펼치고 있었다.

천룡은 놀랐다.

양해를 구했다더니 이 분위기는 마치 싸우기 일보 직전이 아닌가?

그때 악양루 안에서 소리가 들렸다.

"하하! 드디어 올라오신 모양입니다."

목소리의 주인공이 밖으로 나오자 천룡은 잠시 갸웃거렸다.

어디서 많이 본 듯한 얼굴이었다.

이 느낌 낯설지 않은 느낌. 처음에 무광을 만났을 때 그 느낌.

그리고 저 특이한 붉은 머리.

순간 천룡의 머리에서 번개가 쳤다.

'서, 설마…….'

"저분이신가요? 저를 보고…… 싶……어…… 하……
시…….."

용태성은 말을 하다 점점 말소리가 작아지더니 그 자리에
서 굳어 버렸다.

그토록 그리워하던 얼굴이 자신의 눈앞에 서 있었다.

오매불망 기다리던 그분.

세상에서 자신을 혼낼 수 있는 유일한 분.

갑자기 눈앞이 흐려지기 시작했다.

그토록 그리워하던 얼굴이 뿌연 물기에 가려지기 시작했
다.

눈물을 훔치고 고개를 흔들며 다시 바라봤다.

혹시나 자신이 헛것을 본 것이 아닌가 하고.

"너…… 설마……."

맞다.

자신의 사부가 맞다.

저 목소리.

저 말투.

꿈에서라도 듣고 싶어 했던 목소리가 맞았다.

이게 꿈이라면 천천히 깨어나라고, 아주 천천히, 천천히 걸음을 옮기는 태성이었다.

"사, 사부……."

태성의 입에서 갈라진 목소리가 나왔다.

격해진 마음에 목소리가 제대로 나오지 않는 것이었다.

"서, 설마…… 태성이냐? 정말로 너야?"

그 말에 고개를 끄덕이며, 천룡을 향해 달려가 품에 안기는 태성이었다.

실체가 느껴지자 마음속에 그동안 쌓아 두었던 그리움의 폭포가 눈을 통해 쏟아져 나왔다.

그리고 천룡을 꼭 끌어안으며 말했다.

"사부! 사부! 왜! 왜 이렇게 늦으셨어요! 바로 뒤따라오신다고 하셔 놓고. 얼마나 기다렸다고요! 흐흐흑!"

그렇게 천룡의 품 안에 안겨서 한참을 대성통곡을 했다.

어느 정도 기분이 풀리자 천룡의 얼굴을 바라보는 태성이었다.

천룡은 그런 태성의 눈물을 닦아 주며 말했다.

"미안……하구나. 이 사부가 좀 많이 늦었지?"

그 말에 태성이 격하게 고개를 흔들며 대답했다.

"아니에요! 사부. 사부가 왜 미안해하세요. 제자가 그냥 투정 부린 겁니다. 그냥 어리광부린 겁니다."

그리고 다시 꼭 끌어안으며 계속 불렀다.

"사부! 하하하하! 사부! 사부! 아…… 너무 부르고 싶고, 보고 싶었어요."

자신에 품 안에서 끊임없이 자신을 부르는 제자를 그저 가만히 바라보며 쓰다듬는 천룡이었다.

그 옆에서 무광은 자신도 모르게 나오는 눈물을 먼 하늘을 보면서 집어넣으려 애썼다.

한편 주변에서 살기등등하게 경계를 하던 무사들은 지금 이게 무슨 상황인가 어리둥절했다.

자신들이 눈으로 보고 있는 이 상황이 현실인지 감을 못 잡고 있었다.

그리고 저 젊은 사람에게 사부라고 부르다니?

그리고 보니 저 사람은 무황이 아버지라며 데리고 온 사람이었다.

"근데 사부, 저기 저 양반이 아들이에요? 진짜로?"

태성은 사부를 보며 제일 먼저 궁금했던 것이 바로 그것이었다.

천하의 무황이 아버지라고 모시고 온 사람이 자신의 사부였다니 다시 생각해 보니 놀랄 일이었다.

그러자 무광이 옆에서 시큰둥한 얼굴로 대답했다.

"내가 첫째다! 넌 막내고……."

무광의 말을 대번에 이해한 태성은 눈을 동그랗게 뜨고는 천룡을 바라봤다.

"사부? 제자가 저 혼자 아니었어요?"

그 모습에 천룡이 머리를 긁적이며 말했다.

"하하, 무광이 말이 맞다. 네가 막내다. 둘째도 있어."

그 말에 용태성은 머리가 아팠다.

자신의 사형이 무황이라니…….

가만 무황이 자신은 첫째 사형이라면…… 둘째는?

갑자기 정신이 멍해지는 용태성이었다.

"사, 사부…… 설마…… 둘째 사형이……?"

"검황이다."

그 옆에서 추임새를 넣는 무광이었다.

그 소리에 용태성의 머리는 마치 돌덩이가 날아와 때린 듯
한 충격이 일었다.

이제 아픈 정도가 아니라 뒤죽박죽 복잡해졌다.

무황 하나도 골치 아픈데 둘째 사형이 검황이라니…….

이건 심각한 일이었다. 자신의 사형들이 전부 적이었다.

"왜 그러느냐? 무슨 일 있느냐?"

태성의 표정이 심각해지자 천룡이 물었다.

"아! 사부! 제 사형이라는 사람들…… 다 제 적이라고요!"

태성이 소리치며 말하자 천룡이 태성의 뒤통수를 때리며
말했다.

빡!

"뭐, 인마? 가족끼리 적이 어딨어? 그러고 보니 너 나쁜 짓

하고 다닌다며? 그게 사실이냐? 응?"

얼마나 아픈지 눈물이 핑 돈 태성은 억울하다는 듯 말했다.

"악! 사부 아파요! 못 본 사이에 엄청 폭력적으로 변하셨네요? 그리고 나쁜 짓이라뇨! 저기 저 사형 애들이 우리 애들을 얼마나 괴롭혔는데요! 저는 저희 애들 지키려고 용쓴 것밖에 없어요!"

태성의 말에 천룡은 정말이냐는 표정으로 무광을 쳐다보았고 그러자 무광이 헛기침하며 시선을 회피했다.

"이 자식들이? 기껏 가르쳐서 내보냈더니 서로 쌈박질하고 있었네? 응?"

"쌈박질이라뇨? 제가 일방적으로 당했다니까요? 심지어 둘째 사형은 자기 자식 보내서 얼마나 괴롭혔는데요! 제가 피해자라고요."

그렇게 말하다가 문득 엄청난 기운이 느껴져서 사부를 바라본 태성은 화들짝 놀랐다.

엄청 화가 나 보이는 천룡의 모습에 무광 역시 안절부절못하기 시작했다. 저런 모습은 처음 보았다.

천룡의 입에서 낮게 깔린 음성이 새어 나왔다.

"내가…… 이런…… 모습을 보려고…… 세상에 나온 줄 아느냐? 으드득…… 이노므자식들을 어찌해야 할까……."

순간 천룡의 몸에서 푸르스름한 기운이 너울거리며 피어

올랐다.

서서히 자리에서 일어나는 천룡의 모습을 보며 두려움에 서로 한 걸음씩 뒤로 물러나는 무광과 태성이었다.

그러다가 푸르스름한 기운이 갑자기 사라지고 푹 가라앉은 기분이 느껴졌다.

"하아, 나 그냥 돌아가야겠다. 둘째도…… 저런 소리 할까 봐 겁난다. 내가 괜히 나왔나 보다. 그냥 거기서 살 것을……."

자신을 자책하며 축 처진 어깨로 쓸쓸히 뒤돌아 발길을 옮기는 천룡이었다.

천룡이 뒤돌아서서 발길을 정말로 옮기자 그 모습을 본 무광과 태성은 깜짝 놀라 각자 천룡의 다리를 하나씩 붙잡고 매달렸다.

"아이고! 아버지!"

"허어억! 사부우!"

각각 서로 다른 다리를 붙잡은 무광과 태성을 보며 천룡이 말했다.

"놔라! 잘못 가르친 내 잘못이니, 다시 들어가서 반성하며 보내야겠다."

"아닙니다! 아버지, 제가 잘못했습니다! 이보게! 사제 내가 이렇게 사죄하네. 정말 미안하네!"

담무광이 왼쪽 다리를 붙잡고 있는 태성을 황급히 바라보며 사과를 하였다.

그러자 태성도 잽싸게 사죄했다.

"아닙니다! 사형! 소제야말로 잘못했습니다! 정말 죄송합니다!"

그렇게 자신의 다리를 붙잡고 서로에게 사과하는 두 사형제를 보며 천룡은 속으로 한숨을 쉬었다.

'하아…… 이렇게까지 해야 하나……. 나도 이제 좀 영악해진 것 같네.'

속마음과는 다르게 헛기침을 하며 자신의 아이들을 바라보며 말했다.

"흠흠, 그럼 이제 안 싸울 거냐?"

천룡의 마음이 풀어진 것같이 느껴지자 둘은 잽싸게 대답했다.

"네! 그럼요 싸우긴요! 저희가 애들도 아니고 싸우긴 왜 싸웁니까? 안 싸워요. 그렇지, 사제?"

"그럼요! 사형 말대로 안 싸워요. 저희 서로 사과하고 화해하는 거 보셨잖아요."

간절한 눈빛으로 자신을 바라보는 무광과 태성을 보며 귀여워 죽겠다는 마음이 들었지만 일단 숨기고 짐짓 근엄한 말투로 말했다.

"그럼 앞으로 너희 사형제 간에 또 싸우는 모습을 보일 시 어찌할 거냐?"

그 얘기가 나오자 뭐라 말해야 할지 갈피를 잡지 못하는 두 사형제 간이었다.

다시 돌아가신다는 소리만은 절대 나오지 않게 해야 했다.

둘은 끙끙거리며 어찌 대답해야 할지 고민했다.

그러자 천룡이 한 줄기 희망의 소리를 말했다.

"됐다! 말린다고 들을 놈들도 아니고…… 서로 불만이 있을 때는 대련으로 풀어라. 그것까진 뭐라 하지 않겠다."

그 소리에 둘을 서로를 바라보며 씨익 웃었다.

"사형! 조만간에 실력 좀 봅시다!"

"그래! 사제, 우리 사제 실력이 얼마나 늘었나 한번 볼까?"

얼굴은 웃고 있지만, 눈은 이글이글 불타오르는 두 사형제였다.

그 모습을 보며 천룡을 고개를 저으며 한숨을 쉬었다.

자신만 만나면 이놈들은 왜 이리 어린아이처럼 변하는지 모를 일이었다.

한편 이 모든 것을 지켜보던 태성의 부하들은 지금 자신들이 보고 있는 이 장면이 현실인지 꿈인지 구별이 되질 않았다.

어떤 이들은 서로의 몸을 꼬집으며 생시임을 확인하기까지 했다.

무황과 자신들의 주군이 사제 간인 것도 놀라운데, 그 둘의 머리를 때리고 그것도 모자라서 저 둘이 매달리며 애원을 하는 사람이 나왔다.

그자가 바로 주군의 사부님이시란다.

　그러나 저리 행복한 표정을 보이는 태성의 모습을 보고 수하들은 이내 미소를 지으며 자신들의 임무에 충실하기 시작했다.

　어느 정도 정리가 되고 악양루 안에 마련된 술자리에서 그동안 못다 한 이야기를 나누기 위해 자리에 앉았다.

　"사부! 이제 나오셨으니 제가 모시겠습니다. 저랑 같이 가시죠."

　자리에 앉자마자 용태성이 천룡을 애정 어린 눈빛으로 바라보며 말하자, 그 옆에 있던 담무광이 버럭 하며 말했다.

　"무슨 소리냐! 네가 뭔데 아버지를 모시겠다는 거냐? 아버지는 내가 모신다!"

　담무광이 화를 내며 말하자 용태성은 귀를 후비며 말했다.

　"아, 거참 사형! 작게 좀 말씀하시죠. 소제 귀먹겠습니다."

　"뭐? 이게 진짜!"

　또다시 시작하는 두 사람이었다.

　천룡은 골치가 아팠다.

　이 두 놈을 어찌해야 할지 앞길이 캄캄한 천룡이었다.

　따딱!

　언성을 높이며 으르렁거리던 두 사람 이마에서 불똥이 튀었다.

　갑작스럽게 날아 온 꿀밤에 둘은 이마를 마구 문지르며 말했다.

"아후후후후! 사부! 무지 아파요!"

"으으으으윽! 아, 아버지…… 아파요."

사실 둘은 오랫동안 앙숙으로 지내 왔기에 이런 모습이 당연하였다.

그렇지만 천룡이 보기엔 둘은 가족이었다.

가족끼리 이런 모습은 그도 원하는 모습이 아니었던 것이었다.

"너희들 진짜로 계속 이럴래? 응? 나 정말 화낸다!"

천룡이 엄포를 놓자 그제야 둘은 조용히 앉으며 고개를 숙였다.

"후우, 친하게 좀 지내라 응? 제발! 내 소원이다."

천룡이 한숨을 쉬며 둘에게 말하자 둘은 서로를 가만히 바라보며 전음을 날렸다.

-사형. 일단 친해지는 척합시다. 사부 저러다 정말 다시 돌아갈 것 같소.

-그래. 일단은 네 말대로 한다. 대신 나중에 좀 보자. 아무래도 우리 둘이 진지하고 심도 깊은 긴 얘기를 나누어야 할 것 같다.

무광이 단둘이 보자고 전음을 보내자 태성은 입꼬리가 올라가면서 다시 전음을 보냈다.

-긴 얘기라…… 얘기하다가 다치는 일도 있던데…… 그 연세에 괜찮으시겠습니까?

얘기하다가 어찌 다친단 말인가? 아무래도 둘의 대화는 다른 대화였던 모양이었다.

－흥. 그래도 사제니까 적당히 몇 군데만 어루만져 주마. 아! 걱정하지 마라. 설마, 사제를 죽이기야 하겠느냐? 이 사형이 몸에 좋은 신단도 주마. 그거 먹으면 다친 거 다 낫는다.

고개를 푹 숙이고 반성하는 모양새를 하고 있지만, 실상은 전음으로 치열한 말싸움을 하고 있었다.

전음(傳音)은 기로 공기의 파동(波動)을 흔들어 상대방의 귀로 흘려보내는 방법이었다.

파동은 자신이 전달하고자 하는 상대방의 귀로만 들어가기 때문에 다른 사람은 들을 수가 없었다.

경지가 높아지면 천리(千里)에 있는 사람에게도 파동을 보낼 수 있다고 한다.

다만 천룡은 가까운 거리에서 울리는 파동을 느끼고 있었다.

당연히 다 들린다는 소리다.

그들의 대화를 들은 천룡은 잠시 생각을 했다.

책에서 본 내용이 갑자기 떠올랐다.

동물의 세계에선 수컷들끼리 서로의 서열을 정하기 위해 싸움을 한다고 보았다.

서열이 정해지기 전에는 끝없이 서로 으르렁거리며 경계하고 물어뜯고 한다고 보았다.

지금 저 둘을 보니 딱 그 모습이었다.

'하아…… 그래. 둘이 한판 붙어서 서열 정리하게 놔두자. 그럼 좀 나아지겠지.'

모른 척하고 넘어가기로 한 천룡은 아무것도 모르는 것처럼 자연스레 말을 걸었다.

"오랜만에 본 사부에게 술 한 잔 안 줄 테냐?"

그 소리에 열심히 전음을 날리던 태성은 깜짝 놀라며 벌떡 일어나 술병을 잡았다.

"그럴 리가요. 헤헤. 사부 한잔 받으십시오."

잔에 천천히 술을 따르며 태성은 자신의 궁금증을 물었다.

"그런데 사부, 여기 사형은 친아들입니까?"

아까부터 그게 너무 궁금했던 태성이었다.

"친아들이나 다름없다. 그것이 그리 궁금했더냐?"

그 얘기는 양아들이라는 소리였다.

태성은 고개를 끄덕이며 자리에 앉았다.

"그렇군요. 뭐 대충 짐작은 하고 있었습니다. 그래도 이건 사형이 좀 부럽네요. 아버지라고 부르고 말입니다."

"그렇게 부러우며 너도 그리 부르면 되지 않느냐?"

태성이 부럽다며 말하자 천룡이 반문하며 물었다.

"하하, 사부. 사부. 전 사부 소리가 더 좋습니다. 사실 호칭이 무슨 상관입니까? 사부(師父)라는 소리에 이미 아버지(父)가 들어가 있는데요. 아버지나 사부나 다 같은 말 아니겠습니까.”

태성이 진중하게 말하자 옆에서 무광이 콧김을 뿜으며 말했다.

“흥, 그래도 맞는 말은 잘하는구나.”

친해지기까지 아직 먼 두 사형제와 사부의 악양루에서의 술자리는 그렇게 흘러가고 있었다.

“너희들은 먼저 돌아가라. 나는 호남에서 머물 것이다.”

태성은 자신의 사부를 따라가기로 마음을 먹었다. 오랜만에 본 사부를 이리 그냥 보낼 수는 없었다.

“안 됩니다! 방주님! 어찌 혼자서 정파의 영역으로 들어가려 하십니까?”

태성의 호위대인 광룡대(狂龍袋) 대주(袋主) 풍백(風百)은 태성의 앞에 부복하며 태성을 말렸다.

“나는 괜찮다 하지 않느냐? 저기 내 사부님도 계시고 또 내…… 사……형도…… 있다. 그러니 걱정하지 말거라.”

“하오면 저라도 방주님을 모시게 해 주십시오! 곁에서 수발들 사람은 있어야 하지 않겠습니까?”

그러자 태성은 고개를 저으며 말했다.

“너까지 있으면 우리 사부께서 불편해하실 것 같다. 그러니 그만 돌아가거라. 가서 신옹께 당분간 방을 잘 부탁한다고 전해 주어라."

"하오나⋯⋯."

"오래간만에 만난 사제의 정을 자꾸 방해하려 하느냐? 정말 나를 위한다면 내 말을 들어라. 내 오랫동안 기다려 왔던 순간이다."

태성이 저렇게까지 말하니 차마 말릴 수가 없었다.

곁에서 그를 보필하면서 사부에 대한 그리움에 그동안 얼마나 괴로워했는지 보아 왔던 그였기에 더욱더 말릴 수 없었다.

"존명! 부디 옥체 보존하시옵소서!"

고개를 조아리며 수궁의 뜻을 전하자, 그제야 태성은 얼굴이 환해지며 풍백의 어깨를 토닥여 줬다.

"내 뜻을 이해해 줘서 고맙다. 방에 무슨 일이 생기면 흑응 (黑鷹)을 날리거라. 내 곧바로 달려가겠다."

오로지 태성만을 찾아가는 흑응은 태성이 어디에 있든 그에게 날아가는 영물이다.

"네! 방주님의 명 받들어 소신은 이만 물러가겠습니다!"

태성에게 인사를 하고 수하들을 모아 재빨리 사라지는 광룡대였다.

광룡대가 사라진 방향을 잠시 바라보던 태성은 이내 미소를 지으며 천룡이 기다리는 동정호로 달려 내려가기 시작했다.

"잘 보내고 왔느냐? 정말 안 가도 되느냐? 괜히 나 때문에 피해를 주는 건 아닌지 걱정이구나."

악양루에서 뒤늦게 내려온 태성을 보며 천룡이 걱정스럽게 말하자 태성은 고개를 저으며 말했다.

"하하! 사부, 걱정하지 마세요. 제 수하들은 뛰어난 아이들이라 그런 걱정 안 하셔도 됩니다. 알아서들 잘할 겁니다. 뭐 사형들이 무황과 검황이니 사실상 저희 방을 위협할 존재도 없고요."

뭔가 하고 싶은 말이 많은 표정을 짓는 무광이었지만 참았다.

여기서 또 말을 꺼내면 다시 싸울 것 같아서 일단은 참고 보는 무광이었다.

그러한 기운을 느낀 태성은 무광을 향해 고맙다는 미소를 지어 보였다.

그저 콧방귀를 뀌며 고개를 돌리는 것으로 대응하는 무광이었다.

"그나저나 이제 어디로 가실 겁니까?"

"아버지 모시고 장가계를 갈 참이었다."

무광이 답하자 태성이 환하게 웃으며 말했다.

"아, 장가계요? 거기 좋죠. 제가 거기 가는 지름길을 아니 그곳으로 가실래요?"

"지름길? 설마? 저기 산길로 가자는 거냐?"

무광이 반문하자 태성은 고개를 끄덕였다.

"저기 저 천문산(天門山)을 넘자는 건 아니지?"

역시나 고개를 끄덕이며 말했다.

"사부, 경공 안 써서 갈 거면 그냥 저 산 타고 넘어가죠. 산세가 좀 험하긴 한데 그거야 일반인 기준이고 저희야 뭐 상관없지 않습니까?"

태성의 말에 저 멀리 거대한 산을 바라보는 천룡이었다.

"저 산도 풍경이 뛰어나구나. 뭐 나는 상관없다. 너희랑 같이 가는 길인데 어디로 가든 나는 즐겁게 갈 수 있다."

천룡의 말에 태성의 마음이 따뜻해짐을 느꼈다.

오랫동안 느끼고 싶었던 그 감정.

그렇게 감동하고 있는 태성의 귀에 불만의 소리가 들려왔다.

"아버지! 저기 저 산길에는 객잔이 없다고요. 야, 인마! 너 아버지를 노숙하게 할 셈이냐!"

"진정해라. 노숙하면 되지. 이런 것도 경험이지."

천룡이 태성의 편을 들자 무광은 삐진 듯이 말했다.

"너무 막내만 편애하시는 거 아니에요?"

딱!

무광의 이마에 또 불꽃이 튀었다.

"아악! 아버지! 아파요!"

"야, 인마, 편애하긴 누가 편애해! 다 같은 내 새끼들인데! 그리고 너는 사형이면 좀 진중해라. 사람들이 너 이러는 걸 알면 어쩌려고 그러냐?"

"흥! 알아도 상관없다니까요? 까짓것 무황이라는 별호 버려 버리죠. 뭐."

천룡을 만난 후 점점 성격이 변해 가는 무광이었다. 그것은 태성도 마찬가지였고, 천룡 또한 함께하면서 성격이 많이 변하고 있었다.

"하하! 사부. 사형. 걱정하지 마세요. 저기 산에 제가 아는 산채가 있으니 거기서 하룻밤 묵으면 됩니다."

태성의 말에 무광이 또 입술을 삐죽이며 말했다.

"쳇! 역시나 노는 물이 그쪽이라 산적들이랑도 친하구나? 아버지, 저거 보세요. 저거 사람들 물건 뺏고 그러나 봐요."

무광의 빈정거림에 태성은 더는 참지 못하겠는지 비무를 신청했다.

"사형…… 가기 전에 우리 앙금 털고 갑시다. 뭐 살살할 테니 걱정하지 마시고, 사형이 진다고 해도 소문 안 내고 사형 대접해 줄 테니 걱정하지 마시고요."

실실 웃으며 도발하는 태성을 보며, 무광은 당장 가자며 펄펄 뛰었다.

그리고 동시에 천룡을 보며 허락을 요청하였다.

그 모습을 보던 천룡은 여행 내내 이럴 바엔 차라리 여기서 정리하고 가는 게 낫겠다 싶어 허락했다.

"사제! 오늘 이 사형의 위대함을 깨닫게 해 주지!"

"하하! 사형 장강의 뒷 물결이 왜 무서운지 알려 드리죠!"

이글거리는 눈으로 서로를 바라보며, 인적 없는 곳으로 향하는 두 사람이었다.

그런 그들의 뒤를 따라가며 한숨을 쉬는 천룡이었다.

이윽고 사람의 기운이 느껴지지 않는 곳에서 두 사제의 비무를 가장한 싸움이 시작되었다.

천룡은 좋은 자리에 누워 하늘을 바라보며 제자들의 기운을 느꼈다.

"오호! 태성이의 뇌룡반천(雷龍半天)이구나! 태성이 요놈이 무광이를 상대로 쉬이 밀리지 않는군!"

보이지 않아도 그들이 어떠한 기술을 사용하고 움직이는지 훤히 느껴졌다.

"하하하, 무광이가 다급했구나! 무극폭풍격(無極爆風擊)을 벌써 사용하다니! 오오! 풍뢰만천(風雷滿天)이라! 하하하. 녀석들 정말 격하게 노는군."

물론 혹시나 모를 불상사를 대비한 것이기도 했지만 말이다.

평화롭게 즐기고 있는 천룡과 달리 온 천하가 둘의 싸움으로 진동하고 있었다.

어느 정도 시간이 흐르고 승패가 갈렸다.

"헉헉! 과연 사제 대단하군. 나를 이렇게까지 몰아넣다니 대단해!"

"쿨럭. 쿨럭. 사……형. 제가…… 졌습니다."

피를 토하며 무릎 꿇고 있는 태성의 입에서 힘겹게 패배의 시인이 나왔다.

태성이 패배를 시인하자 담무광도 입가에 선혈을 흘리며 주저앉았다.

둘의 그 모습에 천룡은 천령신단 두 알을 꺼내 내밀었다.

"쯧쯧, 이제 개운하냐? 어서 이거 먹고 운기 해라."

천룡이 내민 천령신단을 먹고, 그 자리에서 바로 운기에 들어가는 두 사람이었다.

운기를 하는 동안 천룡은 둘의 뒤에 서서 약효를 최대한 흡수할 수 있게 자신의 자연기를 흘려보내 주었다.

천룡의 자연기와 천하에서 가장 강한 기운을 흡수한 영약, 천령신단이 합쳐지니 경천동지(驚天動地)할 효능이 나타났다.

그 효능에 무광과 태성의 몸에서 휘광이 뿜어 나오며 둘의 몸이 공중으로 떠올랐다.

거대한 금빛 기운이 그들의 몸 밖에서 휘몰아치다가 다시 몸속으로 들어가기 시작했다. 그 후 기운이 모조리 흡수되자 그들의 피부가 한 꺼풀 벗겨지기 시작했다.

무광의 긴 수염은 모두 떨어져 나갔고, 태성의 얼굴에 흉터는 희미하게 변했다. 운기가 끝나고 난 그들의 모습은 십 년 정도 젊어져 있었다.

특히 무광은 주름이 많이 사라져서, 이제 삼십 대 후반이
라 해도 믿을 정도였다.

"아버지, 감사합니다."

"사부, 감사합니다."

제五장

둘은 정신을 차리자마자 천룡에게 감사 인사를 했다.

운기 하는 내내 섞여 있는 자연기에서 자신들을 걱정하는 천룡의 마음이 느껴졌기 때문이었다.

"그래. 이제 기분들 좀 풀렸냐?"

천룡의 말에 둘은 더없이 상쾌한 표정으로 대답했다.

"네, 아버지! 우리 사제 정말 대단합니다. 저도 저 나이에 저 정도는 아니었는데 말이죠."

태성을 완전히 인정하는 무광이었다. 그 말을 들은 태성은 손사래를 치며 말했다.

"아닙니다. 오늘에서야 사형의 위대함을 느꼈습니다. 사형 소제가 잘못했습니다. 소제가 사죄의 절을 다시 올리겠습니다."

남자와 애들은 싸우면서 친해진다고 했던가?

천룡을 만난 후 정신연령이 어려진 두 남자는 그렇게 서로를 인정하며 앙금을 씻었다.

거기다 둘의 비무는 서로에게 작은 깨달음까지 안겨 주었으니 기분 또한 최상이었다.

그 모습을 바라보는 천룡의 입가엔 미소가 번졌다.

"자! 이제 우리들의 여행을 시작하자. 막내 말대로 지름길을 가로질러서 가 보자. 남들이 흔하게 다니는 길보다 그게 더 재밌을 것 같구나."

천룡이 둘의 어깨를 감싸 안으며 말하자 무광과 태성은 고개를 크게 끄덕이며 대답했다.

"네. 사부!"

"어서 가시지요. 아버지!"

더없이 밝은 표정을 지으며 세 사람은 천문산 길을 오르기 시작했다.

천문산을 오르고 있는 것은 천룡 일행뿐이 아니었다.

저마다 자신의 몸만 한 짐을 등에 지고 천문산의 험한 길을 오르는 무리가 있었다.

"표국주님 정말 이 길로 가는 것이 최선입니까? 저는 아무래도 불안해서 말입니다."

어깨에 검을 찬 무사가 자신의 앞에서 걷고 있는 여인에게 불안한 듯 눈을 굴리며 말을 했다.

"미안해요. 장표두님. 이 길로 가야 약속 시각 안에 도착할
수 있다는 걸 아시잖아요."

사람의 심금을 울리는 듯한 맑은 목소리가 그녀의 입에서
흘러나왔다.

"하지만 이 길은 너무 위험합니다. 비록 천문산 귀곡(鬼谷)
은 피해 간다고 해도 이곳에는 백산채가 있습니다. 그들은
산적임에도 불구하고 개개인 무력이 뛰어납니다."

표두는 산적의 출몰을 걱정하며 계속 주변을 두리번거리
며 말했다.

그러자 표국주라 불리는 여인은 고개를 가로저으며 말했
다.

"그래도 이번 상행은 어쩔 수 없이 위험을 무릅써서라도
해야 해요. 일단 통행세는 넉넉히 준비해 왔어요. 백산채는
그래도 다른 산적들과는 다르다고 좋게 소문이 나 있으니 그
걸 믿어 봐야죠……."

"하아, 산적이 좋아 봐야 산적이죠. 에구. 그 일만 아니었
으면 우리 표국이 이렇게까지 위험을 감내할 필요가 없었을
텐데요……."

표두는 깊은 한숨을 내쉬며 하늘을 바라봤다.

하늘이 원망스러운 그였다.

"장표두님 과거 일은 어서 지워 버려요. 모든 것이 다 잘될

거예요."

하늘을 바라보는 장표두를 다독이며 환하게 웃는 여인이
었다.

누가 누굴 다독인단 말인가? 자신은 더 힘들 텐데 말이다.

그런 그녀를 안쓰러운 눈빛으로 바라보며 생각하는 장표
두였다.

'불쌍한 우리 아가씨…… 다른 표국 놈들의 농간만 없었으
면 저리 고생하지 않아도 되셨을 텐데……. 거기에 저번에
표물 강탈 사건까지 겹쳤으니…….'

"또! 또! 그런 눈빛으로 보신다. 저는 정말 괜찮다니까요?
저는 반드시 우리 천룡표국(天龍鏢局)을 예전의 그때로 다시 부
흥시킬 거예요!"

주먹을 불끈 쥐며 턱을 치켜세워 들며 당당히 말하는 그녀
를 보니 표두는 긴장이 풀리는 것 같았다.

"그럼요! 표국주님은 할 수 있습니다. 안 그러냐, 애들아?"

표두가 다시 기운을 차리며 뒤에 열심히 쫓아오는 표사들
과 쟁자수들을 보면서 물었다.

"네, 맞습니다! 저희가 끝까지 곁에서 보필하겠습니다! 하
하하."

사정이 어려워진 표국임에도 불구하고 표국을 떠난 이가
거의 없을 정도로 충성심이 강한 이들이었다.

그렇게 기합을 넣고 다시 길을 재촉하려 할 때 어디선가

음산한 목소리가 들렸다.

"클클클, 사이들이 아주 좋아 보이는구나."

듣는 순간 온몸의 털들이 곤두설 정도로 소름 돋는 목소리였다.

표사들이 일제히 검을 뽑으며 쟁자수들을 보호하기 위해 그 주변을 에워싸며 진형을 갖췄다.

장표두 만이 검을 뽑지 않고 포권을 하며 목소리의 주인을 향해 말했다.

"어느 고인(高人)이신지요?"

"클클클, 저번에도 신세를 졌는데 미안하지만, 이번에도 신세를 져야겠다. 너희들의 표물을 모두 내려놓고 산에서 내려가거라."

모습은 보이지 않은 채 허공에 음산한 목소리만 울려 퍼졌다.

그보다 전에 신세를 졌다는 말이 더 신경 쓰였다.

"저, 전에 무슨 신세를 졌다는 말이오?"

표두가 재차 다시 묻자, 목소리의 주인공은 혀를 차며 말했다.

"쯧쯧. 저렇게 아둔하니…… 네놈도 오래 살기는 글렀구나? 그건 내려가면서 차차 생각하고 기회를 줄 때 모든 표물을 내려놓고 내려가라."

자신들의 표물을 모두 내려놓고 가라는 말을 재차 했다.

'서, 설마, 이들이?'

신세를 졌다는 소리에 전의 강탈 사건과 연관 지어 생각했지만, 지금은 그게 중요한 것이 아니었다.

이 표물이 어떤 표물인가?

천룡표국의 재건을 위한 마지막 기회가 바로 이 표행이다.

포기할 리가 없었다.

"그럴 순 없소! 이 표행은 우리 표국의 모든 것이 걸려 있는 중요한 표행이오!"

표두가 큰 소리로 우렁차게 반대의 뜻을 전하니 숲에서 검은 귀면탈을 쓴 남자가 걸어 나왔다.

"쯧쯧쯧. 살길을 놔두고 죽을 길을 고집하는구나. 힘쓰기 귀찮아서 편하게 일 처리를 하려 했더니만……. 결국 몸을 움직이게 만드는 고얀 놈들이구나."

말이 끝나는 동시에 손뼉을 치자, 사방에서 붉은 귀면탈을 쓴 스무 명의 사람들이 표국의 사람들을 에워싸며 포위했다.

한 명 한 명이 모두 고수였다.

"이대로 포기할 수 없다! 어차피 언젠가 죽을 목숨 의리 있게 가자! 모두 국주님과 표물을 보호하라!"

정체불명의 고수들이 살기를 내뿜으며 다가오자 표두가 검을 꺼내 들고는, 결사 항쟁의 뜻을 밝히며 표국 사람들에게 명령을 내렸다.

다들 비장한 표정으로 정체불명의 무사들을 노려보며 각

오를 다졌다.

"표두님! 저도 검을 주세요!"

그때 표국주가 검을 달라고 하자 표두는 고개를 저으며 전음을 날렸다.

-국주님! 기회를 봐서 **빠져나가십시오**. 저들을 쉽게 이길 수 없을 것 같습니다.

표두가 굳은 표정으로 자신에게 도망가라 말하자 표국주는 결연한 표정으로 고개를 저으며 말했다.

"안 돼요! 저만…… 저만 살 순 없어요!"

그 모습을 지켜보던 귀면탈은 고개를 흔들며 말했다.

"신파극은 그만. 모두 죽여라! 표물은 상하지 않게 조심히 챙기고."

그렇게 말한 검은 귀면탈이 다시 숲속으로 들어가려 몸을 돌리는 그때, 웃음소리가 들려왔다.

"크하하하하하하!"

일촉즉발의 분위기가 단번에 깨지는 순간이었다.

호탕한 웃음소리에 검은 귀면탈은 웃음소리가 나는 방향으로 돌아섰다.

"어떤 놈들이냐?"

검은 귀면탈을 쓴 자가 큰 소리로 외치자 두 사람이 걸어 나왔다.

"제가 이겼습니다! 어서 주세요! 하하하하하!"

붉은 머리 남자가 연신 즐거운지 웃음을 멈추지 않고, 뭔가를 달라며 손을 내밀고 있었다.

그 옆에 남자는 얼굴이 구겨질 대로 구겨진 상태로 품 안에서 뭔가를 꺼냈다.

"자…… 금자…… 한 냥…… 받아라."

"자알 받았습니다! 사형! 하하하하! 야! 거기 까만 탈 고맙다! 너 때문에 돈 땄다! 하하!"

지금 이곳의 상황과 전혀 다른 분위기의 두 사람이었다.

마치 동네 마실 나온 듯한 모습으로 서로 대화를 하고 있었다.

검은 귀면탈은 순간 어이가 없어졌다.

그들이 하는 행동을 보아하니 저 둘은 자신을 상대로 무언가 내기를 한 듯 보였다.

기운을 보아하니 그다지 크지 않은 것이 강호초출(江湖初出)이거나 허세에 가득 찬 애송이들이 분명했다.

이 모습을 지켜보던 표국 사람들은 잠시 희망을 품었다가 두 사람의 얼굴을 보고 좌절했다.

전혀 알지 못하는 사람들이었다.

사형이라고 부르는 것을 보아, 강호에 처음 나와 겁도 없이 자신들의 힘을 믿고 나선 것으로 생각했다.

하지만 표두는 이것을 기회로 여기고 표국주에게 다시 전음을 보냈다.

-국주님! 지금이 기회입니다! 저놈들 정신이 모두 저기에 팔렸을 때 어서 빠져…….

빠악!

말이 끝나기도 전에 무언가 박살 나는 소리가 났다.

소리가 나는 곳을 보니 붉은 귀면탈 중 하나의 머리가 터진 채로 꿈틀거리며 바닥에 누워 있었다.

"내가…… 지금 기분이 매우 안 좋다……. 그러니 탈바가지들…… 좋게 말할 때 무기들 내려놔라. 거기 검은 탈바가지는 나랑 대화 좀 하자……."

사형이라 불리던 사람이 귀면탈 중 하나를 공격하고는 말했다.

그의 몸에선 푸른 아지랑이가 일렁이며 옷자락을 펄럭이고 있었다.

검은 귀면탈을 쓴 자의 동공은 최대한 크게 확장되었다.

애송이들인 줄 알았는데 그가 언제 움직였는지 보지도 못했다.

자신의 동체 시력으로 저 남자의 움직임을 잡지 못했다는 뜻이다.

거기에 저자의 몸에서 일어나는 기운은 자신이 감당할 수 없는 강력한 기운이었다.

그 모습에 그곳에 있는 모든 사람의 움직임이 일순간 멈추었다.

표국 사람들의 눈에는 희망이 싹트기 시작했다.

둘의 정체는 바로 담무광과 용태성이었다.

여기 있는 사람들 그 누구도 저 둘의 정체를 짐작조차 하는 이가 한 명도 없었다.

일단 무황과 사황이라기엔 너무나도 젊은 모습을 하고 있었기 때문이었다.

아마 저들의 정체를 알았다면 뒤도 돌아보지 않고 도망갔을 것이다.

산에 올라오는 도중에 사이한 기운이 느껴져서 기감을 확장해 보니, 이자들이 표국 사람들에게 접근하는 것이 느껴졌다.

무언가 좋은 일은 아닐 것이라 여긴 둘은 천룡에게 위기에 처한 자들이 있으니 도와주고 오겠다고 했다.

천룡 또한 같이 가자 했으나 용(龍) 잡는 신검으로 닭 잡는 격이라며 여기서 천문산 풍경이나 보고 계시라고 하고 둘만 이렇게 온 것이다.

오는 동안 둘은 내기를 했다.

저들이 '표물만 가져간다.'에 태성이 걸었고, 무광은 '저런 놈들은 아마 여자도 노릴 것'이라며 둘 다에 걸었다.

"사형! 허접한 놈들 데리고 화풀이 그만하시고 대충 정리하고 빨리 가요! 기다리시잖아요."

태성이 재촉하자 무광은 고개를 꺾어 우두둑 소리를 내며 귀면탈을 쓴 자들에게 말했다.

"야! 들었지? 나 빨리 가야 해. 탈바가지 너희들은 금자 한 냥씩 바닥에 두고 꺼져라. 거기 너 까만탈은 남고……."

말도 되지 않는 풍경이 벌어졌다.

남의 표물을 뺏으러 온 이들이 역으로 다른 사람에게 자신들의 물품을 뺏길 위기에 처했다.

붉은 귀면탈을 쓴 자들은 고개를 힘차게 흔들어 정신을 차리고 무광을 공격하기 위해 자세를 잡았다.

그 모습을 본 무광은 진각(震脚)을 밟으며 말했다.

쿵!

"동작 그만! 움직이는 놈은 이자까지 받는다."

단순한 진각이 아니었다.

진각에서 나온 파동은 모든 붉은 귀면탈의 움직임을 빼앗아 버렸다.

순수하게 기로 저들을 옭아맨 것이다.

그런데 너무 흥분한 나머지 힘 조절이 잘 안 된 모양이다.

파동에 맞은 붉은 귀면탈을 쓴 자들이 전부 입에 거품을 물고 기절한 것이다.

"어라? 뭐야? 왜 기절해? 뭐 이리 허약한 놈들이 다 있어. 탈바가지까지 쓰고 나오길래 뭔가 좀 있는가 했더니…… 순 맹물이잖아."

어이없는 표정으로 기절한 귀면탈을 둘러보는 무광이 마

치 저승에서 자신을 잡으러 온 사자처럼 보이는 검은 귀면탈이었다.

방금 보여 준 한 수로 자신은 절대 상대가 되지 않는다는 것을 깨달았다.

방법은 삼십육계 줄행랑뿐이었다.

쓰러져 있는 붉은 귀면탈들에게 정신이 팔렸을 때가 기회라 생각하고 검은 귀면탈은 자신의 모든 기운을 전부 다리에 집중해 최대한 달아나기 시작했다.

'갑자기 어디서 저런 자들이…… 교(敎)의 정보에 전혀 없던 자들이다! 어서 가서 알려야 한다! 나는 도망가는 것이 아니다. 정보를 알리기 위해 잠시 후퇴하는 것이다. 어쩔 수 없이…….'

그렇게 자신은 도망가는 것이 아니라고 위안을 주며 최대한 몸을 날리는 검은 귀면탈이었다.

그렇게 경공을 극성으로 펼쳐서 열심히 달아나고 있었다.

다행히 쫓아오는 것 같지는 않았다. 그렇게 안심을 하며 더욱더 힘을 주려는 참이었다.

"어디 가냐?"

"헉!"

어디선가 들리는 목소리에 무의식적으로 옆을 돌아보니 입술만 웃고 있는 담무광이 자신과 같은 속도로 나란히 따라오며 자신을 바라보고 있는 것이었다.

"바쁘냐? 내가 너는 남으라고 했을 텐데."

그렇게 말하고는 검은 귀면탈의 뒷덜미를 잡고 아래로 집어 던졌다.

쾅!

커다란 소리와 함께 귀면탈을 쓴 자는 바닥으로 추락했다. 바닥에 떨어진 귀면탈이 있는 그 옆으로 담무광이 천천히 하강하며 내려섰다.

"쿨럭! 귀, 귀……하는…… 누……구……시……오?"

바닥에 부딪히면서 큰 충격을 받았는지 귀면탈 아래로 피를 토하며 물었다.

담무광은 무릎을 굽혀 귀면탈을 벗겨 내며 대답했다.

"그건 알 거 없고 일단 얼굴부터 보자. 뭐야? 노인네였네?"

자기도 팔십이 넘었으면서 누구더러 노인네라고 하는지 모를 일이었다.

담무광이 실실 웃으면 노인의 얼굴을 자세히 살폈다.

가면이 벗겨지며 치욕스러움에 얼굴이 빨갛게 상기된 노인은 말했다.

"주, 죽일 거면 빨리…… 죽……여라."

뭐라고 떠들든지 말든지 신경조차 쓰지 않으며 노인의 얼굴을 살피기 바쁜 담무광이었다.

"하아, 익숙한 이 기운에 어디서 본 듯한 얼굴이라……. 생각이 날 듯도 한데……."

담무광의 말에 노인은 속으로 매우 놀랐다.

자신을 어디서 보았을 리가 없다.

저것은 그냥 해 본 말일 것이다.

하지만 흔들리는 동공은 숨길 수가 없었다.

"이것 봐, 동공이 흔들리네? 역시 뭔가를 숨기고 있군."

그 소리에 노인은 자신이 속았다는 생각에 분노의 표정을
지었다.

그 모습을 보며 피식 웃으며 노인의 혈을 집는 담무광이었
다.

"넌 내가 생각이 날 때까지 나랑 좀 같이 있어야겠다. 괜찮
지?"

담무광의 말에 노인은 거부의 의사를 격렬하게 표현하려
했으나 이미 혈이 집혀 몸이 움직이지 않았다.

그런 노인을 어깨에 들쳐 메고 다시 돌아가는 담무광이었
다.

한편 표국 사람들은 어찌 됐든 자신들에게 도움을 준 태성
에게 감사의 인사를 하기 위해 포권을 하며 다가가려 하던
그때 또 웃음소리가 들려왔다.

"크하하하하!"

순간 표국 사람들 표정에서 이제는 짜증이 밀려왔다.

다시는 이놈의 산으로는 얼씬도 하지 않겠다고 속으로 생

각하는 사람들이었다.

표국주는 오늘따라 이 산을 넘어가자고 몰아붙였던 자기 자신이 죽을 만큼 원망스러웠다.

아무래도 이 산은 자신들과 맞지 않는 풍수인 듯했다.

이번에 또 누구인가, 웃음소리가 난 곳을 일제히 바라보는 표국 사람들이었다.

"하하하. 광태야, 잘했다! 정말로 이 길로 지나가는 표국이 있다니…… 이게 얼마 만인지……."

호피 가죽으로 만든 옷을 입고 얼굴 전체에 검은 수염으로 뒤덮인 장한이 무언가 감격에 찬 표정으로 사람들을 내려다 보고 있었다.

"우리는 백산채의 영웅님들이시다! 자, 다들 소정의 통행 료를 내놔야겠다!"

역시나 산적들이었다.

하지만 이미 엄청난 걸 본 뒤라 그런지 사람들의 표정은 무덤덤했다.

그런 반응에 산적들은 당황했다.

저런 눈빛은 지금까지 받아 본 적이 없는 눈빛이었다.

왠지 자존심이 상하는 산적들이었다.

자세히 보니 주변에 거품을 물고 쓰러진 사람들이 많이 보였다.

그 사람들 사이를 왔다 갔다 하며 주머니를 뒤지고 있는 한 사람이 있었다.

　그 모습이 왠지 자신들과 동종업계에 종사하는 사람 같았다. 순간 산적들은 이게 무슨 상황인지 생각하기 시작했다.

　그렇게 열심히 머리를 굴리며 생각하고 있는 산적 두목의 귀에 전음이 들렸다.

　-소똥아, 주접 그만 떨고 어서 가서 산채 깨끗이 청소해 놔라. 아주아주 귀하신 분 모시고 갈 테니…….

　순간 산적 두목의 몸이 움찔거렸다.

　자신의 이름은 소똥이었다.

　한소똥.

　지금까지 자신을 소똥이라고 부르는 사람은 다 반병신으로 만들었다.

　그래서 아무도 자신을 그렇게 부르는 사람이 없었다.

　단 한 사람만 빼고, 말이다.

　소똥은 잽싸게 동공을 최대한 확장해서 주변을 살폈다.

　그러자 아까부터 귀면탈의 몸을 뒤지는 사람의 머리카락 색이 이제야 보였다.

　붉다.

　자신을 소똥이라고 부르는 붉은 머리는 단 한 사람뿐이었다.

　"헉! 사, 사, 사……."

자신의 두목이 경기를 일으키며 말을 더듬거리기 시작하자 산적 무리가 일제히 두목을 향해 고개를 돌렸다.

－조용히…… 내 정체를 말하면 대가리를 날려 버리겠다. 빨리 가서 산채나 깨끗하게 청소해 놔라. 이따가 갈 테니. 지저분하면 알지?

또다시 들려오는 살벌한 목소리.

지금 통행세가 문제가 아니다.

빨리 돌아가서 산채를 청소해 놔야 한다. 맘에 안 들면 또 얼마나 맞을지 모를 일이었다.

다급해진 소동은 자신의 부하들에게 말했다.

"그, 그, 그만하고 도, 돌아가자. 그, 급한 일이…… 생겼다."

그런 두목의 모습을 보며 부하들은 고개를 꺄우뚱거리며 물었다.

"아니, 두목. 이런 좋은 기회를 그냥 두고 가자는 말입니까? 아시잖습니까. 여기서 영업하는 것이 얼마 만인지. 그동안 잔챙이들만 지나가서 산채 재정도 엉망이라고요. 그게 더 급한 거 아닙니까?"

부하 중 하나가 말하자 소동은 그 부하의 뒤통수를 치며 말했다.

"너 두목 말이 우스워? 잔말 말고 빨리 돌아가자!"

"아우 씨! 왜 때려요! 이유나 좀 압시다!"

무식한 애들답게 말투 또한 무식했다.

소동은 그 와중에도 계속 곁눈질로 태성을 힐끔거리며 말했다.

"내, 내가 가면서 설명해 줄게. 빨리 따라와!"

부하들은 불만이 가득한 표정으로 무기를 거두며 자신의 두목을 따라 철수하기 시작했다.

오늘따라 이해되지 않는 일들이 연달아 일어나는 표국의 사람들이었다.

기세등등하게 등장하더니 갑자기 무언가에 잔뜩 겁을 먹은 표정으로 서둘러 돌아가는 산적들을 보며, 이건 또 무슨 일인가 하고 생각하는 표국 사람들이었다.

그사이에 태성은 쓰러진 자들의 주머니에서 챙길 것은 다 챙겼는지 개운한 표정으로 일어섰다. 그러고는 표국 사람들을 바라보며 말했다.

"다들 괜찮으신가요? 하하, 많이 놀라셨겠습니다."

태성이 말을 걸어오자 그제야 정신을 차린 표국주와 표두는 황급히 포권을 하며 인사를 했다.

"죄, 죄송합니다. 경황이 없어서 이제야 감사 인사를 드립니다. 구해 주셔서 정말 감사합니다!"

그러고는 깊숙이 허리를 숙여 정성을 다해 인사를 올렸다.

그 모습을 보며 살짝 미소를 지으며 태성은 말했다.

"하하, 별일도 아닌 것을 가지고 너무 예를 차리십니다. 그런데 여긴 상단이나 표국이 잘 지나지 않는 길인데 어찌 이 길로 가시는 겁니까?"

태성의 물음에 표두가 나서서 대답했다.

"저희 표국에 급한 의뢰가 들어와서 그것을 처리하기 위해 어쩔 수 없이 무리한다는 것이 그만…… 암튼 대협이 아니었으면 정말 저희는 큰일 날 뻔했습니다. 존성대명(尊姓大名)을 알려 주시면 후에 꼭 이 은혜를 갚겠습니다."

그 말에 태성은 손사래를 치며 말했다.

"하하, 아닙니다. 신경 쓰지 마십시오. 덕분에 저도 이렇게 한몫 챙겼으니 이걸로 퉁 칩시다."

그러면서 묵직한 주머니를 들어 보이며 흔들었다.

"야! 처리는 내가 했는데, 왜 네가 생색이야?"

그때 한 노인을 어깨에 메고 돌아오는 무광이 버럭 소리를 질렀다.

"에이, 사형도 참! 제가 언제 생색을 냈다고 그러십니까?"

무광은 바닥에 점혈 된 노인을 거칠게 내려놓고는 태성을 향해 걸어갔다.

"그래, 회수하느라 고생했으니 삼 할은 너 가져라. 내놔."

그 모습을 본 사람들은 '절대 저 사람들은 정파가 아니다' 라고 생각했다. 저 모습을 보고 어느 누가 정파라고 생각하겠는가? 저 모습은 딱 사파들의 행동이었다.

"쳇! 그냥 사부 모시는 데 씁시다. 뭘 또 나눕니까?"

태성이 사부를 거론하자 무광은 순간 움찔하며 동작을 멈췄다.

'가만? 이 녀석에게 돈을 맡기면 내가 머리 아프게 돈 관리를 안 해도 되잖아? 좋았어.'

순간 좋은 생각이다 싶은 무광은 재빨리 태성에게 말했다.

"그, 그래. 그거 좋은 생각이다. 그럼 앞으로 계산은 사제가 다 하는 거다?"

생각해 보니 저 돈을 핑계로 태성에게 앞으로 여행에서의 모든 계산을 시키는 것이 더 이익이었다.

"하아…… 사형, 진짜 어디 가서 그런 모습 좀 보이지 마십시오. 창피합니다. 제가 아는 그 사람 맞습니까? 아직도 적응이 안 돼요. 적응이."

너무나도 바뀐 무광이 쉽게 적응이 안 되는 태성이었다.

모든 무림인이 존경해 마지않는 절대자의 모습이 저렇다고 하면 아무도 믿지 않을 것이다.

무광은 천룡을 만나고 난 후에 그동안 남모르게 숨겨 왔던 본성이 나오고 있는 것이었다.

그걸 알 리 없는 태성은 적응이 안 되는 것이 당연했다.

"됐다. 이게 내 원래 성격이다. 그동안 연극을 한다고 얼마나 힘들었는데."

그렇게 둘이 대화를 하고 있을 때 표두가 다가와 다시 인사를 올렸다.

"죄, 죄송합니다. 먼저 인사를 올렸어야 하는데 자리에 안 계셔서 저분께 인사를 먼저 올렸습니다."

그러면서 다시 허리를 깊숙이 숙이며 인사를 했다.

이 사람들에게 최대한 잘 보여야겠다고 표두는 생각했다.

특히 사파 고수들은 사소한 것에도 돌변할 수 있으므로 더욱더 신중하고 조심스러웠다.

호랑이 두 마리 사이에 낀 양들 같은 신세처럼 느껴졌다.

"아, 아니오! 그대들에게 말한 것이 아니니 신경 쓰지 않으셔도 되오. 어려운 사람을 돕는 건 당연한 일이니 굳이 그리 인사하지 않아도 되오."

무광이 표두의 인사를 포권으로 받으며 얘기했다.

아까의 모습과는 달리 지금 모습은 어느 정파의 당당한 협객의 모습이었다. 도저히 감이 안 잡히는 표두였다.

"근데 사형, 이놈은 뭡니까?"

태성이 바닥에서 꿈틀거리고 있는 노인을 가리키며 물었다.

모든 사람의 시선이 그쪽으로 돌아갔다.

"아까 그 까만탈 쓴 놈."

그러자 태성이 무광을 바라보며 물었다.

"근데 왜 데리고 왔습니까? 그 자리에서 처리 안 하고?"

사람을 처리하라는 소리를 아무렇지도 않게 하는 태성이었다.

표국 사람들은 오싹함을 느끼며 부르르 떨었다.

아무 소리 없이 그저 무광과 태성이 하는 일만 조용히 지켜볼 뿐이었다.

"이놈이 풍기는 기운이 예전에 어디서 느꼈던 기운인데 기억이 나질 않아서……. 답답하잖아! 일단 조용한 곳으로 데려가서 물어보려고. 뭐 하는 놈인지 들으면 기억이 나겠지. 뭐."

그 말에 태성은 고개를 끄덕이며 표국 사람들을 바라봤다.

태성이 바라보자 다들 화들짝 놀라며 눈을 피하기 바빴다.

"하하, 저희는 신경 쓰지 마시고 가시던 길 가면 됩니다. 이산을 넘을 정도면 급한 물건이라는 건데, 어서 가셔야지요?"

그제야 자신들이 표행을 하고 있었단 사실을 깨달은 사람들이었다.

그들은 무광과 태성의 눈치를 보며 재정비를 하기 위해 우왕좌왕하며 분주히 움직였다.

그런 상황에서 표국주와 표두는 둘이서 무언가를 심각하게 의논하고 있었다.

"국주님, 저들의 정체를 모르니 이건 도박에 가까운 일입니다. 재고하심이 어떻습니까?"

표두가 심각하게 얘기를 하자 표국주는 고개를 저으며 말했다.

"아니에요. 저분들 하시는 행동은 조금 거친 면이 있어도 좋으신 분들 같습니다. 저분들도 이 산을 넘어가는 길이신

거 같으니 동행을 부탁드려 보세요. 솔직히…… 이 산……
하아…… 또 뭐가 나타날지 저는 두려워요."

표국주의 표정이 어두워지며 불안해하자, 표두는 어쩔 수
없이 고개를 끄덕이며 말했다.

"알겠습니다. 그럼 저분들에게 의향을 여쭤보겠습니다. 사
실 저도 이 산이 무섭긴 하네요. 하하."

표국주를 안심시키려고 일부러 웃어 보이며 말하는 표두
였다.

표두는 국주를 안심시키고 무광과 태성이 있는 곳으로 걸
어갔다.

둘은 쪼그려 앉아서 바닥에 누워 있는 노인을 보며 무언가
열심히 대화하고 있었다.

대화하다가 표두가 다가옴을 느끼고 황급히 멈추며 일어
나서 표두가 오는 방향을 바라봤다.

"무슨 일입니까? 무슨 문제라도 있습니까?"

태성이 묻자 표두는 포권을 하며 고개를 숙이고 말했다.

"실례가 되지 않는다면 저희와 동행하지 않으시겠습니까?
저희가 모든 숙식 비용을 부담하겠습니다. 산을 넘고 계신다
면 가는 길에 저희와 함께해 주셨으면 합니다. 솔직히 이 산이
너무 무서워서 더는 가질 못하겠습니다! 부디 도와주십시오!"

그렇게 말하며 더욱 고개를 깊숙이 숙였다.

표두의 말에 무광과 태성은 서로를 바라봤다.

-사형! 어찌합니까? 이건 예상에 없었던 일인데…….

-그러게 말이다. 이거…… 명색이 정파의 기둥이라고 불리는데 저리 말하는 걸 거절할 수도 없고…….

명색이 무황인데 이렇게 자신에게 도움을 요청하는 사람들을 그냥 버리고 갈 수는 없었다.

-그래도 사부는 어쩌고요. 우리가 결정할 문제가 아닙니다. 사형.

-아버지도 허락하실 거다. 그분이 어떤 분이신데 이런 일을 그냥 넘기시겠느냐.

무광의 전음에 태성은 표두를 잠시 바라보다 말했다.

-아니, 사부까지 가세하면 우리의 정체가 들통나잖아요. 우리 정체가 들통나면 지금처럼 여유롭게 여행은 못 해요. 사방에서 우리에게 잘 보이려는 무리가 끝도 없이 나올 텐데요.

고민이었다.

무광과 태성은 표두에게 잠시 생각을 할 시간을 달라고 하고 그들과 조금 떨어진 곳에서 대화를 이어 나갔다.

"무슨 좋은 방법이 없을까? 생각해 보니 내가 아버지를 아버지라고 부르면 저들은 아마 이상하게 생각할 것 같은데……."

"저도 마찬가지예요. 사형…… 사부를 사부라고 부르면 저들이 의심할 것 같고요. 그럼 동행을 해도 피곤해질 것 같아요."

머리를 맞대고 좋은 수가 없을까 생각을 하는 두 사람의 눈에 기대에 찬 눈빛으로 환하게 웃고 있는 표국주와 표두가 보였다.

"하아, 미친다. 진짜······. 어쩔까? 일단은 아버지께 여쭤 보고 결정하자. 그게 나을 것 같다."

"네. 사형. 저희끼리 고민한다고 나올 답은 아닌 것 같네요."

그렇게 결정을 하고 표두에게 저쪽에서 기다리고 있는 일행을 데리고 오겠다며 천룡이 있는 곳으로 움직였다.

천룡의 의견을 따르겠다고 말은 하였지만, 실상은 그냥 천룡에게 미루는 것이나 다름없었다.

멀지 않는 곳에서 바위에 누워 하늘을 바라보며 평화로움을 만끽하고 있는 천룡이 있었다.

"사부!"

그 평화로움을 깨는 목소리는 바로 태성의 목소리였다.

무광과 태성이 나란히 뛰어오고 있었다.

"녀석들 그래. 잘 도와주고 왔냐?"

자리에서 일어나 둘을 반기며 상황을 물어보는 천룡이었다.

둘은 천룡 앞에서 머뭇거리며 상황을 설명했다. 모든 상황을 들은 천룡이 당연하다는 듯이 말했다.

"그런 걸 고민하고 그러냐? 당연히 도와야지. 태성이 너는 약한 사람들을 돕는 것이 꿈이었다고 하지 않았냐? 근데 그런 걸 고민하고 있어!"

"당연하죠. 약한 사람들을 돕는 건 아직도 제가 해야 할 일이 맞죠. 하지만 저희 정체가 들통나면 여행 다니면서 불편함이 많아요. 그래서 그러죠. 무슨 방법이 없을까요?"

천룡은 한숨을 쉬었다. 제자들이 유명한 것도 그다지 좋은 일은 아닌 것 같았다.

한참을 고민하던 천룡이 손뼉을 치며 말했다.

"그거다! 이렇게 하는 것은 어때?"

천룡이 무언가를 생각한 듯하여 보이자 무광과 태성은 눈을 반짝이며 집중하기 시작했다.

"내가 전에 무광이 집에서 하인 노릇을 좀 했는데 말이다."

이제 막 이야기를 시작했는데 갑자기 태성이 벌떡 일어나며 분노했다.

얼굴이 벌겋게 올라오며 무광을 바라보며 소리쳤다.

"뭐요? 하인 노릇요? 사형! 저 말이 사실입니까? 예? 지금 저 말이 사실이냐고요!"

흥분해서 방방 뛰는 태성을 무광이 달래려고 노력했다.

"사제, 오해야! 오해! 아버지 말을 끝까지 들어 봐. 응? 나도 진짜로 몰랐어. 나도 그 사실 듣고 얼마나 놀랐는지 몰라."

따딱!

어김없이 이마에 불똥이 튀었다.

"아악!"

"크윽!"

"이 자식들이 오해고 나발이고 말을 끊어? 어디서 배운 버르장머리야?"

천룡이 화를 내며 벌떡 일어나자 이마를 문지르며 이번엔 천룡을 달랬다.

"사부! 아니에요. 제가 잠시 흥분했어요. 죄송합니다."

"네! 맞아요. 아버지 화 푸세요. 저희가 잘못했어요."

태성이 화를 내는 이유를 너무나도 잘 아는 천룡은 일부러 화내는 척하면서 분위기를 전환시켰다.

"그럼 이제 집중해서 들어라. 알았지? 흠흠, 암튼 내가 무황성에서 잡부를 한 적이 있으니까 그 역할로 가자. 경험이 있으니까 자연스러울 것이니 그걸로 가는 게 가장 좋을 것 같다."

천룡의 생각에 둘은 전혀 맘에 들지 않는다는 표정이 역력했다.

무광은 죄스러운 표정으로 고개를 푹 숙이고 있었고, 태성은 반대 방향으로 고개를 돌린 채 입이 댓 발은 나와서 대놓고 싫다고 표정으로 말하고 있었다.

"아! 연기잖아! 연기! 연기 몰라? 그냥 좋은 추억이라 생각하고 한번 해 보자. 어떠냐?"

"아무리 연기래도 그건 좀…… 아닌 것 같은데요……. 가

뜩이나 제 밑에서 일하셨다는 것도 제 평생 한인데……."

"맞아요. 사부 다른 방법을 생각해 봐요. 저희가 어찌 사부를 잡부 취급합니까? 가장 좋은 것만 해 드려도 지금 부족한 마음인데…… 절대 인정할 수 없습니다!"

기특한 제자들이었다.

자신을 지극히 생각하는 저 마음들이 천룡을 행복하게 해 주고 있었다.

그때 태성에게 번뜩이는 생각이 떠올랐다. 잡부가 마음에 안 들면 그 지위를 바꾸면 되는 거였다.

"사부, 저한테 좋은 생각이 났어요!"

무언가 엄청 마음에 드는 생각이 떠올랐는지 환하게 웃는 태성에게 천룡과 무광이 어서 말해 보라는 눈빛을 던지며 바라봤다.

"잡부는 저희가 사부를 좀…… 막 대해야 하는 역할이잖아요. 그래서 꺼림칙한 것이니 그 지위를 바꾸죠. 이를테면 어느 한 장원의 장주님요. 저희는 호위하는 거죠. 어때요? 그럼 사부에게 지금처럼 공경의 예로 모실 수 있어요."

"오, 그거 정말 좋은 생각이다. 이야, 역시 사제 대단하다. 대단해. 아버지 이걸로 가죠. 이게 가장 좋은 방법인 것 같습니다."

천룡도 그 말에 수긍했다.

아이들이 맘에 들지 않는 방법을 군이 고집할 필요는 없었으니까 말이다.

"그래! 그럼 그렇게 하자! 그럼 지금부터 나를 장주님이라고 불러라!"

천룡의 허락이 떨어지고 모든 것이 해결되자 그들은 짐을 챙겨 표국 사람들이 모여 있는 곳으로 향했다.

물론 가는 길에 상황극을 충실히 하기 위해서 연습에 연습하는 것은 잊지 않고 말이다.

그렇게 그들은 표국 사람들이 있는 장소로 이동했다.

"오래 기다리게 해서 죄송합니다. 하하, 저희 장주님께 상황 설명을 좀 드리느라고……."

태성은 자신의 옆에 있는 천룡을 가리키며 말했다.

그러자 표국주와 표두가 격렬하게 손사래를 치며 다급하게 말했다.

"아닙니다. 저희 부탁을 들어주신 것만으로도 감사한 마음뿐인데 사과라니요."

"네! 맞아요. 공자님 저는 천룡표국(天龍鏢局)의 국주(局主)인 유가연(柳珂姸)이라고 해요. 저희와 동행을 허락해 주신 공자님께 감사의 인사를 드립니다."

표국주가 자신의 소개를 하며 얼굴에 쓴 면사를 벗자 천룡의 표정이 묘하게 변했다.

─가가, 제 이름은 유가연이에요. 꼭…… 꼭…… 기억하셔

야 합니다. 꼭요.

기억 속에서 누군가 자신의 손을 꼭 붙잡으며 자기를 꼭 기억해 달라고 부탁하는 장면이 떠올랐다.

그동안 한 번도 보이지 않았던 잃어버린 기억의 조각이었 기에 천룡의 표정이 시시각각 변했다.

그런 천룡의 반응에 주변 사람들이 당황하기 시작했다.

유가연은 자신이 무슨 실수를 한 것으로 생각하며, 안절 부절못하고 있었고 무광과 태성은 다른 의미로 당황하고 있 었다.

—사제, 저 눈빛 아무래도 심상치 않아 보이지?

태성에게 전음을 날리는 무광이었다.

—그러게요. 저 눈빛은 무언가 잊었던 것을 찾았을 때 눈빛인 데…… 가령 예를 들면 첫사랑이라든가……. 아! 저기 국주가 사부 이상형인가 봐요.

과거의 조각과의 만남에서 나온 표정은 여러 사람에게 전 혀 상반된 오해를 불러오고 있었다.

그도 그럴 것이 지금 천룡의 표정은 무언가 아련함과 그리 움 그리고 애정이 가득 담긴 눈이, 자신도 모르게 계속 시시 각각 변하고 있었다.

—네가 봐도 그렇지? 하긴 울 아버지 너무 오랫동안 혼자셨 어. 하아. 그것도 생각 못 하다니……. 아버지도 남자이신

데……. 이런 게 자식이라고…….

−하아…… 저도 그건 미처 생각 못 한 부분이네요. 반성해야겠네요.

무광과 태성의 오해가 점점 현실이 되어 가고 있었다.

−지금 면사를 벗은 모습을 보니 아름다우신 얼굴이다. 심지어 분칠도 안 했는데도 저 정도니 정말 대단하다. 아버지께 너무 잘 어울릴 것 같은데 사제는 어떤가?

−하하. 사형 생각이 바로 제 생각입니다. 그리고 보니 이거 인연도 보통 인연이 아닌 듯싶네요. 표국 이름도 사부 성함과 같고요.

묘하게 그들이 오해하는 방향으로 모든 것이 흐르고 있는 것이었다.

유가연은 황급히 고개를 숙이며 말했다.

"죄, 죄송해요! 혹시 제가 무슨 실수라도?"

그 소리에 정신이 돌아온 천룡은 그제야 자신의 실수를 깨닫고 사과를 하였다.

"아? 아! 이런…… 죄송합니다. 잠시 과거 생각이 나서요. 이런 실례를……. 저는 운가장의 운천룡이라고 합니다. 저희야말로 잘 부탁드립니다."

그들은 이곳으로 이동하면서 이미 소속까지 만들어 놓은 상태였다. 운천룡이니 그냥 편하게 운가장이라고 정한 것이었다.

어차피 이번 한 번만 쓰고 말 것이니 대충 지은 것이었다.

하지만 무광과 태성은 지금 다른 생각을 하고 있었다.

–아버지가 저렇게 반하실 줄 알았다면 좀 신경 써서 이름을 지을 것을 그랬나?

그 말에 태성은 고개를 저으며 전음을 보냈다.

–운가장이 어때서요? 저는 운치 있고 좋은데요. 그나저나…… 이제 가상이 아니라 현실로 만들어 놔야겠네요?

태성의 말에 무광은 고개를 끄덕이며 무언가를 생각했다.

그사이에 천룡은 유가연의 오해를 풀고 이런저런 소소한 이야기를 나누고 있었다.

그 모습이 무광과 태성의 눈에는 어찌나 다정한지 너무나 잘 어울려 보였다.

–사제! 만들자! 운가장을 만들면 돼! 없으면 만들면 되지 무슨 걱정이야?

무언가를 열심히 고심하더니 태성에게 전음으로 자기 생각을 말했다.

그 말에 태성 역시 고개를 힘차게 끄덕이며 동의를 하였다.

–그럼 어디에 만들죠? 위치도 중요하지 않아요? 최대한 천룡표국과 가까운 곳으로 잡아야 할 텐데…….

–아, 그렇구나? 근데 천룡표국이 어디에 있는 표국이냐? 난 오늘 첨 듣는데?

-소제도 잘…… 천천히 같이 이동하면서 일단 저들의 정보를 좀 알아야겠어요. 그 후에 소제가 방에 연락해서 그럴듯한 장원을 사들여서 꾸며 놓으라 하면 되지 않겠습니까?

　태성이 자신이 장원을 사겠다고 말하자 무광이 펄쩍 뛰며 말했다.

　-그걸 네가 왜? 혹시라도 사파로 오해받으면 그거 엄청 골치 아파진다. 차라리 내가 본 성에 연락해서 말하마.

　무광의 전음에 기분이 상한 태성이었지만 딱히 반박은 하지 않았다. 자신과 사형은 서로의 오해를 풀었기에 이렇게 지낼 수 있지만, 다른 사람들의 편견은 아직 그대로이기에 차마 반대를 할 수 없었다.

　그것이 자기 일이었다면 강하게 나갔겠지만, 다른 사람도 아닌 자신의 사부가 정착해야 할 곳이니, 그런 분란이 일어나는 것은 자신도 원하지 않았다.

　-미안하다. 내 말은 그 뜻이 아니고…….

　태성의 표정을 보고 아차 싶은 무광이 황급히 전음으로 사과를 했다.

　하지만 태성이 오히려 별일 아니라는 듯이 웃으며 괜찮다고 말했다.

　-소제가 생각이 짧았지요. 천룡표국이 있는 곳이 정파 영역인지 사파 영역인지도 모른 채 정하려 했으니……. 사형 말도 일리가 있습니다. 일단 저들에 대해 알아보고 나서 다시 이야기

하죠.

태성의 의견에 고개를 끄덕이는 무광이었다.

둘이 이렇게 심각한 대화를 하고 있을 때 저 멀리서 천룡이 말했다.

"뭐 해? 이제 출발하자."

고개를 돌려 천룡이 있는 곳을 바라보니 벌써 표국 사람들은 출발 준비를 끝내고 자신들을 기다리고 있었다.

"네! 갑니다!"

천룡은 자신을 위해 무엇을 꾸미는지도 모른 채, 저기서 달려오는 든든한 자신의 아이들을 보며 웃을 뿐이었다.

그렇게 모두가 떠난 자리엔 기절한 귀면탈 무리와, 무광이 다른 것에 정신이 팔려 잊어버리고 놔두고 간 노인만이 남아 있었다.

한참 후 하늘에서 한쪽 눈에 안대를 찬 괴인이 나타나 노인이 누워 있는 곳으로 다가갔다.

그 괴인은 쓰러져 있는 노인 앞에 서서 사방을 둘러보더니 혀를 차며 말했다.

"쯧쯧. 그렇게 자신만만하더니……. 실패를 했군. 생각보다 표국의 무력이 대단했나? 이들이 이렇게 당할 정도라……."

그러고는 기절해 있는 노인에게 다가가 점혈 되어 있는 그를 깨웠다.

천라무적
운가장

괴인의 내력에 노인은 정신을 차리며 주변을 두리번거렸다.

그리고 극한의 경계를 하며 괴인을 바라보았다.

"완전히 망가졌구나. 제 놈의 상관도 못 알아보고……."

정신을 차리고 괴인을 알아본 노인은 그제야 무언가 할 말이 있다는 눈빛으로 괴인을 바라봤다.

"변명이라도 하고 싶은 게냐? 실패는 곧 죽음이다. 편히 가도록 해라."

그 말과 함께 괴인이 손을 들어 올리자, 노인의 동공은 크게 확장되면서 재빨리 입을 열었다.

"제, 제 말을 좀 들어 주십시오!"

재빨리 엎드리며 괴인에게 간절하게 외치는 노인이었다.

괴인은 잠시 멈칫하더니 손을 내리며 말했다.

"그래. 마지막 가는 길 소원이라니 들어는 주마. 말해 보아라."

곧 죽음이 자신을 찾아올 것이라는 두려움에 몸을 부르르 떨며 간신히 입을 여는 노인이었다.

"예, 예상치 못한 고수들이 있었습니다! 교에는 전혀 보고되지 않은 숨은 고수들이……."

"허허…… 그래. 그 숨은 고수들은 어느 정도 경지였더냐?"

어느 정도 경지인지 어찌 안단 말인가? 워낙에 순식간에 당한 터라 무슨 일이 있었는지조차 몰랐는데.

말을 못 하고 우물쭈물하자 괴인이 다시 혀를 차며 말했다.

"쯧쯧. 변명도 하려면 제대로 해야 할 것이 아니냐? 제 능력이 부족한 것을 급하게 핑계를 대려니 말이 안 나오는 게지."

노인은 그것이 아니라고 말을 하려 했다.

하지만 그런 기회는 오지 않았다.

"우리 교에 너처럼 약한 놈은 필요가 없다! 인제 그만 가거라."

괴인의 손가락에서 지풍(指風)이 날아와 노인의 머리를 박살 내 버렸다.

자신의 앞에 무너지듯이 쓰러지는 노인의 시체를 바라보며 인상을 쓰며 중얼거렸다.

"좋지 않아. 뭘까? 이 찝찝한 기분은…… 괜히 죽였나? 더 들었어야 했나?"

그러고는 기절한 다른 귀면탈들도 모두 죽이고 화골산(化骨散)을 뿌려 흔적을 모두 지우는 그였다.

"뭐, 어쩔 수 없지. 하지만…… 이제 얼마 남지 않았다. 후후."

의미심장한 말을 남기고 자취를 감추는 그였다.

표국 사람들과 헤어지고 장가계를 둘러본 후에 다시 천검 문으로 돌아가는 길이었다.

돌아오는 내내 천룡의 표정은 좋지 않았다.

무언가를 계속 생각하고 있었다.

그러한 모습은 무광과 태성에겐 다른 모습으로 보이었다.

-사형. 이거 빨리 서둘러야겠어요. 사부가 계속 우울하신 것 같아요. 정보는 다 얻으신 거죠?

-응! 이제 정보도 다 얻었고 애들에게 위치도 잘 알아보라고 했으니까 어서 서둘러서 계획을 수행해야겠다.

둘이 이렇게 열심히 전음을 날리고 있을 때 천룡이 그들에 게 말했다.

"우울한 거 아니다. 그냥 생각할 것이 있어서 그런 것이다. 그런데 무엇을 준비한다는 것이냐? 위치는 뭐고? 계획은 또 뭐냐?"

갑작스러운 천룡의 말에 둘은 정말 깜짝 놀랐다.

설마 전음을 들을 줄은 몰랐다.

둘이 엄청나게 놀란 눈으로 어버버 하고 있으니 천룡은 피 식 웃으며 말했다.

"왜? 둘이 몰래 속닥거리는 거 들키니까 찔리냐? 또 나 몰 래 무슨 일을 꾸미는 것이냐?"

정말 놀랐는지 말까지 더듬으며 말하는 무광이었다.

"아, 아버……지. 어찌…… 전음을? 그, 그게 가능합니까?"

"그게 뭐 어려운 일이라고……. 자연스레 들리는 것을 안 들린다고 할 순 없지. 이렇게 가까운 거리에서는 다 들린다."

그 말에 무광과 태성은 서로를 바라보며 동그랗게 뜬 눈을 교환했다.

어떠한 경지에 올라야 천룡처럼 된다는 말인가?

"이놈들아, 눈 빠지겠다. 그래. 이번엔 또 뭐냐? 무슨 일을 꾸미고 있는 것이냐?"

천룡의 말에 둘은 아직 자신들의 모든 계획이 들통 난 것은 아니라는 생각에 안도의 한숨을 돌리며 말했다.

"아버지도 이제 슬슬 자리를 잡으셔야지요. 그래서 그것을 얘기하고 있었어요. 어디에 자리를 잡으시는 것이 좋은가 하고요."

"네! 맞아요! 사부도 이제 세상에 정착하셔야지요. 솔직히 저희가 모시고 싶지만…… 서로 모시고 가려 하니, 그냥 한 곳을 정해서 정착하시게 하고 저희가 가는 게 더 나을 듯싶어요."

무광과 태성의 생각을 들은 천룡은 그것도 일리가 있다 생각했다.

여기 올 때 이미 한번 둘이 서로 자기가 모시겠다고 한판 붙지 않았는가. 역시나 기특한 녀석들이었다.

"하하하. 역시 내 새끼들이구나. 고맙다. 그런 생각까지 하고 있다니…… 그래? 어디로 정했나?"

천룡의 물음에 태성이 나중에 설명하려고 미리 준비한 답변을 말하기 시작했다.

"일단은 저희의 영역에서 가까운 곳을 찾았어요. 찾다 보니 그중에 제일 괜찮은 곳이 섬서성(陝西省)이더군요. 그래서 그곳 중 한 지역에 장원을 마련하고 운가장이라 이름 지어서 사부를 모시려고요. 장원 이름은 마음에 드세요?"

태성이 운가장이라는 말을 하자, 천룡은 갑자기 마음이 뭉클해졌다.

세상에 항상 혼자 외로이 갈 곳 없는 신세라 생각하며 살아왔는데 이제 어엿한 자신의 집이 생긴다고 하니 감회가 남달랐다.

자신의 성을 딴 집이다. 거기에 자신의 제자들이 직접 만들어 주는 보금자리다.

천룡에게는 세상에서 가장 소중한 장소가 될 것이다.

그렇게 감격에 겨워 말을 잇지 못하는 천룡을 보니 무광과 태성의 마음도 뿌듯해졌다.

"고, 고맙다……. 정말로 행복하구나."

천룡이 심하게 감격해하며 고맙다고 말하자, 행복한 표정으로 천룡을 바라보며 웃는 두 사람이었다.

그러다가 분위기를 전환하고자 무광이 다른 주제를 꺼내 들었다.

"그나저나 둘째는 돌아왔는지 모르겠군요."

무광이 말하자 태성은 갑자기 한숨을 쉬며 말했다.

"아…… 둘째 사형 쪽 애들이랑은…… 진짜 앙숙인데…… 저는 빠져야 할까 봐요. 가면 또 시끄러워질 것이 뻔한데……."

너무나도 유명한 일화다.

현재 천검문의 문주이자 일섬검제라 불리는 무유성과 사황 용태성의 일전은 두고두고 회자된다.

심지어 그 대결에서 진 무유성은 언젠가 자신이 받은 그 패배의 빚을 갚아 주겠다고 벼르고 있기도 했다.

자신을 보자마자 검을 빼 들고 덤비지나 않으면 다행이었다.

그러니 고민이다.

자신이 가면 분명 난리가 날 것이 분명했으니까.

그러한 태성의 고민을 한결 편하게 해 주는 무광이 있었다.

"사제, 걱정하지 마! 내가 중재해 줄게. 내 말도 안 들으면…… 내가 한판 하지, 뭐."

그러면서 태성을 바라보며 웃는 무광이었다.

며칠 동안 같이 여행을 하면서 엄청 많이 가까워진 두 사람이었다.

그런 무광을 보며 피식 웃는 태성이었다.

"그래. 그런 걱정하지 마라. 우리는 가족이다. 둘째에겐 나
도 잘 얘기하마."

천룡까지 가세하자 태성은 마음이 포근해지면서 든든해졌
다.

사실 사파라는 굴레는 자신이 선택한 것이지만, 자신만 빼
고 모두가 정파 쪽이라는 사실에 왠지 혼자만 겉도는 기분이
들었던 태성이었다.

하지만 지금 자신의 사부가 보여 주는 저 굳건한 믿음과
사형이 보여 주는 애정 어린 눈빛은 태성에게도 하여금 그런
생각을 날려 버리게 해 주었다.

"감사합니다. 사부. 그리고 사형. 하하하."

다시 표정이 밝아진 태성을 보며 다 같이 웃는 세 사람이
었다.

천검문에 도착하자 천검문주 무유성이 달려 나와 무광을
반겨 주었다.

"헉! 설마, 경지가 더 오르신 것입니까?"

무광의 달라진 모습에 깜짝 놀라며 묻는 무유성이었다.

"허허허, 그리되었네."

"축하드리옵니다! 무림의 홍복이옵니다!"

포권을 하며 축하를 하는데, 무광의 뒤에 있는 인물 쪽으로 자꾸 눈이 갔다.

유난히 거슬리는 붉은 머리와 어디선가 본 듯한 얼굴.

그리고 아까부터 계속 신경을 거슬리게 하는 기운.

'뭐지? 붉은 머리? 어디선가 본 듯한 재수 없는 얼굴……어려졌……!'

"요, 용태성!"

젊어졌기에 잠시 착각을 했지만, 이 기운과 저 눈빛은 자신이 하루에도 수십 번씩 곱씹던 적수의 그것이었다.

문주의 입에서 나온 이름에, 그 옆에 있던 무사들이 일제히 검을 뽑아 들었고, 사방에서 비상 소리가 울려 퍼졌다.

순식간에 분위기가 돌변하는 천검문이었다.

항상 평화롭던 천검문에 차가운 살기들이 넘실거리고 있었다.

"네 이놈! 이곳이 어디라고 그 낯짝을 들이대느냐!"

역시 태성이 문제였다.

태성을 보자마자 천검문에는 비상이 걸린 것이었다.

순식간에 소속되어 있는 모든 무사가 소집되어 천검문의 거대한 광장에 모여들었다.

천검문 역사에서 유일하게 문의 명예에 먹칠을 한 사람이었기에 더욱더 빠르게 모여든 것이었다.

태성은 어느 정도는 짐작했지만 지금 그들의 반응은 자신의 상상 이상이었다.

전 문도가 소집될 줄은 몰랐다.

이렇게 일이 커질 줄 알았다면 그냥 자신은 객잔에서 머물 것을 그랬다.

그때 담무광이 나섰다.

"어허, 이보게! 이게 무슨 짓인가? 어서 검을 거두시게."

무광이 짐짓 엄한 표정으로 말을 하였으나 천검문주 무유성은 분노한 표정을 유지한 채 담무광에게 말했다.

"무황께서야말로 이게 무슨 짓입니까? 저희 천검문을 욕되게 하시려고 하는 겁니까? 저자와 저희 문파의 관계를 아시면서 당당하게 데려오신 연유가 도대체 무엇입니까?"

무유성이 분노에 찬 목소리로 오히려 무광에게 따지며 들었다.

그 자리에서 천룡은 나설 수 없었다.

무천명이 없으니 자신이 나서 봤자 저들의 눈엔 건방진 애송이가 감히 끼어든다고 생각할 게 뻔했다.

무광과 태성의 눈에는 그러한 천룡이 들어왔다.

그 모습을 보니 그냥 돌아가는 것이 나을 듯싶었다.

"알았네. 진정하시게. 그냥 돌아감세. 내 나중에 다시 오겠네."

그렇게 말하고 모두를 데리고 돌아가려고 몸을 돌리려는

데 살기가 느껴졌다.

무유성의 검이 태성을 가리키고 있었다.

"저자는…… 두고 가십시오!"

무유성은 살기를 내뿜으며 태성을 노려보며 말했다.

사실 무유성은 이러한 성격이 아니었다.

아버지인 천명의 성격을 닮아 매사에 허허거리며 주변 사람들에게 예를 다하며 편하게 해 주는 그런 성격이었다.

하지만 태성과의 관계에선 그게 아니었다.

자신의 유일한 오점이며 언젠가는 쓰러뜨려야 할 적이었다.

그래도 저렇게까지 분노할 일은 아니었지만, 다른 이도 아니고 무황이 태성을 두둔하자 그의 분노가 폭발한 것이었다.

오랫동안 태성과 비교를 당하며 쌓인 자격지심(自激之心)이 무광이라는 계기로 터진 것이었다.

무광 또한 좋은 기분은 아니었다.

중원 천하에 자신에게 살기를 내보이며 저리 말하는 사람은 존재하지 않았다.

그것이 무황 담무광의 자존심에 금이 가게 했다.

무광의 기세가 바뀌었다.

기(氣)의 바람이 무광의 몸을 뒤덮으며, 모든 옷자락과 머리카락을 펄럭이게 했다.

"감히…… 그대가…… 내…… 앞에서 살기를 내보인 것인가?"

무광의 눈에 검은자가 진해지면서 분노를 담은 목소리가 입에서 흘러나왔다.

그 모습에 모든 천검문의 무사들은 당황하였다.

지금 자신들의 적은 무황이 아니라 저기 뒤에 서 있는 사황이었다.

그런데 정작 기세를 일으키며 자신들과 싸우려고 하는 자는 현 무림최강이라는 무황이었다.

오히려 말리고 있는 사람이 사황이었다.

그러니 이러지도 저러지도 못하는 것이다.

무황을 공격한다?

절대 있을 수 없는 일이다.

여기 있는 모두가 덤벼도 이길 수 없을뿐더러 무황을 공격했다는 소리가 나오면 바로 무황성과는 철천지원수가 된다.

그뿐인가?

무림의 절대적 영웅을 공격했다는 이유로 천검문은 무림 공적이 될 것이 자명했다.

심지어 설상가상으로 그의 옆에는 사황까지 함께하고 있었다.

그런데 그 뒤에 일어난 일은 더욱더 그들을 놀라게 하였다.

"무광아, 그만하고 기세를 거둬라."

보다 못한 천룡이 나선 것이었다.

현재 이 상황을 진정시킬 수 있는 사람은 자신뿐이라고 생각을 한 것이었다.

그러나 그 모습을 본 천검문의 사람들은 다른 생각을 하였다.

천하의 무황의 이름을 아무렇지도 않게 부르는 것도 모자라 하대를 하고 있었다.

저 청년의 정체가 무엇이든 분위기 파악을 못 하고 함부로 농담을 날리며 나섰으니, 이제 무황의 분노에 찬 일격을 받을 것으로 생각을 했다.

하지만 그들이 예상했던 그런 일은 일어나지 않았고, 오히려 살기를 내뿜고 있는 무유성까지 당황하며 기세를 거두게 만드는 일이 벌어졌다.

"아……! 네! 아버지. 죄, 죄송합니다. 소, 소자가 그만 흥분하여……."

잽싸게 몸을 돌려 자신에게 하대한 청년에게 고개를 조아리며 사과를 하는 것이었다.

그런데 사과를 하면서 말하는 내용이 더 기가 막혔다.

다들 자신들의 귀를 후비고 또 후볐다.

아버지란다.

이보다 더 놀라운 기사(奇事)가 또 있을까 싶었다.

그 모습에 무유성은 황당함에 얼이 빠져 있었다.

그런데 뒤이어 나오는 태성의 말에 팔에 힘이 빠져 그만 검을 땅에 떨어뜨렸다.

"사부…… 죄송해요. 괜히 저 때문에……."

공포의 대명사인 사황 역시 저 청년에게 고개를 조아리며 사과를 하고 있었다.

그리고 또한 그의 입에서 나온 단어가 그들의 정신을 하늘 높이 날아가게 했다.

이번엔 사부란다.

아버지에 이어 사부까지 나왔다.

저 어린 청년에게 무림의 최강자들이라는 무황과 사황이 쩔쩔매며 존대를 하는 것이었다.

사방에서 무기를 떨구는 소리가 들려왔다.

살기가 넘실대던 천검문에 고요한 정적이 찾아왔다.

정신을 차릴 수 없는 무유성이 힘겹게 말을 내뱉었다.

"이, 이게 무……슨? 지, 지금…… 저를 놀리시는…… 겁니까?"

아무리 생각을 해 봐도 이해가 되지 않는 상황이었다.

사람이 전혀 경험하지 못한 큰일을 당하면 모든 생각이 멈춘다고 하더니 그 말이 사실이었다.

아무 생각도 나지 않았다.

이건 예상조차 할 수 없는 일이었기에 더욱더 심했다.

살벌했던 분위기가 일순간에 가라앉았다.

너무나 놀랍고 황당함에 싸울 마음까지 사라진 것이다.

"미안하네. 자네가 이렇게까지 막내 사제와의 싸움을 마음에 담아 두고 있을지는 몰랐네. 휴우, 나 또한 나잇값도 못하고 따라 흥분해서 미안하네."

무광은 무유성에게 사과를 하였다.

근데 사황을 막내 사제라고 친근하게 부르는 모습이 무유성의 눈에 들어왔다.

"그, 그게…… 서, 설마? 사……제지간입니까?"

무유성의 말에 무광은 고개를 끄덕이며 답했다.

"그러네. 자네들이 아는 사황과 나는 서로 사제 간일세. 나도 최근에야 알았지. 저기 저분이 바로 나의 아버지이시자 사황의 사부님일세. 경지가 워낙에 높으셔서 어려 보이시는 것이니 오해 마시게."

그 말에 무유성은 이 이상 놀랄 일은 앞으로 없으리라 생각했다.

"이게 무슨 일이냐! 무슨 일이기에 이 소란이냐?"

그때 천검문의 정문 밖에서 대노한 목소리가 들려왔다.

사람들은 그 목소리의 정체를 확인하고는 정신을 추스르고 일제히 부복했다.

"대(大)천검문 태상문주님을 뵈옵니다!"

일제히 부복한 수천 명의 사람이 있는 거대한 광장 사이로 모습을 드러내는 검황 무천명이었다.

그의 눈에 무황과 사황이 들어왔다.

무천명은 대번의 그 둘의 기세를 읽고는 누구인지 파악했다.

"허허, 이거 무황께서 이런 누추한 곳을 찾아오실 줄은 몰랐습니다. 그리고…… 사황께서도 오실 줄은 정말 상상도 못했군요."

허허하고 웃으며 둘에게 말하는 무천명이었다.

검황 무천명의 등장에 천검문의 사람들은 다시 기세가 오르기 시작했다.

하지만 그 기세가 다시 놀라움으로 바뀌는 데는 그리 오랜 시간이 걸리지 않았다.

무천명의 인사를 받는 두 사람의 틈에서 한 명의 인영이 나왔다.

둘의 모습에 가려져서 보이지 않았던 단 한 사람의 등장.

그리고 그 한 사람의 입에서 나오는 놀라운 말들.

"천명아…… 그동안 잘 지냈느냐?"

세상에서 가장 청량한 목소리가 무천명의 귀를 씻기며 들어가고 있었다. 무천명은 그 자리에서 석상이라도 된 듯 미동조차 하지 않았다. 그저 가만히 격하게 떨리는 동공으로 천룡을 바라만 보고 있을 뿐이었다.

"뭘 그리 저승 갔다가 살아 온 사람을 보듯이 보느냐? 사부가 반갑지 않은 것이냐?"

환상이 아니었다.

계속해서 자신이 그토록 듣고 싶어 했던 목소리가 귀를 때리고 있었다.

제발 한 번만이라도 보게 해 달라며 간절히 기원하고, 또 바라던 소원이었다.

그것이 지금 무천명의 눈앞에서 펼쳐진 것이었다.

무천명의 입에서 심하게 갈라진 목소리가 흘러나왔다.

"사, 사, 사⋯⋯부님?"

"오냐⋯⋯. 그래도 기억은 해 주는구나?"

천룡이 농담처럼 얘기하자 무천명이 닭똥 같은 눈물을 흘리며 고개를 힘차게 저었다.

눈물이 사방으로 튀는 것도 모른 채⋯⋯.

"사, 사부님! 어찌⋯⋯ 그, 그런 소리를 하십니까? 기억은⋯⋯ 해 주다니요? 제자 단⋯⋯ 하루도⋯⋯ 사부님을 잊은 적이⋯⋯ 없습니다."

그렇게 말하며 몸이 굳은 채로 자리에 서 있는 무천명에게 천룡이 다가가 그를 꼭 안아 주었다.

"그래그래. 내 착한 제자야. 나 또한 널 하루도 잊은 적이 없었다."

천룡의 따뜻한 온기가 무천명의 온몸을 휘감기 시작했다.

온기가 느껴지니 이제야 실감이 나기 시작하는 무천명이었다.

현실이었다.

하늘에 감사했다.

이 순간이 제발 꿈이 아니기를 빌고 또 빌었다.

그런 생각을 하다가 무언가가 떠올랐는지 황급히 천룡을 떼어 내고는 자리에 엎드리는 무천명이었다.

"제자! 무천명! 이제야 사부님께 인사 올립니다! 이, 이제야…… 이제야…… 인사…… 올리는 제자를…… 용서해 주십시오……."

그리 말하며 정성을 다해 절을 올리는 무천명이었다.

그 모습에 부복해 있던 천검문의 모든 문도가 고개를 번쩍 들고는 눈알이 튀어나올 정도로 경악을 했다.

특히나 더는 놀랄 일은 없으리라 생각했던 무유성은 기절하기 일보 직전이었다.

너무 놀라서 바닥에 주저앉았는지도 모른 채 멍하니 바라만 보고 있었다.

무황(武皇), 검황(劍皇), 사황(死皇).

무림의 하늘이라 불리는 절대삼황(絕對三皇)이 한 사부의 동문이었다는 사실을 그 어느 누가 믿겠는가?

"이제야…… 이제야 너를 찾아와서 미안하구나……."

"흐흐흐, 흑흑흑!"

천룡의 사과에 무천명은 그저 바닥에 엎드려 울기만 했다.

그러한 무천명의 등을 토닥여 주는 천룡이었다.

그렇게 한참을 울더니 고개를 들어 다시 천룡의 얼굴을 자세히 보는 무천명이었다.

"사부님은…… 예전 모습 그대로이시군요. 전혀 변하지 않은 모습을 보니 제자 너무나도 기쁩니다. 아 참! 사부님이 부탁하신 일 전부 다 했습니다. 그러니 이제 제자, 사부님 곁에서 있어도 되는 거겠죠?"

무천명의 말에 천룡이 순간 움찔하였다.

무천명을 내보내기 위해 했던 거짓말을 이 녀석은 진짜로 믿고 전부 한 것이었다.

그러한 무천명을 다시 안아 주며 사과하는 천룡이었다.

"미안하다. 그건 내가 널 내보내기 위해 한 거짓말이었는데…… 그게 널 이리 고생시킬 줄은 몰랐구나."

천룡의 말에 무천명은 고개를 흔들며 말했다.

"아닙니다! 사부님! 거짓이든 아니든 저는 뭐든 좋습니다! 고생해도 좋고요. 그저 이제 사부님 곁에서 머물게 해 주세요……."

그의 말에서 앞으로 절대 무슨 일이 있어도 떠나지 않겠다는 굳은 다짐이 보였다.

그 말을 하더니 벌떡 자리에서 일어나 이미 제정신이 아닌 자신의 문도들에게 말했다.

"모두 들어라! 여기 이분이 바로 내 하나뿐인 사부님이시다! 모두 정중하게 인사드리거라!"

무천명이 말을 했지만 이미 믿을 수 없는 상황에 정신이 붕괴한 문도들과 무유성은 그 말을 제대로 듣지 못했다.

바보스러운 얼굴들을 하고는 움직임이 없자, 무천명이 진각을 밟았다.

쾅!

그와 동시에 바닥이 크게 흔들리며 사람들에게 충격을 주었다. 몸에 일시적인 충격이 오니 그제야 정신을 차린 사람들이었다.

"뭣들 하느냐! 어서 나의 사부님께 정식으로 인사 올리치 않고!"

서릿발 같은 호통 소리가 들리자 다들 황급히 그 자리에서 절을 올리며 인사를 하는 사람들이었다.

"태, 태사부님을 뵈옵니다!"

수천 명이 일제히 인사를 하는 장관을 뒤로하고, 무천명은 자신의 사부를 모시고 안으로 들어가고 있었다.

그 뒤를 무황과 사황이 따라가고, 또 그 뒤로 무유성이 정신 나간 표정으로 축 처진 모습으로 따라가고 있었다.

천룡과 그의 제자들이 모두 천검문의 내실에 모였다.

내실 안 탁자에는 술상이 차려져 있었다.

무천명이 공손하게 천룡에게 술을 올리며 말했다.

"사부님, 정말 놀랐습니다. 하하, 무광 사형과 태성 사제가 저의 동문이었다니요. 역시 사부님이십니다."

"내가 뭐 한 게 있나? 자기들이 알아서 크고 명성을 얻은 것이지. 너희들이 정말 자랑스럽다. 정말 죽어도 여한이 없다는 소리는 이럴 때 쓰는 소리라는 걸 절실히 느끼고 있단다."

천룡의 말에 셋은 단체로 입을 모아 말했다.

"그것이 무슨 큰일 날 소립니까!"

농담이라도 그런 소리는 하지 말라는 표정들이 역력했다.

심지어 천명은 울먹거리고 있었다.

"이 녀석들이? 농담도 구분 못 하냐? 뭘 그리 놀라고 그래? 어디 가라고 등 떠밀어도 절대 안 갈 테니 앞으로 각오들 해라. 이번 기회에 나도 제자들 수발 들으며 살아 봐야겠다."

그제야 세 사람은 안도의 한숨을 쉬었다.

"네! 아버지. 아버지가 제발 좀 혼자 두라고 하셔도 절대로 아버지 곁에서 안 떨어질 겁니다! 아버지 각오하십시오! 하하!"

무광의 말에 천명과 태성은 격하게 고개를 끄덕이며 공감을 표했다.

그렇게 서로의 안부를 물으며 담소를 나누고 있을 때, 천명의 부인인 남궁유미가 음식을 들고 들어왔다.

음식을 들고 들어오는 유미의 모습은 잔뜩 긴장한 모습이었다.

그 모습에 천룡이 일어나 음식을 대신 받아 주며 말했다.

"이름이 남궁유미라 하였지? 혹 남궁건을 아는가?"

그 말에 남궁유미는 깜짝 놀라 천룡을 쳐다보았다.

자신의 지아비인 천명의 사부가 직접 이렇게 자신에게 질문해 올 줄은 예상하지 못했던 것이었다.

천룡은 이미 무황성에서 한 번 경험하였기에 지금 이 상황이 유미에게 얼마나 당황스럽고 혼란스러운지 잘 알았다.

그랬기에 부담을 주지 않으려고 전에 객잔에서 만났던 남궁건이란 사람에 관해 물은 것이었다.

같은 남궁이니 혹시 알까 싶어 궁금한 것도 있었다.

자신이 세상에 나와 처음 마음에 든 남자이기도 했으니 말이다.

하지만 이미 머릿속이 하얗게 변한 남궁유미는 대답을 하지 못하고 있었다.

그러한 남궁유미를 대신하여 무천명이 나섰다.

"제 부인이 지금 좀 많이 혼란스러운가 봅니다. 그런데 건이를 어찌 아십니까? 그 아이는 제 처조카입니다."

오히려 더 궁금하다는 듯이 무천명이 물었다.

"아, 전에 객잔에서 우연히 같이 밤을 보냈다. 그때 보니 사람이 참 좋더라. 그래서 기억하고 있었다."

그 말에 남궁유미는 속으로 안도의 한숨을 쉬었다.

혹시라도 저분에게 결례했다면 아마 남궁건은 여기 있는 사람들에게 몰매를 맞았을 거로 생각하는 유미였다.

자신의 가문을 좋은 모습으로 기억을 하고 계신다니 천만다행이었다. 하지만 그다음 나온 천룡의 말에 유미의 안색은 다시 새하얗게 질렸다.

"근데…… 그 같이 다니던…… 남궁소영이라는 애는 조금 천방지축이더라."

그 말에 천명을 포함한 두 사람의 안색이 일순 굳었다.

"그…… 아, 아이가 사부님께 무슨…… 큰 결례라도?"

천명의 표정은 아주 싸늘하게 굳어 있었다.

그 모습에 유미는 화들짝 놀라서 천룡 앞으로 나서서 말하기 시작했다.

"죄, 죄송합니다! 제, 제가 대신 사과를 드리겠습니다! 그, 그 아이가…… 나쁜…… 뜻으로 그러진 않았을 거예요! 보기보다 착한 아이인데…… 암튼 제, 제가 대신 사과드릴게요! 부디 용서해 주세요!"

어찌나 다급하게 말을 하는지 이야기를 꺼낸 천룡이 다 미안해졌다.

왠지 자신이 실수한 것 같은 기분이 들었다.

"부인…… 아직 사부님께서 얘기를 끝내지 않으셨소! 가만히 계시오!"

차갑다 못해 냉기가 풀풀 풍기는 말투로 남궁유미를 나무라는 천명이었다.

그에 남궁유미는 사색이 되어 고개를 숙이며 어쩔 줄 몰라
했다.

분위기가 심상치 않게 변해 가고 있었다.

점점 차갑게 변하는 천명의 표정이 어찌나 무서운지 남궁
유미는 그만 입을 손으로 가리며 울상이 되었다.

빠악!

그 순간 천명의 뒤통수에 강한 충격이 왔다.

"이 자식이? 마누라한테 왜 그렇게 겁을 주고 그러냐? 네
가 그렇게 겁을 주면 말을 한 내가 뭐가 되냐? 이건 뭐 내가
악당이라도 된 것 같잖아?"

어찌나 아픈지 뒤통수를 마구 문지르며 천명이 말했다.

"크으으으윽! 사, 사부……님? 왜, 왜……? 이리 폭력적으
로 변하셨어요?"

천명이 엄청나게 당황하며 울상인 얼굴로 말하자, 그 옆에
있는 무광과 태성이 박장대소를 하며 웃었다.

"푸하하하! 그거 봐요! 제가 한 대 맞을 것 같다고 그랬
죠?"

"크크큭. 그러게 말이다. 나도 우리 아버지가 저리 폭력적
으로 변하셨을 거로 생각지 못했다가 한 대 맞았지. 이걸로
다 한 대씩 맞은 거네? 크하하하하!"

둘은 무엇이 그리 즐거운지 마구 웃었다.

그 모습에 무천명이 오히려 어리둥절한 표정으로 둘을 바라보았다.

하지만 조용히 탁자 구석에 앉아서 안절부절못하고 있던 무유성과 남궁유미는 경악을 하고 있었다.

천하의 검황의 뒤통수를 때리는 사람을 지금 자신들의 두 눈으로 보고 있었다.

어찌나 놀랐는지 심장이 튀어나올 것 같은 두 사람이었다.

그때 또다시 바가지 깨지는 소리가 들렸다.

빠박!

소리가 들리는 곳을 보니 무광과 태성이 이마를 문지르고 있었다.

"이것들이 날 놀리는 거냐? 그래! 진정한 폭력이 뭔지 한 번 보여 줘?"

"아오오오오오! 아, 아버지! 아들 이마 없어지겠어요!"

"맞아요! 사부! 다른 사부들은 막내를 예뻐한다는데!"

그 모습에 무천명은 눈을 동그랗게 뜨고 놀란 듯한 얼굴을 보였다.

전의 사부님은 왠지 거리를 두며 언제든 헤어질 사람처럼 보였는데, 지금의 모습은 정말 자신들을 거리낌 없이 대하는 진짜 사부의 모습이었기 때문이었다.

뒤통수는 얼얼했지만, 마음만은 편해지고 있었다.

저런 사부의 모습을 진정으로 보고 싶다고 소원했기 때문이었다.

그건 무광과 태성 역시 같은 생각이었다.

점점 자신들을 편하게 대하고 있다는 사실이 너무나도 기뻤다.

"하하하하하하하!"

그 모습이 어찌나 정겨워 보였는지 천명은 크게 소리 내어 웃었다.

오랫동안 채워지지 않았던 마음 한구석의 빈 곳이 따뜻함으로 채워지고 있었다.

"아버지, 둘째가 미쳤나 봐요. 얼마나 세게 때리신 거예요?"

"어? 그렇게 세게 안 때렸는데? 천명아…… 괜찮냐?"

걱정스럽게 자신을 바라보는 천룡을 천명은 다가가 안았다.

"사부님, 감사합니다."

대뜸 자신을 안으며 감사 인사를 하는 천명을 보며 더욱더 걱정스러운 얼굴을 하는 천룡이었다.

내실에서 벌어지는 엄청난 상황에 기절하기 일보 직전까지 간 남궁유미와 자신이 '꿈을 꾸는 것이 아닌가?'라고 생각하는 무유성을 뒤로하고, 다시 세 사람의 담소가 밤늦게까지 끝날 줄 모르고 이어졌다.

천룡과 세 제자가 모두 만나고 나서 사흘이란 시간이 흘렀다.

그사이에 많은 일이 있었다.

무유성과 용태성은 전에 못다 한 승부를 보겠다며 비무를 했고, 당연히 최근에 깨달음을 얻은 태성이 압도적으로 이겼다.

그 비무에서 승복을 하고 태성을 사숙으로 인정하는 무유성이었다.

남궁유미는 천룡을 정말 시아버지 대하듯 대하며 정성을 다했다. 그로 인해 모든 분위기가 좋게 흘러갔다.

그리고 천룡은 잠시 생각을 할 것이 있다면서 밖으로 나갔다. 전에 자신에게 찾아온 기억의 조각을 다시 정리하기 위해 잠시 혼자만의 시간을 가지려는 것이었다.

천룡이 자리를 비우자 무천명의 방에서 이제 새로이 가세한 무천명까지 의기투합해서 무언가를 조용히 의논하고 있었다.

"자! 아버지가 자리를 비우셨을 때 어서 빨리 진행을 하자!"

무광이 꺼낸 의제는 바로 천룡의 결혼이었다.

원래 이 모임을 주관한 것은 천명이었다. 자신이 대막에서 경험한 일들을 토대로 그것을 의논하고자 모인 것인데 주객이 전도된 것이다.

천명은 자신이 중요하게 할 말이 있다고 하고 진지하게 겪었던 일을 말해 주었지만 다들 시큰둥하며 천룡에 관한 내용을 꺼낸 것이었다.

천명도 처음엔 지금 무림의 안녕보다 중요한 안건이 어디 있느냐며 반발을 하였지만, 그 내용이 바로 자신의 사부님과 직결되었다는 것을 알고는 이렇게 마음을 바꿔 먹고 진지하게 임하고 있는 것이었다.

이미 천명의 머릿속에는 대막에서의 일은 까맣게 사라지고 없었다.

무엇보다 사부의 일이 먼저였다.

"아버지께서 오랫동안 외롭게 혼자 사셨다는 것은 말 안 해도 다 알고 있지? 이번 기회에 장가를 보내 드리고 한 곳에 맘 편히 정착하게 해 드리는 것이 바로 우리가 할 일인 것 같다. 그러니 의견들을 내 봐."

무광의 말에 천명이 물었다.

"사부님께서 반했다는 낭자가 천룡표국의 국주라고요? 그게 사실입니까?"

믿을 수 없는 표정으로 묻는 천명에게 태성이 고개를 쑥 들이밀며 말했다.

"천명 사형! 그건 저랑 대사형이 직접 본 것이니 의심의 여지가 없습니다. 지금 사부가 혼자만의 시간을 가지겠다고 나가신 것도 아마 그 낭자를 잊지 못해서 나가신 게 아닐까 소제는 생각합니다. 나가실 때 표정이 전의 그 표정이었어요."

태성의 말에 무광은 동조한다는 듯이 고개를 끄덕였다.

"허어…… 그것이 사실이라면 어서 연결을 해 드려야 하지 않겠습니까? 제가 지금이라도 매파를 보내 볼까요?"

천명의 말에 무광과 태성은 '그것이 무슨 되지도 않는 소리냐?'라는 표정으로 천명을 바라봤다.

"아, 아닙니까?"

둘의 눈빛을 보고는 당황하는 천명이었다.

"이봐, 천명 사제. 매파를 보내면 그건 자연스러운 게 아니잖은가? 아니, 막말로 세상천지에 우리 세 사람이 매파를 보내면 안 올 사람이 어딨는가? 아마 두려움 반 기대 반으로 전부 다 오겠다고 할걸?"

"맞습니다. 대사형! 저희랑 연관되어 있다고 하면 소문이 나서 사방팔방에서 사람들이 몰려올 것입니다. 그것은 안 되지요."

태성까지 가세하니 천명은 그제야 이해를 했다. 그저 지금 자신의 명성을 생각 안 하고, 아무 생각 없이 말한 것이었다.

"그럼? 어찌해야 할까요? 무슨 좋은 방법이 있습니까?"

천명의 물음에 무광과 태성이 서로를 바라보고 웃으며 말했다.

"실은 이미 무황성에 사람을 보내서 천룡표국이 있는 섬서 쪽으로 장원을 알아보라고 지시했다. 아마 지금쯤 알아보고 있을 거다. 일단은 그곳에 거처를 만들어 놓고 자연스럽게 자주 만날 방법을 찾아야겠지."

"장원 구매비는 제가 내기로 했습니다. 하하, 천명 사형은 뭘 해야 할까요?"

태성이 자신은 돈을 내기로 했다는 소리에, 무천명이 심각해졌다.

뭘 해 드려야 할지 고민을 하기 시작했다.

그런 천명에게 의견을 제시하는 무광이었다.

"넌 발이 넓고 인맥이 두터우니, 그 장원을 채울 무사들이나 좀 알아봐다오. 나나 여기 태성이는 알아보기가 좀 그래……."

"오, 그거 좋네요. 천명 사형은 그렇게 하시죠? 솔직히 저랑 대사형은 한 곳에만 있어서 그렇게 인맥은 넓지 않아요. 더욱이 제가 아는 애들은 다 사파 쪽이라서…… 괜히 그곳에서 어슬렁거리다가 화산파(華山派) 놈들이랑 시비라도 붙으면…… 어휴."

태성이까지 동조하자 천명은 고개를 끄덕이며 자신의 머릿속에 있는 모든 사람을 정리하기 시작했다.

"어차피 내가 아버지 곁에서 보필하고 있겠지만, 그래도 명색이 장원인데 사람이 아무도 없으면 좀 그렇지."

무광의 말투는 천명과 태성이 아닌 자신만 그곳에서 상주할 것이라고 말하는 것 같았다.

그 말에 천명과 태성이 격하게 반발했다.

"아니! 대사형! 그게 무슨 뜻입니까? 저도 있고 여기 천명 사형도 계시는데. 어찌 어감이 대사형 혼자만 그곳에 있을 것이라고 말하는 것 같습니다?"

그 말에 천명도 고개를 끄덕이며 대답을 해 보라는 듯이 무광을 바라보았다. 자신을 바라보는 네 개의 눈동자를 보며 무광이 말했다.

"태성이 넌 조만간 돌아가야지? 명색이 사파 지존인데 언제까지 너희 애들 놔두고 밖에 있을래? 너는 가서 구룡방 챙겨야지. 그리고 둘째 너는 방랑벽이 심한데 한곳에 진득하니 머물 수 있겠어? 그러니 나밖에 없잖아."

그러자 천명이 먼저 반박하며 나섰다.

"대사형, 저의 방랑벽은 사부님을 찾기 위함이었지 다른 이유는 없습니다. 제가 뭐 여행 다니는 것을 그렇게 좋아하는 줄 아십니까? 사부님도 오셨으니 저도 이제 나갈 일 절대 없습니다. 그리고 대사형처럼 저도 아들에게 이미 문주 자리를 넘긴 지 오래니 문파는 걱정할 필요도 없고요."

조목조목 반박을 하는 천명에 이어 태성 또한 말했다.

"하하, 제가 그곳에서 아이들을 지휘하는 것은 바로 사형들 때문입니다. 사형들의 세력이 언제 쳐들어올지 몰라 항상 경계하며 지낸 것이지요. 근데 이렇게 같이 있는데 제가 굳이 거기 있을 필요는 없지요? 오히려 제가 사형들과 있는 것이 저희 애들한테 안전합니다. 뭐 정 볼일이 있다고 하면 한 번씩 방에 가든가 아니면 애들더러 서류 들고 오라고 하지요."

둘의 의견에 자신 혼자 천룡을 독차지하려 했던 계획은 힘들겠다고 생각하는 무광이었다.

둘의 눈빛에는 이미 절대로 천룡과 떨어지지 않겠다는 굳은 결심이 엿보였다.

"하아…… 그래. 그럼 장원이 좀 커야겠구나. 너희들이랑 앞으로 올 새로운 애들까지 머물고 그러려면……."

"아니, 그걸 말이라고 하십니까? 다른 분도 아니고 사부님께서 정착하실 곳인데! 당연히 크고 아름답고 해야지요."

태성은 그렇게 말하며 돈이 부족하면 더 내겠다고 했다.

"그런데 사부님께는 말씀드리고 장원을 구매하시는 것입니까? 나중에 그곳에서 살지 않겠다고 하시면……."

천명의 물음에 무광이 잇몸이 보이도록 웃으며 말했다.

"이미 벌써 다 말씀드렸지. 허락도 하셨고. 다만 그 천룡표국과 가깝다는 사실은 모르고 계신다. 그러니 너도 조심해. 안 들키게. 전음도 조심해라. 아버지…… 전음 다 들으시더라……."

무광의 말에 천명은 어이가 없는 얼굴로 말했다.

"전음을 들어요? 허허. 그건 완전 기사네요. 그래도 사부님이라면 가능할 것 같네요. 그럼…… 혹…… 어기전성(御氣傳聲)이나 천리전음(千里傳音)도…… 들으시려나요?"

천룡이 전음을 들을 수 있다는 소리에 무천명은 단지 조금 놀라며 '그럴 수도 있겠다'라고 인정을 바로 하는 것이었다.

"그, 그건 시도 안 해 봤는데……. 야, 솔직히 가까운 데서 둘이 얘기하는데 그런 고급 기술까지 누가 쓰냐? 그래도 다음에 한번 시도해 보자. 그것을 듣지 못하시면 그것으로 우리들의 비밀 대화를 해야 하니까. 너네…… 다들 쓸 줄 알지?"

그 말에 둘은 발끈했다.

"그걸 지금 말이라고 합니까? 여기 있는 사람들 다 경지가 신화경이라고요. 근데 전에 사부가 기의 흐름을 느낀다고 했잖아요. 그럼 어기전성이고 뭐고 사부 귀에 다 들리는 거 아닐까요? 그것도 방법만 더 고급이지 어차피 기로 파동을 만들어서 전달하는 거잖아요."

태성의 말을 들은 무광은 고개를 푹 숙이며 한숨을 쉬었다.

"하아…… 이거 아버지가 너무 대단하시니…… 항상 이렇게 몰래 모여서 대화를 해야 하는 것이냐?"

"뭐, 어쩔 수 없죠. 사부가 워낙에 대단하시니까요. 흐흐. 우리 사부 정말 대단해요."

그렇게 말하며 자랑스러운 표정을 보이는 태성이었다.

"그 이야기는 나중에 하고 우리 이야기가 엉뚱한 곳으로 빠졌다. 그러면 아버지를 장원에 가시게 하고, 둘이 친해질 때까진 원래대로 도련님으로 가자."

이런저런 계획을 짜느라 시간이 어찌 흘러가는 줄도 모르는 사형제들이었다.

&

천검문 인근 산속에 천룡이 산 아래로 흐르는 개울물을 바라보며 생각에 잠겨 있었다.

'지금까지 단 한 번도 기억나지 않았던 과거의 모습이었어. 기억이 나는 건 단지 내 이름과 몸에 자연스럽게 익은 듯한 무공들…… 그뿐이었지. 그런데…… 그 여자를 만나고 갑자기 기억이 희미하게 나왔다……. 유가연……. 나를 가가라고 불렀다…… 과거 내 연인인가? 나는 누구였나?'

심각한 표정으로 생각을 계속하던 천룡은 바닥에 드러누우며 하늘을 바라보기 시작했다.

군데군데 작은 조각구름들이 떠가는 모습을 보며 생각을 정리했다.

'그 여자에게 무언가가 있는 것인가? 다시 만나 봐야 하는가? 그렇다면 더 기억이 돌아올까? 하아…… 과거는 신경을 쓰지 않으려 했는데…… 하필 돌아온 기억이…… 유가연이라는 이름이라니…….'

자신을 가가라고 부르던 여인. 얼굴은 보이지 않았지만, 목소리는 확실하게 들렸다. 그러니 더욱더 마음이 심란해지는 것이었다.

자신에게 정말 중요했던 사람인 것 같은 기분이 들기 시작하니 쉽게 잊을 수가 없었다.

그러나 기억이 났다고 해서 그 여인이 지금까지 살아 있을 리는 없었다.

자신이 살아온 세월은 평범한 인간이 살 수 있는 시간이 아니었기 때문이었다.

단지 자신이 누구인지. 과거에 어떠한 사람이었는지. 그것이 너무 알고 싶었다.

'그 여인을 다시 만나 봐? 그럴까? 애들한테 부탁해 볼까?'

왠지 유가연이라는 천룡표국의 여인을 만나야 할 것 같았다.

더욱이 표국 이름이 자신의 이름과 같다는 것이 왠지 모를 끌림을 느끼게 하였다.

'내 이름과 똑같은 이름의 표국을 운영하고, 과거의 내 기억 속에 있는 여인과 똑같은 이름의 국주라…… 왠지…… 하늘의 장난 같군.'

피식 웃으며 자리에서 일어났다.

아무리 생각을 해도 그 이상의 기억은 돌아오지 않는 것을 보니 방법을 다르게 해야 할 것 같았다.

그 방법은 바로 천룡표국주 유가연을 다시 만나 보는 것이었다.

그렇게 생각을 정하고 천검문으로 몸을 돌려 내려가는 천룡이었다.

다음 권으로 이어집니다

꿈의 도약, 로크에서 하십시오
(주)로크미디어에서 신인 작가를 모십니다

즐거운 세상, 로크미디어는 꿈을 사랑하고 도전을 두려워하지 않는 작가 분들의 참신한 작품을 기다리고 있습니다. 21세기 장르 문학계를 이끌어 갈 차세대 선두 주자 (주)로크미디어에서 여러분의 나래를 활짝 펴 보시길 바랍니다.

모집 분야 판타지와 무협을 포함한 장르 문학
모집 대상 아마추어 작가, 인터넷 작가
모집 기한 수시 모집
 작품 접수 시 유의 사항
  1. 파일명은 작가명_작품명.hwp형식을 갖춰 주십시오.
  1. 파일에 들어갈 내용은 다음과 같습니다.
   — 성명(필명인 경우 실명을 밝혀 주세요), 연락처, 이메일 주소.
   — 제목, 기획 의도.
   — A4 용지 1장 분량의 등장인물 소개.
   — A4 용지 2장 분량의 전체 줄거리.
   — 본문.
  1. 작품이 인터넷에 연재되고 있다면, 게시판명과 사이트의 구체적이고 정확한 주소를 기재해 주십시오.

선택된 작품은 정식 계약 후 출판물로 간행되어 전국 서점에 유통됩니다.
작가분은 (주)로크미디어의 전폭적인 지원하에 전속 작가로 활동하시게 됩니다.
※ 자세한 내용은 로크미디어 홈페이지(rokmedia.com)를 참조하세요.

(04167)서울시 마포구 마포대로 45 일진빌딩 6층
(주)로크미디어 편집부 신간 기획 담당자 앞
전화 : 02 – 3273 – 5135
www.rokmedia.com   이메일 : rokmedia@empas.com

우리 교황님 좀 말려주세요

판미손 퓨전 판타지 장편소설

비정상 교황님의
들도 보도 못한 전도(물리) 프로젝트!

이세계의 신에게 강제로 납치(?)당한 김시우
차원 '에덴'에서 10년간 온갖 고생은 다 하고
겨우 교황이 되어 고향으로 귀환했건만……

경고! 90일 이내 목표 신도 숫자를 달성하지 못할 시
당신의 시스템이 초기화됩니다!

퀘스트를 달성하지 못하면 능력치가 도로 0이 된다고?
그 개고생, 두 번은 못 하지!

"좋은 말씀 전하러 왔습니다. 형제님^^"
※주의※ 사이비 아닙니다, 오해하지 마세요!

망한 가문의 검술 천재가 되었다

소구장 퓨전 판타지 장편소설

**역사에서도 잊힌 비운의 검술 천재
최강의 꼰대력으로 무장한 채
후손의 몸으로 깨어나다!**

만년 2위 검사 루크 슈넬덴
세계를 위협하던 마룡을 물리치며
정점에 이른 순간

이대로 그냥 죽어 다오, 나를 위해서.

라이벌인 멀빈 코넬리오에게 목숨을 잃……
……은 줄 알았는데,
200년 후의 몰락한 슈넬덴가에서 눈뜨다!
가족이라고는 무기력한 가주, 망나니 1공자뿐
망해 버린 가문을 살리기 위해
까마득한 조상님이 팔을 걷었다!

설풍 같은 검술, 그보다 매서운 독설로
슈넬덴가를 정점으로 이끌어라!